U0153718

詩藝的復興

千禧世代詩人對話

林宇軒 著

目錄

序　　千禧世代詩人崛起的身影／須文蔚教授　　004

一
寫詩，
並不是
寫的時候
才在運作

專訪王柄富｜老派佛堂裡的快感　　008
專訪煮雪的人｜現代文明底下的溫度　　022
專訪陳少｜非虛構寫作的誠懇宇宙　　032
專訪陳延禎｜後山滋養的新鄉土之聲　　040
專訪蔣闊宇｜寫實主義廢墟中的臺味　　048

二
寫自己的
歷史，
說自己的
故事

專訪沙力浪Salizan Takisvilainan｜用文學傳遞部落的燈火　　058
專訪馬翊航｜敲打自己的身分與記憶　　070
專訪李桂媚｜向著太陽，同時向著月光　　078
專訪陸穎魚｜堅強、溫柔，與小聰明　　088
專訪黃璽Temu Suyan｜優美或醜陋都是真實發生的　　100

三
寫詩
也可以是
整理心裡
的房間

專訪喵球｜把詩分行的意義就在「這裡」　　110
專訪小令｜善感而危險的月亮伊布　　118
專訪洪萬達｜為什麼要習慣好作品落選？　　130
專訪林佑霖｜像我這樣的虛構的人　　140

四
每個人
都有
尋求詩意
的雪亮眼睛

專訪楊智傑｜用直覺傾聽字詞的音樂　　146
專訪陳昌遠｜人性刻痕裡的文字工作者　　158
專訪曹馭博｜國民詩人的救贖與挑戰　　170
專訪蕭宇翔｜由構思領導創作的詩藝之路　　184
專訪鄭琬融｜神的殘酷，人的祝福　　194

五	專訪李蘋芬｜涉世，懷抱一顆通透的心	204
在文學裡，	專訪林思彤｜骨肉之間的華美與暴力	212
我們能	專訪郭哲佑｜走過生命的銳利與寬慰	224
實現	專訪廖啟余｜恐怖分子的優雅與猙獰	234
各種可能	專訪林餘佐｜傷口是我們書寫的源頭	246

六	專訪崔舜華｜一顆心的眾聲喧嘩	258
只要還	專訪栩栩｜身體是認識世界的原點	272
有話想講，	專訪蘇家立｜我不相信有天意和鬼神	280
就繼續	專訪ㄩㄐ｜遁隱於社群的敘述者	294
寫詩		

	以詩為匕首：淺談香港文學與自我拯救	304
	──韓祺疇Podcast對談摘錄	
	還原：符碼管理大師的凝視與代言	316
	──嚴毅昇Podcast對談摘錄	
七	好燙好燙，你的狗臉充滿力量	326
這	──若斯諾・孟Podcast對談摘錄	
不是	在詩行中尋找故事是否搞錯了什麼？	336
我們不寫	──曹馭博╳蕭宇翔講座摘錄	
的理由	書店店員二十年目睹之怪現狀	342
	──洪萬達╳陳彥融講座摘錄	
	人設崩壞の危機？樸實無華的文學社群經營	348
	──ㄩㄐ╳方斐講座摘錄	

| 附錄 | 後記：試論當代詩與千禧世代詩人／林宇軒 | 356 |

序
千禧世代詩人崛起的身影

須文蔚（詩人·臺師大文學院副院長）

文學創新與發展的關鍵，在於一群作家能展出共同的風格與特色，有別於文學史上先前的創作群體，最具體的差異辯證來自文藝思潮變革中，不同流派的激盪碰撞與此消彼長。在流派之外，文學史或是文學社會學也會標舉「世代」作為區隔的特徵，反映出當代文學前衛力量的崛起。

《詩藝的復興：千禧世代詩人對話》一書，林宇軒正是掌握了「世代」的特徵，廣泛訪談二十八位詩人，從最年長的沙力浪（1981-）到最年輕的王柄富（1999-），他們活躍在千禧年之後的詩壇，因此歸納為「千禧世代詩人」。

這一個世代的詩人處於出版環境巨大變遷的時刻，可謂是最好的時代，也是最壞的時代。這個時代的美妙，相較於前一個世代的詩人而言，千禧世代創作有豐沛的社會資源，可提供傑出創作者源源不絕的獎補助，無論是來自於文化部、國藝會、各地方政府或民間團體的創作計畫補貼、文學獎、出版獎補助或是詩人流浪者計畫，都讓千禧世代詩人有嶄露頭角的機會。這個時代的限制，莫過於閱讀市場的快速萎縮，單一作品銷售量過低，也減損青年詩人可能的社會影響力。

千禧世代詩人長成在寫作教育健全的時刻，從文化大學中文系文藝創作組、東華大學華文系與創作所（原為創英所後改為華文所創作組）、國立臺北教育大學語文與創作學系、臺北藝術大學文學跨域創作研究所、東海大學中文所的改制、臺師大創辦文學創作學程等，都宣告了文學創作教育在臺灣的大學立科，加上台灣文學系所重視文化理論，文藝思潮與文學理論的閱讀與吸收，

都成為千禧世代詩人的養分與力量。書中陳延禎暢談新鄉土主義，蔣闊宇逼近寫實主義、沙力浪反思後殖民主義、林佑霖重探浪漫主義、廖啟余追溯現代主義等，都可以發現不同的主張與更新穎的創作實驗。

　　由於寫作教育的基地在陽明山、花東縱谷、關渡、大度山或臺北老城區，千禧世代詩人也就有了青年壯遊的經驗，臺灣鄉土滋養了他們的認同，讓青年有機會深入部落文化，也更能從多元文化的角度開發新題材。更有詩人獲得臺灣詩人流浪計畫補助，往南太平洋、香港、東京等地漂流探險，探索新世界，重新認識自己，寫出迥異前世代世界觀的詩篇。

　　臺灣的網路文學傳播起源於 1996 年，大量的詩集上網，「每日一詩」電子報普及推廣，詩人設立新聞台，都是締造現代詩復興的契機。千禧世代詩人適逢社群媒體風起雲湧的時刻，臉書席捲讀者的耳目，無論是「晚安詩」、「每天為你讀一首詩」、「詩聲字」或《好燙》的推陳出新，以不同的風格與形式，讓愛詩人日常就能賞讀現代詩。在本書中，王柄富、小令、曹馭博、郭哲佑等新銳詩人都曾參與「每天為你讀一首詩」的編選或文章寫作，讓關心新生代的文學傳播者有機會一窺究竟。本書也採訪了煮雪的人，深入《好燙詩刊》的編輯理念，其中提及：

> 近日 Podcast 逐漸崛起，原先隨著收音機一起沒落的大眾耳朵，再一次從視覺中獨立了出來。藉由這個機會《好燙詩刊》開始徵稿詩朗讀作品，投稿者可以沉穩地讀，也可以如美國詩擂臺（Poetry Slam）或是日本詩拳擊（詩のボクシング）般肆無忌憚地讀。

更進一步展現出，隨著數位傳播技術的推動，現代詩的文學傳播正持續開展新的感官，也伸出新的觸角探索新的閱聽眾。

　　林宇軒敏於時代的變遷，竭盡所能訪談重要的千禧世代詩人，或許這一群詩人還在探索詩學與詩藝，創作風格與論述和「七年級詩人群」尚難分離，誠如皮耶·布迪厄（Pierre Bourdieu）提醒讀者：作者的生理年齡和藝術年齡未必相同，一個年輕作者也可能不受到世代的限制，創作出「過時」的文學思潮；一位年長的作家自然也有可能和新世代一樣，實踐出屬於當代的美學風格。期望宇軒能再接再厲，掌握當代詩學中的流派與詩學特徵，界定出專屬於千禧世代的特質，突出當代詩獨一無二的聲音。

寫詩，並不是寫的時候才在運作

王柄富個人照（洪聖翔攝）

王柄富，1999 年生，高中時期開始現代詩寫作，在個人 IG 平臺 (@bingfuw) 發表作品。現就讀清大臺文所，臺師大噴泉詩社與北大冬眠詩社成員。作品散見《煉詩刊：星升首測》、《不然呢 Brand New》青年文集、《地下水》、《殺青與燙銀》、《好燙詩刊 Poemcast》等。曾獲金車網路現代詩徵文首獎、紅樓文學獎首獎、竹塹文學獎等。

夢醒後的結他手遠遠地

還在他們的廣場裡唱歌

「請你不要相信他的愛情──」

沒人回家的夜晚他會繼續唱嗎？

「你看黎明還沒有來臨…」

──節錄自王柄富〈相信〉

對於二十出頭歲的現代詩寫作者來說，詩是什麼？

在《創世紀詩雜誌》197 期的「在野良詩」專欄中，王柄富和段戎分享了彼此對詩的觀點──如果將「詩」擬人化，王柄富認為詩一定是個睿智而且理解他的老人：「我希望早上可以被他叫起床，被他罵：『猴死囡仔，攏幾點矣閣咧睏。』然後起床，吃他煮好的粥、他煎的蛋加一點點醬油。」在王柄富眼中，詩是一種「凝結時空的藝術」，透過比日常語言更迂迴的表達來造成

留白與歧異，因為「不說」反而能「說得更多」。

　　談及「年輕」對創作的優勢，王柄富從另一個角度回答，認為創作者都很年輕：「因為身分是學習者、消費者多於勞動者、生產者，所以可以盡情挹注目光到自己喜歡的事裡頭。」人或因考慮而衰老，這種年輕卻又老成的個性，讓他保有從容與放肆，在同輩現代詩寫作者中顯得風格獨具。

寫讓自己有「快感」的東西

　　儘管在高中以後才真正對「詩」產生興趣，但「學佛」的經驗對王柄富接觸詩以前的性格有重要的影響，兩者之間隱隱有著連結。當他聆聽老師解說晦澀的經文時，這些如詩而富有深意的文字，是他在深入理解詩這個「文體」前，形塑文學涵養的基礎。在王柄富的眼中，「詩」是經過字斟句酌的精品，如同禪宗的「指月之指」：「我要告訴你生命的實相是什麼，當我指著月亮時，你看著我的手指而不是月亮，而『詩』就是這個手指，同時也是月亮。」經過模糊化的藝術很難透過既有的套語來描述，所以「詩」才有存在的意義，能夠表達出寫作者想表達、卻難以表達的內心情緒。

　　對於「是否應該讓讀者讀懂自己的詩」這個問題，王柄富認為每個詩人乃至每一首詩理想的比例都不一樣，但應該都包含了「希望被人看懂」的成分存在。以情詩為例，雖然能夠透過發表讓大眾閱讀到作品，但也許作者實際上的目標讀者只有一個；而如何透過文字來傳達、掩飾情感，同時安撫自己因愛而生的狼狽，這便是詩帶給他的自由與限制。

不同於針對單一詩作探討的「論詩詩」，王柄富將其所指涉的意義擴大至整體創作的心態——除了〈沒有詩寫的日子〉，自〈葬禮〉等其他詩作中，也能或多或少地觀察出他對創作的內省意識。從泰瑞・伊格頓（Terry Eagleton）的《如何讀詩》出發，王柄富認為大多數現代詩寫作者都是以「抒情」作為主要的創作目的；當著墨於這種非回應現實的「論詩詩」時，除了能更敏於校正寫作心態、挖掘表達內裡，也更易於看清自己「透過詩在尋找什麼」的樣貌。

　　對於創作，王柄富建議可以透過「閱讀」找出符合自己典型的作家，進而釐清寫作的方向。以自己為例，他也在閱讀的過程中，對文學追求的本質有了更深入的認識——寫讓自己有快感的東西，唯有讓寫作成為一種具備動能的活動，才能夠持續、長久地進行。

　　曾擔任紅樓詩社拾佰仟萬出版贊助計畫評審的王柄富，偏好「有風格」的詩作，如何去讓自己的文字足夠「迷人」，是一件需要練習的事。延續「找自己有快感的去做才能長久」的論點，相較於淺白的詩作，王柄富喜歡能讓人回味的詩——無論是語言或是結構的呈現上，只要給予足夠的吸引力讓他相信是「有底蘊」的，他就能反覆咀嚼詩中的韻味。

　　「好的詩不只要能讓人停留很久，也要有一個張力與平衡感在詩句本身。」有的詩太過淺白而使人咀嚼；有的詩晦澀如解謎遊戲。相較於這些，王柄富喜歡能「給人甜頭」的詩，這種甜頭會在閱讀時營造出一種張力，讓人產生進一步細究的欲望，這是他讀詩與寫詩的標準。

　　「我喜歡一些民謠，我覺得那是比較接近詩的。」以周雲蓬〈不會說話的愛情〉：「我們最後一次收割對方，從此仇深似海」為例，雖然作為一

首情歌，但其中文字所形成的畫面感非常強烈，彷彿可以看到麥浪在眼前；而「收割」又是一種人與土地的互動方式，本該喜悅的感覺在歌詞中卻「仇深似海」，透過短短兩句就召喚出背後龐大的概念——「詩」和「歌詞」在當代是兩種不同的體裁，但王柄富在聽歌時，會思考如何將歌詞的特長運用到詩的寫作上。也因此，他認為「詩」是最適合自己寫的文類。

提到自己比較懶散、愛踩死線的個性，王柄富自嘲：「我讀書很慢啦，但是我會把它吃得很乾淨；而且我希望它不只是一種記憶，我想要我的靈魂跟它同在。」雖然是一種很靈性的說法，但他會盡可能地讓各種生活的細節成為文學的養分。

「寫詩，並不是你寫詩的時候才在運作。」從寫作觀出發，雖然實際動筆的時間可能很短，但其實背後是醞釀很久的，只需要一個念頭便能「一觸即發」。這種「我不在寫的時候也在寫」的觀點，讓他產生「雖然我很懶，但是我依然很勤奮」的感覺——「即使我今天一個字都沒寫，但我今天出去生活，我在路上看到紅綠燈、看到路標、看到這些符號，它們都跟我心中的某一個概念在互文。」

「我覺得寫詩的人，有辦法在那種萬物萬象中，看到彼此的同質性。」無論是身處的現場、自己的記憶，或者是對未來的想望，王柄富認為「詩人」都能將想法落實在世界中，因為心裡想著，生活就會看見什麼——如同 2020 年諾貝爾文學獎得主露伊絲・葛綠珂（Louise Glück）的詩集《直到世界反映了靈魂最深層的需要》。

除了符合自己的詩觀，「這也是能讓我咀嚼很久的詩句。我喜歡的詩就是這樣子。」王柄富補充。

「文學小屋」讀詩影片錄製，於臺師大教育學院頂樓（林宇軒攝）

先有奔月的藝術，才有登月的技術

　　王柄富會提筆寫詩，是從加入中和高中「霽風文學研究社」、認識影響他至深的學長洪聖翔開始。除了校內的文學社，由洪聖翔籌組地下型態的「藍瓷詩社」也帶領王柄富真正進入現代詩的世界，開啟了他的閱讀與創作之旅。

　　高中時期，他曾使用「王禎」為名發表作品，將「遠離中二、不成熟」的理想，包藏在這個老派內斂的筆名下。這種老成的風格與傾向至今依舊，他仍然期待自己在生活與文學表現上，都盡量不顯露太多的鋒芒。「如果你把寫詩的人格和生活的人格結合在一起的時候，也許寫詩的人格會提醒你怎麼去生活。」對於王柄富，詩並不獨立於生活之外──寫作讓他感受到自己的「虛張聲勢」，因而能時常反省自己。

進入高中詩社後，王柄富開始使用 Instagram 來社交、發表詩作。不同於一些寫作者將個人生活與文學創作「分為兩個帳號」的經營模式，他讓個人版面成為一種個性的展現，將創作融於生活的策略也造就了他「人格與風格」的一體性。

高中畢業後，王柄富進入臺師大國文系就讀，同時參與了臺師大噴泉詩社與臺北大學冬眠詩文學社的社團運作，在兩社之間雙棲。談及兩個校園詩社的差異，他說「噴泉有點像是我的自由狀態」，相較而言「冬眠就比較約束」——但他「滿喜歡那種被約束的感覺」。縱橫於數個文學社群之間的人際互動方式，在當代社會中並不罕見，而這或許也是網路世代青年創作者的生存寫照。

詩社的實質意義，除了透過分享彼此對文學作品的喜好與厭惡，在擁有文學上相似的價值觀後，還能進一步成為具有認同感的團體。不過，王柄富認為詩社其實只是一個「名目」，我們最終要面對的還是自己的詩：「我們到底要不要對一個詩社帶有多大的期望或感情？我覺得是不用那麼在意的。這樣講好糟糕喔，呵呵。」當寫作者們聚集成為組織後，複雜的人際關係可能會讓文學變質——「絕對不可以在詩社裡面談戀愛。」讀完自己的詩作〈山城〉，王柄富笑中帶淚地說。

「文學小屋」讀詩影片錄製，於臺師大噴泉詩社社辦（林宇軒攝）

　　談到是否有寫作的「儀式」，王柄富答道「期限快到了就開始寫」。文學社群對於他的創作習慣影響甚鉅，甚至寫詩的頻率有很大部份取決於詩社的活動：「就是看大家模擬文學獎辦得勤不勤呀，常常辦我就會寫很多。」

　　談到寫詩，當王柄富聯想到一些吉光片羽並記錄下來後，時常會發現無法運用在實際的寫作上。「最近晚上睡覺失眠，突然有一個靈感：『又餓又胖』。我那時候覺得『哇，這個好美，好有張力喔』，但是隔天醒來想一想，這個怎麼寫進去？有一種好鬆（sông）的感覺。」這種時常改變的寫作狀態，讓他靈光乍現想到的許多暗樁，無法實際應用在詩創作中。

　　身為「每天為你讀一首詩」的成員，王柄富提出自己對於當代網路文學社群的觀察：「當大家攻擊你詩作的時候，你有沒有辦法拿出你的文學主張？」在他眼中，近年臺灣現代詩的生態對作品、論述和表態不太平

衡——當作品被攻擊時，許多寫作者的回應被情緒綁架；如果能夠回歸文本或觀點上的討論，也許能夠讓整體的文學環境趨向健康的發展方向。

在準備臺灣文學研究所的考試時，王柄富研讀了大量的文學理論書籍；雖然對於創作沒有直接的幫助，但因為學術文章的閱覽以及長期在「每天為你讀一首詩」擔任賞析寫手的經歷，他對文本的解讀能夠更加深入而且獨到。

對於「賞析」，王柄富會傾向將其視為一種「創作」，畢竟在解讀詩作的過程中便參與了這首詩的完成，所以也帶有一點作者身分的意味：「前幾天我寫馬翊航的賞析，就有人在下面留言說，這首只是在寫『很熱』的感覺而已。」他笑說，寫賞析有時會有種「自嗨」的感覺，畢竟賞析只是提供一種解讀的參考路徑，不能強迫別人要用自己的方式來感受。

「先有奔月的藝術，才有登月的技術。」有段時間，王柄富將中國非非主義詩人藍馬的詩句作為其 Facebook 的個人簡介，這讓他產生自己走過各種流派之感。在跟著學長讀詩、寫詩的過程中，王柄富時常採取迴避感覺、著重理性客觀的技術運用，這種與文學的互動方式帶著他走過很長一段路。「我今天學寫詩，並不是我覺得這邊可以用一個迴行，我就這樣用。我自己在寫詩的時候，並不是這麼理性——我並不是用我寫賞析的方式來寫詩。」呼應非非主義認為「文化並不一定是累積而來的、創作是無跡可尋」的主張，現在的王柄富認為自己站在一個承擔最大風險的位置，展現一位率先的迷茫者的姿態。

有段時間，王柄富曾著迷於「押韻」，試圖讓詩作朝向楊牧所編織出的「韻網」一樣；但後來他發覺，用這種方式寫出來的詩開始變得很「固體」，沒有辦法往前跨越，寫作的思考時時刻刻都受到聲音的牽動。如同廖啟余所言「聲音是感性的連結」，王柄富指出結構、意象等詩作中的其他因素，也必定受到我們情感的影響。

　　「所以你要一直破壞那些已經成形的東西，找到文學的張力，」王柄富說：「你在還原事物本質的同時，你還要去找到事物原本迷濛的、不被命名的、更真實的狀態。」這些一直走來都沒有變過的本質，也是他想在佛學與詩中，嘗試追求的目標。如同中國詩人張棗的詩作〈鏡中〉所寫的「危險的事固然美麗」，危險的事情為什麼吸引我們？那些讓我們思考、讓我們走回頭路的詩，是他一直想去追求的。「這句話（讓我們走回頭路的詩）雖然是我分手時寫的，但是我到現在還是受用無窮。」除了能讓我們把自以為已經征服的領域，都還原成更真實的模樣，同時能夠驅動萬物，讓世界反映靈魂最深層的需要。

「文學小屋」訪談，於唐山書店（辛品嫻攝）

臺灣文學中的「臺灣」

大學階段，王柄富時常修習臺文系的課程，研究所更考取了國立清華大學的臺文所。雖然都是文學相關系所，但師範體系裡的「國文」和「臺文」其實有著天壤之別——「可以說，我國文系就讀錯了。」王柄富自我揭露：「我覺得這些課程都很有文學的養分，但是它也有很硬的部分，像是文字、聲韻、訓詁，這些都是基本功，要很紮實地把它準備起來。」雖然在音韻、意象或是國學底蘊上能獲得養分，但對於想從事「現代文學創作」的王柄富而言，國文系更像是「國學系」，而非文學創作的培育系所。

進入大學後的他，也曾浪漫地對「國文系」的名稱不動任何念頭，只在創作裡勞心，做美的信徒；直到參與臺師大「四六事件紀念活動」與修習林巾力老師「臺灣文學史」課程後，才慢慢開始了解過去的威權者如何透過文學展開話語權的角力，了解文學與政治分割的不可能性。延伸談及「文學歸文學，政治歸政治」的主張，現在的王柄富並不否認文學追求「純粹」的可能，但他也提出疑問：既然純粹，又何苦不能直面政治的無所不在？如果政治現實會觸發創作，那創作者也不應該去迴避。從臺文系的課程出發，王柄富逐漸了解腳下這塊土地的歷史、文學作品與故事。他認為，只有懷著理想去回應政治的現實，文學才能回歸真正的坦蕩、抒情的誠實。

「選擇臺灣文學研究所當然也是一種表態——我是臺灣人，我應該從事臺灣文學的研究。」2020 年 6 月，王柄富擔任「每天為你讀一首詩」的「臺灣詩選」主編，從臺灣記憶開始著重介紹地物風貌與人文景觀的詩作，更進一步探討如何從中建立起認同感；而這正巧與他在 2021

年 5 月主編的「中國當代詩選」相對壘,呈現出兩個文化主體下,不同的詩作風貌。不過,就「臺語創作」這部分來論,王柄富坦言自己當初參與公共電視「上臺語」節目的錄製時,其實覺得有點心虛,畢竟自己平時的閱讀範疇幾乎全數都是華語詩,更遑論創作。

「每天為你讀一首詩」臉書粉絲專頁

在從事一些臺語文的相關活動後,王柄富開始思考「做臺灣文學是否非得從事臺語文學不可?」——「當然我會講臺語嘛,我有時候也可以踩住兩邊。但是,有些人會說『用臺語寫詩、講臺語才是真正的臺灣人』,這些我會比較存疑。」有些讀者在王柄富的華語詩中讀到了類似江蕙、臺語詩的韻律;而作為可以流利溝通的語言,近日他也開始嘗試臺語詩的創作。

「從事文學創作的時候,你會選擇用你最擅長的語言——當然你有更特殊的政治追求,或者是你有更特殊的理想追求,即使你的第一語言是華

語，你選擇用臺語創作，我覺得沒有人可以說什麼，這就是看個人的選擇。」對於語言，王柄富抱持著一種共存共榮的理想：「我覺得不管怎樣，你不能去排斥別人用臺語寫作。」

如果沒有將語言運用到日常生活包含創作上，我們所要復興的「母語」終究無法全面地走入個人的生命，乃至社會的結構當中。王柄富認為，我們的品味永遠比手藝高，而我們的鑑賞能力暗示了我們創作的極限；當建立起對臺語詩的閱讀習慣後，便能夠對這個語言產生情緒上的反應，進而會在創作上有一個基礎。

公視電視台「上臺語」Youtube 影片截圖

然而，王柄富對於「母語」的定義也有所存疑。他以自己的生命經驗為例，當我們在呼籲「復興母語」時，必須先認知到我們這一代

的小孩幾乎都是在華語的生活環境下長大，第一個學會的語言便是華語；而為了和長輩們溝通，才會開始想辦法用華語去「交換」臺語的詞彙——「但是，你那個骨頭是華語，把肉換成臺語的肉，你並沒有得到臺語的骨啊！」王柄富感嘆，因為無法實際地從根本習得語言，所以當他試圖創作臺語詩時，只能從臺語的表象進行一些嘗試。

「如果單單就時間上來說，我覺得我們『中文』的根是不夠深的。」王柄富從歷史的角度分析：「現在的華語仍然在發展期，而臺語已經快要進入滅絕的階段，等於說在這個語言變換的過程裡，國民黨把發展很久的臺語硬接成華語之後，中間有一個世代的損傷在我們阿公阿媽那代發生，讓我們的爸媽學習華語——我覺得這是兩敗俱傷的。」相較於中國的華語文發展，臺灣該如何在語言之間找到新的發展方向，對於新世代的現代詩創作者而言，也是一個需要思考的議題。

對於大學階段即奪得金車現代詩首獎的王柄富，陳義芝教授在評論中確信他「富有真情感」，甚至以「一位具備語言創生能力的煉金詩人」稱呼；詩人小令則認為，王柄富是寶可夢裡的「毛球」——據說為了保護自己，變得全身長滿了堅硬細小的體毛；有著不會放過細小獵物的眼睛，技能是雷達眼。而這正巧與他詩作擅於描繪細節的特質相吻合。

「我有讀者嗎？」當被問及如何看待自己的讀者時，王柄富露出靦腆的笑容：「我的 Instagram 雖然更新很慢，幾個月才發表一首詩，但好的句子可以一讀再讀；也希望大家可以踏上我的旅程，去看到我看到的連結——美好的夢，沒有了我，還有什麼用——廖啟余講的。」

訪談日期：2020 年 9 月 28 日、2021 年 3 月 16 日、8 月 10 日

受訪者修訂日期：2022 年 5 月 8 日

詩藝的復興：千禧世代詩人對話

專訪王柄富　老派佛堂裡的快感

煮雪的人個人照

煮雪的人，1991 年生，日本法
政大學人文科學研究科畢業。
2011 年創辦《好燙詩刊》並擔
任主編。出版過三本詩集《小
說詩集》、《三本恕不拆售》
以及《掙扎的貝類》。

專訪煮雪的人

現代文明底下的溫度

> 身穿制服的廠長與工人
> 齊聲複誦來自遊樂園的訂單：
> 「塑膠材質，吉祥物造型。」
> 「五千份，今日清晨交貨。」

－節錄煮雪的人〈爆米花容器工廠〉

　　單從筆名「煮雪的人」來看，就可以隱隱感覺到這位詩人充
滿了故事。

　　的確，完成日本法政大學文學碩士學業的他，目前包括合集
已經出版了三本詩集；在 2021 年，更以個人詩集《掙扎的貝類》
入圍臺北國際書展大獎，是書展開辦以來第一本入圍該獎項的「詩
集」。綜觀在臺灣當代詩場域的參與，煮雪的人二十歲那年便參
與創辦「好燙詩社」、主編《好燙詩刊》，開始以青年的力量在

詩壇展現影響力。近年煮雪的人調整活動方向，開始嘗試文學與科技的結合，在網路上以 Podcast 的形式發行《好燙詩刊 Poemcast》，2021 年 11 月甚至推出臺灣第一本 NFT 詩集，開創詩的跨界實踐。

　　觀察他的作品風格，會發現其中的情境往往設計完整，融入了許多小說所具備的元素，第一本詩集《小說詩集》更試圖建構一種「次文類」，開創詩的格局。對此，詩人向陽給予了高度的評價：「若說他是獨闢蹊徑，開創臺灣小說詩的第一人，亦不為過。」

　　然而，不同於其他詩人大多從國文課本開始接觸詩，煮雪的人和詩的相遇，必須從「線上遊戲」說起。

從《天堂》到夢境，從小說到小說詩

　　二十一世紀開始，電腦與網際網路在臺灣蓬勃發展，線上遊戲逐漸成為年輕人最重要的休閒娛樂之一。國中階段，煮雪的人就讀的學校非常重視升學率，家裡更規定「只有週末才能玩電腦」。高壓的教育環境雖然讓他免於沉迷在電腦遊戲當中，但也因此讓他產生了「週一到週五的努力讀書，都是為了週末玩電腦」的感覺。「如果今天線上遊戲消失了，我不知道我的人生為什麼而活。」當時的線上遊戲對於他來說，具備著如此重大的意義。

　　在一次《天堂》的遊戲過程中，有網友在討論版以遊戲為題材發表詩作，這個現象讓他感到非常震驚——對當時還是國中生的煮雪的人而言，這是讓他提筆創作的重要契機。把「以遊戲為題材創作的詩」給父母和學校老師過目之後，他們都給予了非常正面的回饋，這使得

煮雪的人發覺自己「也許有創作的能力」，自此便步上了寫詩這條路。

「其實在書展大獎之前，我得獎或入圍的作品都是小說，反而現在大家都只讀我的詩。」煮雪的人笑說，在把「詩」當作自己主要的創作文類以前，國中時期的他早已寫過許多的武俠小說；這些「以同學名字來命名角色」的故事，代替了煮雪的人去闖蕩江湖，滿足他天馬行空的創作慾。懷抱一個開放的心胸，雖然他現在所出版的著作都是詩集，但他並不把自己侷限於單一的文類，也嘗試其他類型的創作；這種文類的斜槓、創作轉譯的跨感官現象，藉由寫作歷程的觀察，可以發現一些端倪。

說起「煮雪的人」筆名的誕生，則不得不提到《衛生紙詩刊》。經過國中線上遊戲的啟蒙，高中與大學階段的他開始以本名投稿各大詩刊，直到《衛生紙詩刊》創刊後，他才轉而以筆名「煮雪的人」發表詩作，逐漸形塑出個人的特殊風格。對於「詩人」這個稱呼，煮雪的人說其實自己一直都沒有設限，只是臺灣的詩刊眾多，讓剛開始寫詩的創作者有比較多的發表機會；相較之下，要在紙本刊物發表小說、散文的管道稀少，門檻非常高。除了文學生態中不同文類的能見度差異，在創作後期自覺「比較適合寫詩」，也是讓他把重心朝向詩創作的原因。

不同於一般人，煮雪的人早上醒來第一件事情並不是刷牙洗臉，而是把自己在睡眠中做的夢給紀錄下來。

「我很常做夢，我想想我昨天夢到什麼……算了，我之後要把它寫成小說，先不要講出來。」回頭觀照寫詩的啟蒙，煮雪的人在思考事情時，很容易將「空間」視為一種記憶的方式。3D電玩遊戲在他的成長背景中，確實佔了非常重要的意義，除了讓他在創作時以「一個隔絕於外在世界的空

間」開始發想，也會將自己的情感投射於詩中的角色——儘管可能不是以第一人稱的視角，但透過另一個角色的抽換，他也能進入到各種空間裡自由遨遊。

「文學小屋」訪談，於城市草倉 (林淵智攝)

對文體、文學獎與風格的反思

　　不同於循文學獎路線出道的詩人，煮雪的人對「投稿文學獎」和「文學創作」的關係，有著自己的一套見解。過去對臺灣文學徵獎的許多批評中，都認為「單篇」的徵選形式使得投稿者必須在很短的篇幅內打動評審，進而導致得獎作品趨於同質，對此說法煮雪的人頗為認同。他以日本的文學獎為例，除了新人獎，大都是以「書籍」的規模進行評選，這種作法讓寫作者可以同時擁有「文學藝術性的認可」以及「風格的展現機會」。審視當代臺灣文學場域，在「得獎體」氾濫的眾多獎項中，煮雪的人認為「聯合報文學大獎」是文學獎轉型一個很好的例證。

煮雪的人在 2020 年出版《掙扎的貝類》，是臺北國際書展大獎開辦十四年來第一本入圍的詩集。相較於常見的「單篇作品」文學獎，這種以「作品集」形式來相互評比的獎項，對於風格獨特的煮雪的人來說，似乎有著更大的優勢。在創作上，他自認屬於「比較忠於自己」的類型，作品很難讓大部分的評審喜歡，所以從某一刻開始就「放棄以詩得獎」；會入圍書展大獎，其實令他感到「不可置信」。煮雪的人唯一能想到會得獎的可能原因，是他在詩集的後記嘗試分析自己的創作，「也許是這個舉動給了評審一把理解的鑰匙，讓他們願意將機會留給過去被書展大獎拒於門外的詩集」。

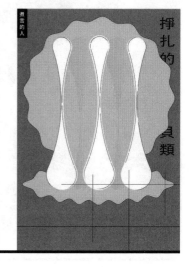

煮雪的人詩集《掙扎的貝類》(有鹿文化，2020)

詩人向陽曾經評論煮雪的人是「開闢臺灣『小說詩』的第一人」。其實，在 2009 年「後浪詩社與現代詩學研討會」中，解昆樺便認為洪醒夫的詩作有「小說詩」的可能；蘇紹連則認為，如果有「小說詩」這個類別，則應該屬於「敘事詩」的文體支系，並且提出了疑問：是否代表有情節的詩就可稱為「小說詩」？對於這些論述，煮雪的人在 2013 年的《文訊》雜誌中，將小說詩定義為「不以敘事為目的，而是以虛構故事為手法的詩」。回顧多年前的論述，會有如此的主張可能出自當時想標新立異的年少輕狂，「另一部份則出自對自己的疑問：為什麼我只寫得出這樣的詩？」在《掙扎的貝類》的後記，煮雪的人如此省思。

談到「散文詩」與「小說詩」的差異，煮雪的人舉 2010 年以「小說詩」為主題的《吹鼓吹詩論壇》11 號為例，認為這兩個是完全不同的方向。因為在臺灣找尋不到關於「小說詩」的足夠論述，他便選擇去日本求學，而後才獲得更多的了解，脫離摸索的狀態——「與其很明確地去定義小說詩，不如說是一個方向，不一定要說誰就是一位小說詩人。」煮雪的人說：「所以我現在不會特別說自己在創作『小說詩』，安全一點會說自己在寫『敘事詩』。」他補充，相對於荷馬史詩或是中國時報敘事詩獎的體系，自己的詩並不是將「神話傳說」或「社會寫實」作為寫作的重點，因此過去的「敘事詩」傳統與他的寫作策略是不太相同的。

　　對於風格的展演，沈眠曾在《小說詩集》的評論中，認為煮雪的人出色地在詩裡「大玩小說的幻術操演」，其中節制而準確的抽離態度，使得他的詩不同於常見的社會詩，有著「超然但非常沉痛的作用」；而對於《掙扎的貝類》，沈眠則認為「這本詩集也就如有精微中見龐大的幻術，讓人著迷於他在虛構裡紀實生命體悟的能量。」從評論中，可以發現煮雪的人創作上不斷「進化」的過程。如此特殊的表現形式，不禁讓人好奇：他是否有想過創作「不是小說詩」的詩作呢？

　　對於依循抒情傳統體系的詩，煮雪的人自言之前有嘗試過，只是比較「寫不出東西」；但他也說自己在寫詩時「當然沒有意識自己正在創作『小說詩』或是『敘事詩』」。郭哲佑在《聯合文學》雜誌的文章中，認為煮雪的人的部分詩作雖然鋪敘故事，但最後仍歸於一個開放性的「金句」結尾，這也許可以視為是一種小說手法在詩中的體現。因為詩作本身就可以具備故事性，煮雪的人也強調這種「界線的

曖昧」讓他現在不會特別去設限，想寫什麼就寫什麼，從而形成他獨特的文字風格。

世界第一本
中文小說詩集

煮雪的人詩集《小說詩集》（煮鳥文明，2012），
2021 年以 NFT 形式重新出版

日本經驗，讓《好燙》成為詩社新媒體領頭羊

留學日本的煮雪的人，觀察到日本的文學寫作者在 Instagram 的發表文化：「當他們的 Hashtag 是『ポエム』而不是『Poem』的時候，會有點像單純地抒發情緒，只是剛好分行。」煮雪的人補充，自己聽聞臺灣有些 Instagram 上的文字創作者在出版作品集時，出版社不想把文類歸類在「詩」；而在《好燙詩刊》的 Clubhouse 談話中，煮雪的人也提及現在寫作者從小就在網路環境長大，可能習慣把抒發情緒的日記式文字分行——它們未必是詩，只是剛好分行。相較於日本文化中對「詩」的界義，他認為臺灣的某些寫作者似乎不太清楚，「好像分行就是詩」。

留學經驗造成他創作層面最大的影響，呈現在「語法」上。「最近很常被說作品有日文語法的感覺，就連寫中文也會被影響。」回想自己當初到日本就讀研究所，最重要的目的便是「釐清自己在寫什麼」、「為什麼會想寫一個叫小說詩的東西」，這些在臺灣找不到答案的提問；直到有次

讀到日本詩人入澤康夫的「擬物語詩」，他才發現自己在做的事「有人早就做過了」。只可惜，詩人入澤康夫已經在 2018 年過世，無法更深入地向他當面請教。

由煮雪的人主編之《好燙詩刊》

說起「好燙詩社」的創立，必須回溯到煮雪的人的大學時期。

「奇怪，一個有語文創作學系的學校，怎麼會沒有詩社？」當時的他寫小說、學 Keyboard、玩底片相機，在許多領域探索嘗試。因為對於學校沒有一個正式的「現代詩社團」感到訝異，他便和同樣也寫詩的詩人鶇鶇，開始籌畫一個新的、不侷限於單一學校的詩社，同時定期發行詩刊。「前幾期有點失敗，畢竟很多事情不是大學生可以應付的。」相較於跨校的學生詩社「風球詩社」，當時的「好燙詩社」希望作品的風格要夠新，也沒有限定學生才能參與。

在創社初期，煮雪的人和鶇鶇兩人時常為了招攬社員而絞盡腦汁，包含在校內現代詩創作課宣傳、主動聯絡《吹鼓吹詩論壇》詩刊年輕詩人專輯中的寫作者、在《好燙詩刊》內置入詩社的加入方式……這些努力最終成功讓詩社招攬到足夠的成員，得以運作至今。

「文學小屋」訪談，於城市草倉 (林淵智攝)

　　2021 年是好燙詩社創社十週年，煮雪的人說之前有思考要出版詩選，以每一期詩刊的風格為分輯；但因為作業繁雜、可能不會有太大的迴響，而且紙本刊物銷售不易，這個計畫就暫且擱置了。煮雪的人舉了《水豚大行動 POETRY》為例，有許多很棒的年輕詩刊在出刊幾期便停止，他認為「買紙本書的人變少」是造成這個現象的原因之一。

「好燙詩刊：
PoemCAsT」
網頁截圖

「《好燙詩刊》發展到後期，我發現投稿者會開始揣摩編輯的口味，刻意去模仿前幾期的《好燙》。」煮雪的人說，「很多創作都是從模仿開始。這樣也沒有不好，只是時常在收到稿件後，會發現很多作品都不是我們要的。」對於這樣的寫作生態，也許和 Instagram 的流行有關——當讀詩的方式被大幅改變、出現很多「輕薄短小」的流行作品，這種模仿的創作模式便會被複製。雖然可以理解為什麼會「紅」，但這樣的作品讓煮雪的人覺得缺乏記憶點，似乎是當代網路詩創作的困境；不過，如果從樂觀的角度來思考，他認為這也可能是讀者變多的結果之一。

　　《好燙》在 2020 年嘗試了一種「聽覺詩刊」的實驗。在《好燙詩刊：PoemCAsT》的徵稿文中，提及：「近日 Podcast 逐漸崛起，原先隨著收音機一起沒落的大眾耳朵，再一次從視覺中獨立了出來。藉由這個機會《好燙詩刊》開始徵稿詩朗讀作品，投稿者可以沉穩地讀，也可以如美國詩擂臺（Poetry Slam）或是日本詩拳擊（詩のボクシング）般肆無忌憚地讀，最重要的是能讓人重新想起：詩是需要被朗讀的。」煮雪的人可以發現這種文學跨界的嘗試，深受臺灣以外的文學場域的影響。

　　「我聽過一個誇飾的說法：寫詩的人比讀詩的人多。不論想透過寫作達到什麼目的，我希望大家在寫作過程中，不要為了讀者去虧待自己。」對於文學創作，煮雪的人在最後給予所有寫作者一個受用的忠告，為本次訪談畫下精彩的句點。

訪談日期：2021 年 2 月 16 日

受訪者修訂日期：2022 年 6 月 30 日

陳少個人照

專訪陳少

非虛構寫作的誠懇宇宙

陳少，1986 年生，元智大學主修財金、輔修中文，臺北教育大學語創所碩士。著有詩集《只剩下海可以相信》、《被黑洞吻過的殘骸》。

我凝視海，也試著學習
信任眼裡
淘氣的飛蚊

——節錄陳少〈看得到海的地方〉

詩的腳步可以帶我們踏得多遠？

繼 2015 年出版詩集《被黑洞吻過的殘骸》之後，陳少在 2020 年推出了他的第二本詩集《只剩下海可以相信》，帶著臺灣的讀者走到了好遠、好遠的地方。踏上薩摩亞（Samoa）、萬那杜（Vanuatu）兩個島國，這本「寫生詩歌集」呈現出陳少如何在南太平洋漂浪旅行，重新認知自己的存在。

詩人馬翊航如此評論：「陳少的遠行有誠懇的眼睛與手，有

不獵奇的好奇，不偽裝的虛弱與健壯。他的移動不是地理，不是階級，而是一顆心的樸素起降。」就選在這本詩集的出版社——南方家園的會客室，我們從陳少的文學啟蒙開始談起，一窺詩人詩歌的創作旅程。

「故事」與「課本」作為文學啟蒙

陳少的國中時期，同學間開始流行他寫一段、我再寫一段的「小說接龍」遊戲——「我想把劇情引導到A，可是他想要把劇情引導到B，你收到的時候發現那不是你想要的，又把它寫回A，他又寫回B。最後我們的東西不是A也不是B。」回想起那段時光，陳少認為這類比起「小說」更像是單純「故事」的文字，在他的創作歷程佔據了非常重要的位置。

從故事開始，陳少慢慢開始自覺對「文字」的莫大興趣。和許多寫作者相仿，陳少的文學閱讀與創作是在「國文課本」的選文中發軔，舉凡簡媜、楊牧到白先勇，都是令他感到印象深刻、影響他提筆的作者，畢竟「這些文字很美」，為什麼不自己來寫寫看呢？因為一個念頭，陳少開始在筆記本或課本上，練習寫下自己的文字。

陳少詩集《只剩下海可以相信》(南方家園，2020)

雖然具有細膩的性格，但陳少在大學階段並不是就讀人文相關科

系，反而是完全無關的「財金系」，而這個選擇也對他的人生產生了重大的轉變。「那時候沒自覺，不認為中文系可以作為主要的志業，也會考量到以後就業的問題，所以當下就跟著潮流走。」現實的因素讓他按照大考分數，選擇就讀商管學院。不過，對數學並沒有太大興趣的他，坦言大一的學業總是處於被當的邊緣，自己「並不快樂」。一次偶然看到「元智文學獎」的公告，陳少便暗自揣想：如果得了前三名，就「輔修中文系」。

至今陳少還記得非常清楚，那是六月十二日，元智文學獎新詩組決審，評審是陳育虹、羅智成和陳克華。評審會議前晚大失眠的他，看到自己獲得新詩組首獎、散文組評審獎後，便決心在財金系之外的中文系，找一個新的出口——最後，他以「畢業」為最低標準完成了財金系的學分，畢業後也選擇報考創作所，繼續在寫作的路上耕耘，一直走到了現在。

「文學小屋」訪談，於南方家園出版社（辛品嫺攝）

陳少宇宙的誠懇詩法

　　獲得紅樓詩社「拾佰仟萬」出版贊助的詩集《只剩下海可以相信》，曾在評審會上被王柄富評論「情感表現十分誠懇，有一種『受害者式』的真誠與赤裸。」而詩人小令亦曾在「每天為你讀一首詩」賞析陳少的詩作〈蟻／象〉，指出其透過小孩充滿好奇心的雙眼去看待螞蟻和大象，這種好奇心與富童趣的柔軟可能一直是陳少寫作的內部精神，完成了作品表現上的「誠懇」。 對此，陳少笑說自己在面對複雜的人際關係時，往往選擇避而遠之——「所以面對人，我可能已經沒有好奇心，但是面對世界，我還是充滿了好奇和新鮮。」

　　踏上南太平洋的島國薩摩亞與萬那杜，對陳少而言就像進入了一個「新世界」；有趣的是，這種不安並沒有讓他卻步，反而讓他感到格外地「安全」，如此世界觀也反映著他在文學上所關注的母題。

陳少詩集《被黑洞吻過的殘骸》(印刻，2015)

　　「宇宙」和「世界」是陳少兩本詩集名稱上，讓人最直覺聯想到的主題。談及《只剩下海可以相信》這本書，陳少說當時有幸拿到齊東詩舍「臺灣詩人流浪計畫」，便開始著手進行準備；而因為必須離開臺灣到其他國家創作，這樣以「海外經驗」為主軸的計畫，讓陳少在

這本詩集中的作品風格具備強烈的主題性，得以在眾多七年級詩人中，立下自己「現代詩中非虛構寫作」的標的。

　　陳少指出，找到自己的創作風格實在是一件困難的事，必須要不斷、不斷地去實踐。這種「世界觀」的概念之於他，在成長歷程裡其實並非成形得理所當然，而是隨著時間不斷變化──學校是一段，出社會又是一段。透過不斷懷疑過去自己所接收既有的世界設定，他打破、重建一個精神性的宇宙，這種不穩定且流動的意識，建構出了他獨有的世界觀。

「文學小屋」訪談，於南方家園出版社（辛品嫻攝）

在危險與不安中找到最通暢的路

　　談論到自己的創作習慣，陳少是先有一個亮眼的句子，或是先有某種

渴望表達的感情呢？對此，陳少本質性地點破這個問題——這幾種模式詩人肯定都會使用，只是側重哪一種方式的問題。以《只剩下海可以相信》為例，陳少具體地架構好「寫一本詩集」的意識：「我要一輯專門寫薩摩亞、一輯專門寫萬那杜，一輯是二十首詩，彼此不同之處又要有呼應。」這種隨旅途所見「且寫且走」的策略，讓他完成了一本主題性強烈的詩集。

英國作家史蒂文生（Robert Louis Stevenson）於薩摩亞之居所（陳少攝，2015）

隨著創作年齡的增長，陳少在詩集的校對過程中更常「修改詩作」；而隨著近期「鏡好聽」、「好燙詩刊」等以「聲音」來表現文學的媒體蓬勃發展，也連帶地讓他更加斟酌詩中的聲音表現。在這些媒體出

現前，雖然陳少會在寫詩的過程中「心裡默讀」、感受聲音的質地，但後來在這些平臺上讀詩時，才發現「怎麼有些句子這麼難唸」，讓他開始嘗試在創作時「直接唸出聲音」──新的發表形式對寫作者造成的改變，也許比我們想像得還要更多。

陳少拿出訪談當天早上，去「鏡文化」錄音的稿子，上面是無數被原子筆塗改過的痕跡。他笑說，自己到錄音現場時，還在和主編討論「能不能修改詩稿」；甚至在錄完音之後，某些地方重聽，可能又想要改回第一版。如此字斟句酌的創作態度，也和他的性格有所關聯。

在訪談的最後，陳少感嘆「現在是一個文學不太興盛的年代」，無論是「閱讀」或是「寫作」，都需要憑藉著強烈的熱忱與堅持──「謝謝創作者們和讀者們堅持到現在，我也會繼續堅持下去。」

訪談日期：2021 年 9 月 8 日
受訪者修訂日期：2022 年 6 月 11 日

詩藝的復興‧千禧世代詩人對話

專訪陳少　非虛構寫作的誠懇宇宙

陳延禎個人照

陳延禎，台南手搖杯星人，東華大學華文所畢業，曾獲教育部文藝創作獎首獎、奇萊文學獎首獎、後山文學獎、統一發票六獎，國中畢業的十五年前在畢業紀念冊寫下未來的夢想是開飲料店，在去年成為了完成童年夢想的偉人。

甘蔗田的月亮
和中央山脈重疊
我再也
找不到更好的飲料店
可以投資了

—節錄陳延禎〈南迴〉

「有新鄉土小說家，有新鄉土散文家，為什麼沒有人提出詩有新鄉土？」這是《南迴》最初的創作理念，源於國藝會補助的寫作計畫。在《南迴》中，陳延禎自覺善於使用「實在」的物質、物件、景色，堆砌式地去發展意象。量級一大，物的象徵意味則呼之欲出，彌補了他自言不善以語言本身所發展的想像。在這樣的寫作策略下，讀者可輕易發覺詩集的後半部，那許多重覆的物件看似徒勞，其實就是作者蘊藉的表達。

「我覺得寫實主義是有極限的。」身為在臺灣現代詩場域中首

專訪陳延禎

後山滋養的新鄉土之聲

個以「新鄉土」之名嘗試突圍的創作者，陳延禎自言受到吳明益老師的影響，尤其是《天橋上的魔術師》，每個故事——在詩中可能是每個意象——都有一個隱流中的串聯、互補、脈絡，這是一種滿足。然而，新鄉土作為嘗試，陳延禎仍舊力求不要有前輩的影子。借鑑其他文類，直取其構思的新穎，駛入一個未曾有過或人煙稀少的途趨——儘管會走錯，儘管會被罵，但他期待走錯與被罵。

作為現代詩新鄉土的《南迴》

寫詩，試圖為此人生階段的自己留下一點什麼。身處各種主義與流派的多方面壟罩下，陳延禎振臂撥雲，掃除過往傳統「鄉土詩」的既有印象，試加以其他的元素進行調整、改變。試驗的結果便成了他的第一本詩集《南迴》，也為他所定義的「現代詩新鄉土」摸索出了一定的規模。

南迴鐵路中，有些路段會經過特別多隧道，外在環境的影響讓車廂中的陳延禎無法滑手機，「被迫」去觀看窗外的風景，開始真正感受世界的樣貌。回到詩的最根本，陳延禎將《南迴》定義為自己對新鄉土的嘗試，除了有意識地不要在作品中出現前輩寫作者的影子，他也試圖擷取日常所見中「異樣的各種直覺」納為詩用。以書中時常出現的「麋鹿」意象為例，陳延禎眼中的麋鹿是一種「幻想式的動物」，如同美劇《雙面人魔》中巨型的麋鹿幻覺重複出現，使觀者分不清現實與虛構，陳延禎被這象徵所震懾，投入到這難拒的衝動，下筆入詩中——雖則臺灣是沒有麋鹿的。如何調配詩集中「新鄉土」的語境，拓幅並加以整合，乃《南迴》創作時的一大難題。

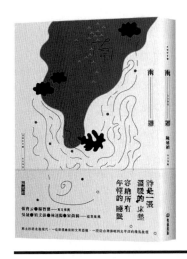

詩集《南迴》（雙囍出版，2021）

　　對於陳延禎的詩作，蕭宇翔指出明明其中對語言的敏銳程度如此精緻，卻甘於選擇使用這種近乎笨拙，慧黠而狼狽的表現手法——「應該說，我覺得它適合這樣的方式。」陳延禎接著回答：「今天在一個非常鄉土的語境裡面，出現過於精緻的文學手法，我不認為適合在我的詩集裡出現。」況且自己的個性給人的印象有些笨拙與不拘小節，這恰巧符合「詩如其人」的自我期許。這些誠實的詩，陳延禎自認才是他最好的詩，而非以是否得獎作為判準。

　　「詩人所哀嘆的並不僅僅止於鄉愁，而是那些無法再度被情感企及的往日。」從詩集名稱「南迴」來觀察，曹馭博指出除了「現實向度的行蹤」，更有著歸鄉之「難」、難以迴返之意；而就語言風格來論，曹馭博認為《南迴》的詩作大抵能分為「小抒懷」與「現實側寫」兩類。崎雲則分析了詩集中「生物」與「器物」的意象群，在盛接、遮擋之餘，保有心裡的自由與滄桑；而在《幼獅文藝》林育德的訪談中，陳延禎表示新鄉土的「新」並不意味著挑戰，而是一種相對的概念——對於「現代」詩的「新鄉土」。

雖距《南迴》的出版已過了一段時間，但陳延禎仍不排除對「現代詩新鄉土」的論述進行調整。

　　「我常常開玩笑說，我很期待有人來罵我。」陳延禎自嘲，這種現代詩新鄉土的主張是「值得被罵的」，如果有更多聲音加入討論乃至挑戰，便能根據不同的意見來逐步修正，讓這種新的概念更加完整。不過，從創作者的角度來論，他也坦言自己的身份並不是學者，對理論進行更深入的論述並不是一位詩人必須承擔的責任——或許從來不是詩人選擇了讀者，而是讀者塑造了詩人這個角色。

「文學小屋」訪談，於華山青鳥書店（林宇軒攝）

從數字到文字，從臺南到東華

　　企管系畢業後，進入華文所的陳延禎在新的環境發展，以一種類似數據分析的方式，將意象融入詩作之中。

「它會慢慢『長』出各種不一樣的東西，我覺得很好玩。」對陳延禎來說，雖然在作為畢業論文的詩集《南迴》裡，有些詩作是透過「不那麼自然」的方式來完成的，但他都盡可能地在後續進行修改。

就他來觀察，自己會嘗試不同的創作路數，以「文學獎」為目的的詩作就是其中一種。不過，陳延禎認為得文學獎的詩作都不是最好的，那些作品只是為了比賽、得獎而創作，「也沒辦法代表我，雖然它可能有得獎」。談到文學獎，陳延禎直言「我跟你講，如果你要得文學獎，就去找須老師」──從陳延禎的《南迴》、曹馭博獲林榮三首獎的詩作，到曾貴麟、宋尚緯等青年詩人都曾於須文蔚的門下學詩，由此可見文學創作中「老師」的影響。

因為自己皮膚白的緣故，他曾被吳明益老師在課堂上笑稱是「杜牧型」的人──會上青樓、飲酒作樂──這也讓他有段時間以「東華杜牧」的名號四處找學弟妹喝酒、打麻將。陳延禎也並非只有貪玩的一面，他喜歡與木工師傅聊天，好奇他們的價值觀，下班後還會一起去吃宵夜。他自言很善於和別人「變熟」。他說：「下班後跟木工師傅一起吃宵夜聽起來很誇張，下課後系主任來我的宿舍打麻將聽起來也很誇張，但對我來講這是一樣的，只是變熟之後一起去東晃西晃。」

「不過，」他正色補述：「〈南迴〉這首詩一開始確實跟杜牧有關係。」在須文蔚老師的現代詩課堂中，陳延禎選擇杜牧的〈清明〉作為其「古典新詮」的創作作業；而這個重新詮釋乃至看不出原詩的〈南迴〉，也成為對應他此時生命經驗的重要詩作。「清明節我就是特別、特別、特別不想要回去。因為全部的親戚都在，會被問說『你在幹嘛。』說我在寫詩沒人會理我，大家只會可憐我。」在東華大學進行文學創作的這段期間，陳延

禎想盡各種辦法不回家，以避免被和其他親戚的小孩比較——渴望見到家人，卻又不想受到家人的情緒影響，這種矛盾的感受讓他產生了內心的拉扯——無能為力、灰心甚至自我懷疑，這種真實經歷的內在衝突成為了他寫作中的核心情緒。

「故鄉在山脈另一頭，詩人卻沒有更好的理由返家定居；詩人對於故鄉的回憶就像處在烈日下所有湧動的物件，都成了苦難的馬戲。」曹馭博在〈呢喃少年的小傷編年史〉對《南迴》的評論，精準地為陳延禎的生命下了一個精要的註腳。作為承接自己前一部分人生的詩集，如何有系統地呈現？雖然高中曾加入校刊社，但陳延禎自言，大學以前閱讀詩集的方式大都是「隨意翻閱」，很少將一本詩集從頭讀到尾，因此很容易會忽略作者想要傳達的東西；當自己成為作者後，才了解「將創作有系統地呈現」其實是一件非常困難的事。

「文學小屋」訪談，於華山青鳥書店（林宇軒攝）

文類與身分的拉扯

「詩人的第一本詩集，絕對是最重要的。」陳延禎以自己為例，二十八歲出了第一本詩集《南迴》，代表了他從一歲到二十八歲的人生；往後出版詩集不會再涵蓋如此的生命厚度，這也是他想要在第一本詩集內「呈現多一點自我」的原因。不過對他來說，寫散文比寫詩更輕鬆自在，除了在技術上沒有過多的要求，文字表現會受到的限制也比較少，這是他會想要往這方面嘗試的原因。他也曾自我質疑，「我的散文是否太裸露、直接」——但詩何嘗不是如此？《南迴》的後記，一言以蔽之，簡直是將猥褻寫得可愛，又可愛到近乎純真。

他振振有詞地說，自己未來想嘗試書寫一本以「福壽螺」為核心的散文集，「寫的就是我們這一代的年輕人，害蟲、寄生蟲、無用。」他說，「對一個家，對詩人這個職業，或對土地的美好想像，就像北部人來南部觀光，看到田很興奮，下去拍照，但他們不知道的是施肥味道之重，還有田裡的福壽螺。」他蹙起眉頭解釋：「農夫施肥時是一隻一隻抓上來，就堆在旁邊，風吹日曬雨淋，騎車騎過去，那個屍臭味……」這成堆的螺屍就是詩人的心靈圖景，就是詩人的內在與生活環境，是充滿惡臭的。這似乎是個死局，沒有解套，此時陳延禎的面色更加認真——

「恰恰生命中很多事是沒有解套的，但你不覺得嗎？」

「蛤？」

「福壽螺作為食物似乎也是種挺黑色幽默的解套。」

「……蛤？」

這就是陳延禎的人生哲學，毋寧說是他的詩學。

　　對於文類上的身分定位，陳延禎有著獨到的見解——「第一本著作是詩集，定位就是詩人；之後寫散文就是詩人寫的散文。」對他來說，詩人還是自己優先追求的身份，但有時也會因此而「偷懶」：「我覺得自己是詩人，所以散文跟小說就有理由不去深入理解。」回想起在臺東當兵的日子，陳延禎吃住都在部隊，每個月六千元的薪水幾乎都拿去買書，還會故意挑很厚、字很密集的書籍，怕一下子就看完；如果讀到很爛的書還會因此生氣。綜合他在後山的生活，這些人生的經驗帶給他相當大的啟發。

　　在東華大學的時光，陳延禎開玩笑地說自己「被迫大量閱讀」，但讀得最少的文類反而是詩集；而現在的他亦如此，將大多的時間都用在閱讀國外小說上。他舉出吳明益老師的書單：《雲的理論》、《地海》、石黑一雄的小說等，都是他所喜愛的書籍，甚至書架的書都可以分成「吳明益有寫序」和「吳明益沒有寫序」兩部分。也因為有老師的引導，讓他在閱讀時感到比較放心。無論是「現代詩新鄉土」的主張，或是「福壽螺」的散文構想，相信這位不斷內省、求進步的詩人，在未來必會推出更多優秀的文學作品。

訪談日期：2021 年 8 月 23 日

受訪者修訂日期：2022 年 7 月 4 日

詩藝的復興：千禧世代詩人對話

專訪陳延禎 後山滋養的新鄉土之聲

蔣闊宇個人照

蔣闊宇，1986 年生，南投草屯人。曾任桃園市產業總工會、南亞電路板錦興廠企業工會秘書，獲林榮三文學獎等。著有詩集《好想把你的頭抓去撞牆》，專書《全島總罷工：殖民地台灣工運史》，與周聖凱合編《我現在沒有時間了：反勞基法修惡詩選》。現於愛丁堡大學研究歷史，面朝海波浪，想念黃昏的故鄉。

專訪蔣闊宇 寫實主義廢墟中的臺味

你仍哭著，雨仍下著
面對世界我無話可說
面對你，我還有很多話想說

——節錄蔣闊宇〈真實〉

「寫詩有很多技巧，比如我們主要會用的意象——如果把一直以來慣用的技巧全部丟掉，我們最後還寫得出詩嗎？對我來說，我覺得比較口語的做法，其實也是技巧之一。」怎樣的詩算好詩？怎樣的詩算不好的詩？蔣闊宇認為，這種美學評判的標準，是建立在過去典範所留下來的傳統之上；而在意象和語句的變形出現前，「詩就已經存在了」。

「什麼是『純詩』？沒有了這些技巧，怎麼寫會寫得像詩？那個東西顯然不是一個口語或不口語的問題——當你只有口語可以

使用的時候，要讓它寫得像詩就會特別難，所以它反過來變成一種挑戰。」蔣闊宇舉洛夫的詩句「我是火／隨時可能熄滅／因為風的緣故」為例，儘管很口語，但現在回想起，仍然讓他起雞皮疙瘩。

以變造過的口語和白話探尋「純詩」

在蔣闊宇的作品中，包括〈野狼少年〉、〈共乘〉等眾多詩作中，都以交通工具來呈現出臺灣的現代性，其中的詩句如「看到車縫就鑽／看到卡車就讓」或「愛情雙黃線／命運紅綠燈」這類鬆鬆（sông）的美感，透過相同的形式直接展露出獨有的「臺味」。蔣闊宇坦言，因為自己追求「只靠口語寫」的創作觀，所以時常會回頭尋找臺灣文學中可以參照的資源，而這也許是造就讀者有這種感受的原因。

「我後來念了研究所才知道，七、八〇年代之交的鄉土文學論戰，那時現代詩被批評『很晦澀』，所以大家就會想把它口語化；所以到了八、九〇年代，已經有一批人專門在用口語寫——我基本上都是跟他們學。」從過往的文學發展中學習各類型詩作，蔣闊宇以許悔之的詩作〈大翅鯨的冬日旅程〉為範本，那種「很口語又很有詩意」的作品讓他感到嚮往，並期待自己能寫出有夏宇意象化風格的「貓輕微但水鳥是時間」，同時又擁有許悔之的口語特質。

大一時，蔣闊宇曾短暫進入臺大現代詩社，和青年詩人李柚子有過交集，同時開始思考「用口語來寫詩」的可能。

「用口語的方式寫，會面臨到的困難就是，你不知道怎麼把一個事情講得很有『詩意』。」蔣闊宇舉自己的創作經驗來進行分析：「我

那時候找到一個方式，因為口語是一種比較貼近『概念性』的思考，所以會有很多聯想的成分。」從兩個層面來談，除了「丟掉技巧」的口語之外，「從自然語言開始思考」也是造就蔣闊宇的詩集《好想把你的頭抓去撞牆》有「臺味」的原因。

蔣闊宇詩集《好想把你的頭抓去撞牆》（遠景，2017）

在詩作〈野狼少年〉中，他寫道：「換一盞頭燈／願迎面看得清楚／換一組避震器／願前路不再動搖」在這些看似口語的語句中，透過「避震器」和「震」、「前路」和「動搖」這些概念的連接，讓它從單純的口語成為「詩」。〈野狼少年〉表面上書寫「車」，但其實也是蔣闊宇當時對世界、對人生的看法，並將其一個一個指認出來。對他而言，詩人是萬事萬物的命名者，詩人書寫某物即是在為其命名。

「我把它叫做『純詩』的原因，是因為我把所有的技巧丟掉——我覺得不太像修辭。修辭比較像是『怎麼講』，比較像如何把遇到的事情概念化。簡單來說，有點像是用什麼方式去指認這個世界。」不只是書寫的內容，蔣闊宇指出「純詩」其實關乎寫作者的思考模式，也因此書寫的同時，便對世界形成了一套認知。

經過雕琢過的口語，在蔣闊宇的詩作中隨手可得。「你如果要用口語寫詩，像平常講話的寫就會非常的散。比如『愛情雙黃線』，我們哪會這

樣講？它可能是去頭去尾，平常的講法是『愛情像雙黃線，你不能跨過去』。」把話語精簡到一個程度的寫作策略，使得他的詩作成為「變造過的白話」：「有些話不用講。符號都有他們的性格，當它們放在一起，自然而然就會有它衍伸的意義。」

　　談及「文學性」，真實和虛構要如何「揉」在一起？蔣闊宇認為，大多時候的作品會服膺於形式──「為了讓這首詩有個統一的印象，或呈現出某種特別的感覺，所以就會在選擇技巧時，注意各個技巧具有的關聯性。比如提到『改車』，語言可能就要『臺』一點？」在各種美學典範中，他偏好「看起來很自然，但其實一點都不自然」的類型，也許亦能作為映證。

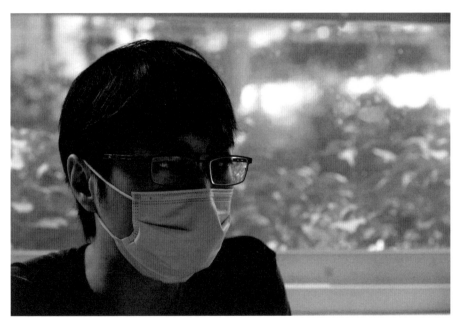

「文學小屋」訪談照片，於 1975 Antique's Cafe Tea Room（林于玄攝）

詩與工運：辨認自己和社會的關係

從臺大中文系到臺大臺文所，蔣闊宇自陳大學時期有很大一部分受到郭哲佑的影響。「我們那時候討論了滿多文學的問題，比如詩的好和不好，有沒有一個客觀的標準？如果沒有的話，那個機制是什麼？如果有的話，那個標準又是什麼？」學院對蔣闊宇現代詩寫作的實質幫助是較不明顯的，但在其中學習的過程，遇到像郭哲佑這樣可以一起討論詩藝的伙伴，對於沒有涉入詩社的他來說，確實累積了很多東西。

《新新聞》在採訪蔣闊宇時，以「右手寫詩，左手搞工運」為標題。其實在文學和工運之外，他大學期間還有雙主修哲學，這使得他的課餘時間變得非常稀少，也成為他並沒有很深入參與詩社的原因之一。「那時候剛上大學很愛玩，我都在玩滑板，整天在運動，就比較少去現代詩社。」相較於靜態的文學活動，這種以身體力行為主的傾向至今仍深深影響著他。

從教育背景來觀察，可能會對蔣闊宇和其所關注的主題有更大的認識。

「2017 年底的時候，我在立法院外抗爭，那天我爸被公司開除。」因為家庭因素，蔣闊宇深刻地體認到勞工的辛苦：「我之後或許可以找到一個教職，但我永遠不會忘記我爸媽都是勞工。勞工對我來說有很深的情感連結。」對他而言，書寫「勞工」並不是在書寫社會議題，而是實實在在地紀錄生活。

做研究、寫論文，似乎時常被扣上「離真實社會情境很遠」的帽子。從碩士論文改寫而成的《全島總罷工：殖民地臺灣工運史》談起，蔣闊宇坦言一開始去工會時，對這個領域也沒有很多的認識，但回頭去思考以前的歷史，會發現很多事「沒有那麼理所當然」，各種情境與因素都能夠左

右社會的發展。儘管在歷史這樣的基礎學科中，很難去斷言「研究對社會有沒有貢獻」，但確實可以讓我們更加辨認出自己和社會的關係。

蔣闊宇著《全島總罷工：殖民地臺灣工運史》（前衛，2020）

　　我們如何去理解「社會」這個詞？與其討論詩和社會的距離，蔣闊宇主張「詩本身就是社會」：「有人規範性地認為『文學應該反映社會』，對我而言這是一個描述性的語句——我可能只是想要寫我今天早上吃得很好，但是這後面就反映了社會的某種東西，所以在這個意義上，詩就和其他所有東西一樣，可以介入社會，也可以不要介入社會。」而對於有人堅持寫詩不能意識形態先行，他也反駁這個有問題的談法：「所有的詩都有意識形態，最後還是看你寫得好不好。」

　　對「臺灣人是健忘的」這句話，蔣闊宇主張這些事物會被遺忘，在某種程度上「都是有道理的」。「人的處理器是有限的，當然也可以被利用。你想要蓋掉什麼議題，一直狂洗另外一個議題就可以蓋掉。『健忘』是這樣子的，你如果想要留住什麼東西，其實沒辦法訴諸大家的記憶力。所以重點應該是，如果我們要留下一個東西，我們要為那個東西付出什麼？要有人一直把那些東西留下來？」

以他所編選的《我現在沒有時間了：反勞基法修惡詩選》為例，因為國際情勢的變動，現在大家聚焦在國族議題，相對在階級問題上的討論就有所淡化。不過，蔣闊宇指出這並不代表被留下來的問題是「沒有意義的」：

「所以我不太會說臺灣人健忘，而會說既然健忘，那我們要做什麼讓社會更好一點？如果不是那麼在乎社會的話，也可以想著怎麼讓詩、讓文學更好一點，更有豐富性。」相較於悲觀地看待未來，蔣闊宇選擇以更積極的觀點去解釋當代社會中的現象。

蔣闊宇、周聖凱主編《我現在沒有時間了－反勞基法修惡詩選》
（黑眼睛文化，2018）

誤讀與眞實：寫作者是自由的

對於《勞工詩選》是否有實際的意義，蔣闊宇並不認為這些「嘗試」距離「社會的現場」很遙遠：「德希達說『文學是即將到來的民主』，在這個場域裡，你可以談論任何各式各樣的東西，然後它的禁忌沒有像其他領域那麼多──比如在公司你不能罵老闆，可是寫詩時可以罵──它是一個相對自由的場域，大家在裡面可以自由地發表意見。所以文學的這種自由光是在『談論』，我覺得就很有意義，因為它讓本來沒辦法談到的議題被談到了。」

當代文學場域中，一旦社會上有災難發生，就會出現許多「為災難而

寫的詩」。如此的現象，除了反映出寫作者「以文學消費議題」的趨勢，更使得「能否針對災難或時事寫詩」成為了一個值得探討的問題。「如果說，處理議題的時候想得夠深，處理到議題後面那個更長遠的東西，它就會超出那個東西。」蔣闊宇以自己中文系的背景知識舉例：「比如說杜甫的『三吏三別』，這類的作品從單一事件裡，找到了一個有延續性的議題。如果議題可以做到這個程度，它就無關你選的議題是什麼，而是寫詩的人看不看得到事件背後更抽象的意義。」也因此，蔣闊宇並不會完全反對「寫時事詩」，反而會將其轉化為「寫作設定」的問題。

對於以「詩」來介入社會是否有效，蔣闊宇抱持懷疑的態度。「它可以介入——它介入的某些方法是有效的，有些方法是無效的，要看寫詩的人怎麼設定，最後就是回到寫詩的人『自我定位』的問題。」對於這類寫作者的遲疑，蔣闊宇建議盡量把事情「看深一點」，不要只看議題的表面，要看到背後更大的結構，和結構對話時便能超出議題本身——「雖然那種講法有一定程度的道理，但寫作者是自由的，不需要限制自己寫作的主題。寫自己覺得重要的東西，把詩寫好就好。」

「文學小屋」訪談照片（林于玄攝）

目前在愛丁堡大學研讀歷史的他，除了想為過去一百年來勞工的歷史塑形，同時期待能透過現代詩和臺灣文學史對話。「很多議題沒有再被提起就會被遺忘，所以我會希望我的作品能夠回頭，把過去有價值、但已經被遺忘的議題帶回來。總而言之，我現在寫的東西是在反省人和真實、人和世界的距離。」

「我最近在想的一樣和寫實主義有關，」談起近日對當代文學場域的觀察，蔣闊宇提出自己的看法：「這個時代其實是一個寫實主義的廢墟，臺灣文學前面有很大一塊是在談寫實主義——臺灣新文學如何透過語言的改造讓知識可以流通，讓大家可以比較有文化、有知識地去思考社會。你說文學反映真實，如果你誤會了怎麼辦？」

在他的心目中，「人」也許永遠無法觸及「真實」。楊逵主張「寫實主義是不斷前進、逼近真實」，但蔣闊宇認為「真實可能就是一個荒漠」——「它可能什麼都沒有，世界就是一團混亂，大家鬥來鬥去，最後全部都死了。」面對這個可能的絕望時，創造性的「誤讀」帶給了蔣闊宇力量。

「所以，我發現寫實主義文學的重點可能不是那個『真實』是怎樣，甚至也不完全是『一直逼近』。重點是『我們有怎樣的誤會？我們為什麼這樣誤會？這個誤會會帶我們到什麼地方？』」對於文學上的領悟，從「誤讀」到「解釋」讓蔣闊宇感到很享受。也許可以這麼說，相較於外在難以觸及的真實世界，這種以獨有觀點所建構出的精神世界，也是每一位詩人都必須去努力創造的。

訪談日期：2021 年 8 月 19 日

受訪者修訂日期：2022 年 7 月 4 日

二

寫自己的歷史，說自己的故事

沙力浪個人照

專訪沙力浪

Salizan Takisvilainan

用文學傳遞部落的燈火

沙力浪 Salizan Takisvilainan，花蓮縣卓溪鄉中平 Nakahila 部落布農族詩人與文學家，書寫部落的情感與哀愁。曾經因為念書的關係，離開部落。到桃園念元智中文系，再回到花蓮念東華大學民族發展所。這樣的經歷，開始以書寫來記錄自己的部落、土地乃至於族群的關懷。目前部落成立「一串小米族語獨立出版工作室」，企圖出版以族語為主要語言之書籍，並記錄部落中耆老的智慧，一點一滴地存繫正在消逝中的布農族文化。除了在部落成立工作室，也在傳統領域做山屋管理員、高山嚮導、高山協作的工作，努力的在部落、在山林中生活，並書寫。文學創作曾獲得原住民文學獎、花蓮縣文學獎、後山文學獎、教育部族語文學獎、臺灣文學獎，著有《笛娜的話》、《部落的燈火》、《祖居地‧部落‧人》、《用頭帶背起一座座山》。

幼稚的智慧已發芽
笛娜
你的語言灌溉了我
靈魂帶著傳統的弓箭
純潔的血液編織成夢

—節錄沙力浪〈笛娜的話〉

沙子的沙、力量的力、海浪的浪，將族語名翻譯為漢字在文壇活動的沙力浪（Salizan）以大家較為熟知的「漢字」如此介紹自己的族語名。

「我們布農族人，名字很多是取自植物；有的名字其實已經不知道它原來的意義，只是單純的一個名字，像我的名字已經遺失它原來的意義，只剩下一代、一代名字的傳承。」雖然在身分證、學位論文等正式文件上是以「趙聰義」來通關，但在一開始去嘗試文字創作時，他便選擇將自己的原住民族語名音譯為漢字作為發表的作者名。

「當我跟你是同一個名字的時候，我們的距離會拉近。」在布農族的傳統中，沙力浪和他的叔叔使用著相同的名字，在這層關係下，叔叔平時也會特別照顧他。「後來在外工作的時候，也會碰到其他的『沙力浪』，那個親近感又更深厚一點——所以名字，其實是有一種互相照顧的親近感。」

寫自己的歷史，說自己的故事

從小居住在花蓮的沙力浪，時常利用課餘時間閱讀文章。儘管國中開始便投稿作品至《花蓮青年》、《台東青年》等刊物，不過當時的他對自己的生活環境，尚未培養出強烈的族群意識。「因為生活在那個空間裡，這個想法自然而然就出現在文字裡，在書寫上不會特別去著墨；反而是離開花蓮、來到桃園的時候，才會去重新思考，要怎麼去凸顯自己的身分或是生長的地方。」相較於平時生活的卓溪與玉里，反而是更深山的祖居地成為他在文學作品中更想著墨的部分。

「因為投稿會有一筆稿費，那時候家裡沒有那麼富裕，所以稿費就變成自己的零用錢。」沙力浪笑說，那時候的寫作偏向「命題式作文」，時常為賦新詞強說愁。因為以前的體育背景，他會將訓練過程中辛苦的那一面書寫出來，旁及校園青春生活的點點滴滴，都成為他筆下的

題材；而在高中老師的提醒之下，他亦開始將部落文化融入自己的寫作當中。

2000 年，沙力浪在大學現代詩課堂中，寫下了詩作〈笛娜的話〉，而後獲得山海文化雜誌社舉辦的原住民文學獎——原先只是一次小小的作業，卻深深影響了他往後的寫作生涯。從山腳的部落來到都會，沙力浪跟著中文系的同學一起唸書，發覺自己的文化正在悄悄地流失：「整個班級都是漢人、只有自己是原住民的時候，你會有一種很深刻的感覺——當大家都在認真學習自己族群文化的時候，我的文化在哪裡？」肇因於文化認同的醒覺，沙力浪從當時自己已不太流利的族語出發，寫出了這首具有省思意義的詩作。

沙力浪詩集《笛娜的話》(花蓮縣文化局，2010)

心情的抒發與簡單的象徵作為起始，沙力浪坦言當時對詩的概念不深，在老師的提點下，才開始在文字技巧上不斷練習。「我第一次得獎之後，開始對寫詩產生興趣，會把瓦歷斯‧諾幹老師的作品重新拿來閱讀。」對沙力浪而言，書寫歷史與族群議題的作品是相當具有吸引力的，如何將巨大的歷史力量濃縮於一首小小的詩作中，進而感動讀者，是他想要嘗試、努力實踐的目標。

父親去世以後，沙力浪寫下詩作〈走風的人〉，回推父親生前族群遷移的過程——它是父親的小故事，同時是族群的大歷史。從閱讀前輩詩人

的作品，他開始思考如何「走出自己的路」，將自己的故事運用在詩中，開展出獨特的詩風。

在非原住民寫作者寫及「原住民」與「酒」時，往往會再三斟酌措辭，以避免造成族群文化上的刻板印象。本身是布農族的沙力浪表示，自己在書寫到「酒」的意象時，同樣也會特別留意；然而，他也提出另一種思考的觀點。「有時候又會覺得說『這就是我的生活經驗』，在我面臨困境的時候，『酒』會幫助轉換自己那種苦悶的心情，所以我會把酒當成我日常生活的書寫。」

當時大學畢業、錄取東華大學民族發展所的沙力浪心想：「來到東華念書，是不是離部落近一點了？」但實際進入研究所後，才發覺大部分的時間都是在研讀文獻，從西方的理論、漢人的歷史中，去尋找原住民的位置，但「永遠找不到用原住民的觀點去書寫的書」。

在詩作〈在圖書館找一本酒〉中，沙力浪把「酒」當成一本「書」。談起創作契機，他笑說當時因為「怎麼樣都回不到部落」，偶爾會藉著喝酒來消解心中的苦悶。「我覺得每一瓶酒都有它的歷史──它釀於哪個國家、它的趴數、釀製的時間、它有沒有用桶子……這些都是故事，一瓶就是一個故事。」在研讀完東方主義的相關理論書後，沙力浪開玩笑地說如同「喝了五十趴的烈酒」，隔天起床就頭痛、嘔吐。

面對日常生活的苦悶，沙力浪的詩開始慢慢脫離歷史的大敘述，逐步加入自己的生活經驗。「我們的歷史敘述是被別人書寫的，所以這些雖然是我自己生活的小經驗，可是它們面對的是整個族群要面對的事情──原住民要怎麼開始去用自己的筆書寫自己的歷史、說自己的故事？這也是我面對這件事的看法。」

「文學小屋」訪談照片，於臺灣文學基地謬思苑（辛品嫻攝）

原住民文學圈與族語傳承

　　詩集《部落的燈火》中，收錄了五首族語詩。「我們從小到大都是用中文去思考、上課、書寫、對談，所以你的腦袋其實已經『中文化』，面對事情都要先用中文去思考。」從族語詩為思考中心的寫作模式，除了讓沙力浪重新認識自己的語言，更使得他多了一份責任感：「當我想要用族語去創作，其實是先用中文去思考再轉換成族語──我希望能慢慢地找回我失去的族語。」儘管辛苦，但透過這種「轉兩次」的書寫過程，讓沙力浪更加省思自己的寫作。

　　「要真正重新找回笛娜的話，應該是要回到部落。」談起一串小米族語獨立出版工作室，是沙力浪在研究所畢業、服完兵役後所創立的；因為曾任學校教授的研究助理，他有時會進行族語詞彙的田野調查。「那時做

的是排灣族語的詞彙收錄，」沙力浪回憶當初的情景：「在調查的過程中，腦袋就會開始想說『其實我是可以自己做的』。」因為有了這些經驗，他申請文化部的補助，毅然決然回部落進行族語相關工作。

沙力浪詩集《部落的燈火》(山海文化，2013)

如何藉田野調查收錄即將失傳的族語？這對於當時三十出頭歲的沙力浪來說是巨大的挑戰。「部落的人其實很難理解一個年輕人要回部落做什麼，就感覺三十幾歲回去就是『情場失意』或是『工作失敗』；後來是等到幫老人家出書之後，在部落弄新書發表會、把書送給每個老人家，他們才慢慢知道我在做什麼事情。」

回溯詩作〈在圖書館找一本酒〉的概念，要真正找回自己的「族群」，比起觀看由他者書寫的書，更應該如詩中所寫的「要去部落分館找」。因為公部門的經費補助重視「公益性」，所以那時沙力浪以「圖書館」為主軸，蒐羅大量書籍成立一座圖書館——「可是做了一年之後，你會發現自己被鎖在那個圖書館裡面。」沙力浪直言「圖書館的專業很不簡單」，包含編纂書目、讓書籍流通等，而這些行政流程讓他發覺「和自己的想像不一樣」，後來才將「一串小米」轉換方向為「以族語為主的獨立出版社」。

「在我的心靈裡面有一股力量，一直讓我想要去對『族語傳承』這件事做出貢獻。」進入研究所後的他，將「寫詩」視為復興文化的實踐，不過他也提到一些其中的困難之處。「我那時候的創作模式是『把族語翻譯成漢字』穿插在詩裡面，能使用的族語大部分都是專有名詞像笛娜（Tina，母親）、塔瑪（Tama，父親）等一些比較『詞彙性』的轉譯；如果完全放在詩裡面，詩意就整個打住、不見了。」

沙力浪提及原住民文學作家的世代劃分，主要可以分為「以社會運動起家」以及「參與文學獎得獎」兩類，並不是單以「年紀」為分界。「原住民文學圈裡面，我的同輩其實很少，」年紀輕輕便進入文學場域中的沙力浪笑說：「當時他們一直標榜我是『原住民最年輕的作家』，從我二十歲一直到現在，都還在說我是原住民最年輕的作家。」

以同輩來說，年紀相仿的乜寇・索克魯曼（Neqou Sokluman）大哥是沙力浪寫作上的夥伴。「我們除了是同輩，也有一種競爭的關係。」因為長年在山海文學獎中交手，兩人會互相了解對方的創作進度並給予鼓勵：「最主要的是，我們會互相去提供出版或補助機會的訊息。」談起兩人在寫作上的差異，雖然居住於南投的乜寇也是布農族人，但生長於花蓮的沙力浪認為和自己「聚焦於遷移路線」相比，乜寇以神話和小說從南投「著眼布農文化」的寫作策略，可能比較「正統」。

對於文學社群的觀察，沙力浪也發現近年出現一些新的原住民年輕作家。「我已經擺脫最年輕作家了，」他笑道：「以前因為原住民作家很少，比如孫大川老師就會鼓勵你去寫，那個年代寫出一、兩首詩得獎，大家就會開始說你是『原住民青年作家』──才寫一、兩篇就變成作家，那時候壓力其實很大。」

近幾年因為比賽的項目與類型增加，當代的原住民族作家難以單靠身分保障或部落的題材就和過去一樣受到關注。沙力浪觀察到很多年紀比較輕的作家在原住民的領域外，也會參加其他的文學獎，在作品上累積了多元的書寫視野。包含馬翊航、程廷（Apyang Imiq）在內的原住民族作家，在出版書籍後，將原住民文學開拓到另外一個層次——持續在文字裡書寫對原住民族的困境，可是也開始著重在個人情境上的書寫——在沙力浪看來，這些不同以往的原住民文學面貌，都能夠帶來不一樣的觀點。

「跟 Neqou 是資訊的相互交換；而 Apyang，則是投稿文學獎的時候，會先確認彼此是不是參與同個文類，如果不是，他會先給我看，提供一些意見。」沙力浪說，因為前一輩的原住民作家人數較少，無法形成一個同年齡層的社群；而更年輕一代的原住民作家，他們跟整體臺灣文學圈的接觸越來越頻繁，書寫也更多元、更開闊。

「文學小屋」訪談照片，於臺灣文學基地謬思苑（辛品嫻攝）

原住民文化：無可取代的生命經驗

接觸到「報導文學」後，沙力浪在「文獻的書寫」和「文學性的書寫」間不斷嘗試；在入圍 2020 臺灣文學金典獎的《用頭帶背起一座座山》書中，他便引用部落長者的口述，翻譯過後再重新詮釋，達成一種新型態的紀實性書寫方式。相較於詩，沙力浪認為報導文學可以透過文學性的書寫，紀錄部落老人家的話語，為文化的傳承盡一份心力。

沙力浪指著《用頭帶背起一座座山》，說：「我（書中）有三篇文章都是參加報導文學獎——每次參加報導文學獎，就會逼自己要創作一萬字，所以三篇就三萬字；可是出版社說我的書要寫六萬字，哇……要再生出三萬字，所以就可能要拼命地去寫。」因為在嘉明湖工作，以往面對催稿時能夠以「山上沒有訊號」為由拖稿；可是在「山林解放」之後，山上的訊號都很好——「這個理由已經不能用了。」沙力浪笑著說道。

沙力浪著《用頭帶背起一座座山：嚮導背工與巡山員的故事》
（健行，2019）

獲得 2016 年臺灣文學獎的詩作〈從分手的那一刻起〉，是以南島語族的歷史為主題，組詩的小標「分手」、「遠離的你」、「駐留的我」、「同受苦難」、「凝視」更提供了一種不同的觀看方式。「很多研究說，臺灣是南島語族的發源地，我就用『分手』的概念去書寫成詩——它可能是情

侶，可能是兄弟，也可能是好朋友，從臺灣分手出去之後，各個南島語族的發展。」他不好意思地說，因為還沒有出版成冊，所以可能要到臺灣文學獎的網站才能閱讀到。

久未發表新詩作品的沙力浪，現在還有在寫詩嗎？沙力浪給予了肯定的答案。目前在部落的工作以外，他還在嘉明湖擔任「山務管理員」，開始對部落以外的山林書寫產生興趣。「本來一直想要整理成冊，因為有三十幾首了，可是感覺詩集還是要更豐富的數量，所以現在一直在等自己什麼時候可以定下來創作。」

除了詩和報導文學，沙力浪也曾經嘗試創作劇本以及小說。在其中一篇以「族語」為發想的短篇小說中，他以中文系的聲韻學概念為發想：在部落裡有個創造族語文字的巫師，希望透過書寫來傳承語言；不過這種「聰明」對其他人來說，反而是一種「偏激」。在精采的劇情中，沙力浪依舊思考著如何將自己族群的文化融入其中——「本來是想要把它擴展成長篇小說，可是長篇小說感覺要下的功夫就很大，真的是要定下心去寫……雖然所有的文類都是要定下心去寫。」

被問及最近關注到的社會議題，沙力浪感嘆現在國家對原住民都是「一般化」地去看待，包含土地計畫、族語傳承、教育體制等等的問題，在「去族群化」之後，原住民在自由競爭的概念裡永遠佔下風。「要怎麼從部落的觀點去面對這些事情？雖然這些事情有時候不被主流社會採納，但至少透過發聲，提高了議題的關注度。」這是就讀民族發展研究所之後，沙力浪在態度上最大的改變。

「我們其實會一直想要跟國家去追求應有、原有的權力或主體性。」談及國族與族群認同，沙力浪正色說道：「我們追求的可能不是要把

一個國家顛覆，而是在這個國家『來』之前，我們可以執行的一些事情。」在「臺灣作家」與「布農族作家」兩個頭銜之間，沙力浪自陳比較喜歡後者。「可能是因為我對自己族群的熱愛，所以我比較喜歡講『布農族作家』；而且在臺灣文學圈裡面，我還沒有到那種『被很多人看到』的程度，所以很習慣自己在原住民文學圈裡面的一些稱呼——可能就是要多書寫、露露臉。」

在語言論、內容論、血緣論三大主張中，語言論已發展為「原住民族語文學」和「原住民族漢語文學」。在「原住民族漢語文學」上，有內容論或血緣論的討論，沙力浪指出以「身分」作為「原住民族漢語文學」的界定是較為適當的區分方式。「對我來說，『原住民族漢語文學』有一個邊界，血緣論其實就是一個邊界。」儘管現在很多年輕的原住民族作家沒有部落的經驗，但沙力浪主張他們在書寫族群認同或追尋部落的過程，也是一種原住民族文學的現象；而對於漢人以原住民文化為題材的創作，沙力浪認為這可以算是一種廣義的「原住民書寫」，但因為書寫視角的不同，所以還是傾向屬於「臺灣文學」的範疇，畢竟「生命經驗」是永遠也無法取代的。

訪談日期：2021 年 9 月 26 日
受訪者修訂日期：2022 年 7 月 27 日

詩藝的復興：千禧世代詩人對話

專訪沙力浪 Salizan Takisvilainan 用文學傳遞部落的燈火

專訪馬翊航
敲打自己的身分與記憶

馬翊航個人照

馬翊航，臺東卑南族人，池上成長，父親來自 Kasavakan 建和部落，臺灣大學臺灣文學研究所博士，曾任《幼獅文藝》主編。著有個人詩集《細軟》、散文集《山地話／珊蒂化》，合著有《終戰那一天：臺灣戰爭世代的故事》、《百年降生：1900-2000 台灣文學故事》。

死去的植物
也希望把她留住
細胞在不可見的地方，當抬棺者
選擇祕密，昆蟲或者初期的歷史

節錄馬翊航〈花架〉

　　「故鄉」作為馬翊航文學的啟蒙地，他透過書寫開始了解「一個人的空間」以及「一個人跟文學相處的感覺」。在散文集《山地話／珊蒂化》中，馬翊航深刻書寫了成長於東部的童年種種，文字之間充滿實地感。他不否認「記憶」可能會變造故鄉的舊物，但相較於此，他更擔心自己的書寫速度趕不上記憶消失的速度——「如果在忘記以前，我還沒有寫下來怎麼辦？我真的忘了怎麼辦？」

「我所寫下的這些物件或者是感覺，不管是喜悅或者是痛苦，它們大多數早就不在了，沒有留下任何痕跡。但為什麼那些事物卻好像還在某個地方？」馬翊航認為，文字可以幫助我們「在記憶裡面敲敲打打」，在我們提筆寫下，乃至每一次捧讀作品時，都一再地提醒我們：「它還在這裡」。

臺文所出發，學院對寫作的支撐與警覺

無論是散文集《山地話／珊蒂化》或是詩集《細軟》，都是在馬翊航三十五歲以後才出版的作品集。自陳在創作上比較不積極的他說，臺文所的經歷讓自己在相關知識與看待事物的方式上，都產生許多的改變，甚至影響了他往後很長一段時間的書寫。「如果沒有念臺文所，我的寫作之路很可能就會中斷，因為我在寫作上沒有其他的參照；而以過去的寫作方式和狀態，我很可能會覺得自己沒有天份，無法支撐往後的寫作。」

馬翊航著《山地話／珊蒂化》(九歌出版，2020)

學院一方面驅使馬翊航大量閱讀喜歡與不那麼喜歡的作品，被強迫跨出舒適圈，挑戰自己的文學視野；另一方面也讓他認識同在臺文所的寫作者，如陳栢青、楊富閔、顏訥、湯舒雯等，環境讓他在文學創作上有更大的動力。在學期間，「保持和文學的親近度」的狀態讓

他覺得「創作不是一件遙不可及的事情」，也更有助於知道自己目前正在寫作的東西，可能會被放在哪個位置被閱讀。

研究所的影響，也顯現在「寫作習慣」上。馬翊航自言，以前寫東西大多都是短時間寫出來，可能因為情感上的因素，或是文學獎截稿，所以時常會讓作品成為「爆發性」的結果；不過，因為是透過文字與記憶作為素材，判斷力有時不見得那麼精準，時常會失敗。在學院裡開始「寫論文」之後，他開始調整寫作模式：「我自己寫論文的時候，必須做一個比較妥善的分配，一天幾百、幾千字，反正就是得寫。」

為了專心趕稿，他還曾經住在旅館數日，只為埋頭寫作。雖然這樣的模式不會是寫作的常態，但那次經驗讓他開始思索不同的寫作方式——畢竟隨著人生成長，在感情之外還要面對更多的事情，不能像「暑假最後一天寫暑假作業」那樣，而必須學著從「長」計議：「這個『長期』不只是一個寫作狀態的規律，對我來說，還可能還包含了『長期地規劃寫作』。所以在日常生活裡，面對素材或者是經驗，這種『警覺性』也會比較強烈。」

「文學小屋」訪談，於楫文社
（辛品嫻攝）

記憶的「微物之神」作爲文學的動能

　　從池上到建和，馬翊航在 2021 年第一次回到父親的部落居住了長達兩個月的時間。在人生歷程中，「家鄉」、「原住民身分」和「寫作」是他所重視的其中幾個面向：「在這三者裡面，只有『文學創作』是我自己能夠去控制的、理解的、進行的、預言的。當然也會有很多的不足跟悔恨，但是也唯有『文學』這個形式，可以讓我去看待三者之間牽動的影響關係。」

　　相較於其他詩人的作品可能帶有的大敘事架構，詩集《細軟》中具備許多對靜物的描繪與日常的書寫，並透過「火種」、「酒水」、「小刀」來為詩集分輯。對於生活中這種「微物之神」降臨的靈光時刻，馬翊航笑說自己對物件有所「執迷」：「那個執迷並不是說，我對用的東西很講究——但偶爾也會享受好東西啦，享受這些東西帶來的愉悅感——我在生活或記憶裡面經歷比較多的，就是『物件』跟『情感』的附著關係。」

馬翊航詩集《細軟》(時報出版，2019)

　　從「很不會丟東西」的習慣說起，馬翊航坦言自己直到現在，就算要搬家也很難真的完全「斷捨離」。「我回到鄉下老家的時候，房間抽屜裡面還是會有很多國中、高中丟不掉的情書，那些東西不可能

丟掉嘛。它絕對沒有用處，但是『它必須在那裡』，如果有人要丟掉它，我會跟他拼命。」馬翊航幽默卻不失嚴肅的話語中，顯現出他極為重視這些具有記憶的物件。

　　觀察馬翊航已出版的文學作品，他似乎將私我情感的部分揭櫫於「詩」，而關於身分認同、較為議題性的題材則擅以「散文」來展現。在文類的意識上，馬翊航謙虛地表示，相較「散文」在語言上的彈性，自己比較沒有自信可以透過「詩」把所有題材處理好；而對於其他文類，他笑說目前還是以散文和詩為主：「就算此生都沒有寫出一篇小說作品，好像也沒關係。」

「文學小屋」訪談，於楫文社（辛品嫻攝）

身爲寫文學的人，我們需要不只一種語言

從曾任主編的《幼獅文藝》談起，因爲是面向青年世代的「文藝」雜誌而非單純之「文學」雜誌，所以會關注臺灣藝術相關的議題，包含音樂、藝術、雕塑、戲劇等。在編輯過程中，馬翊航便以這種「跨領域」的思維來進行，一方面對應刊物過去的經營方針，另外一方面也觸及到他所關心的「臺灣文學」。因爲意識到當代文學生態中的「轉譯」傾向，擔任主編期間對遊戲、影集、展覽、插畫等「文學轉譯」的專題有所觸及，這也讓他從中獲得了滿足。

被以「提攜後進不遺餘力」來形容，馬翊航直言「實在是不敢被這樣講」。雖然說是配合《幼獅文藝》本身在文學史上「面對校園」的性格，但他在邀稿上也有自己的一套準則，希望看到更多新的寫作者加入這個陣容，保持雜誌的新陳代謝。「進雜誌社工作的第一個月，我就列出了所有認識與不認識的作者，然後給自己下了一個任務——每期希望至少有三到五位的作者是我從來沒有接觸過的。」這種「職業病」延續至今，甚至在近日林榮三文學獎得獎名單公布後，還會思考如果現在還是主編的話，下個月會跟其中的誰邀稿。

馬翊航主編之《幼獅文藝》779 期

因為具有編務上的自主性，馬翊航得以在其中自由發揮，沒有受到過多的限制，這種狀態讓他深有感觸。「看到你曾經邀稿的作者變得更好、更成熟、受到更多人關注，其實是真的會發自內心的高興。我不太知道這個情緒要用什麼詞來形容，要說為他而『驕傲』好像也不對，而是有一點『欣慰』。這個是我過去在念書、創作的過程裡面，從來沒有過的一個情感經驗，而且是正面的，這是滿難得的一件事情。」這種複雜的情緒，讓馬翊航在編務工作中，獲得了滿滿的成就感。

　　「文學成為工作，多多少少一定會有疲勞感。但是藉雜誌採訪之名，可以進到博物館去看展覽，或是跟不同領域的人交談，會覺得自己好像在『吸收』、『處理』各種感情或存在的狀態──它其實就是很多種不同的語言。」回憶過去參與籌備的計畫，這些雖然和文字沒有直接的關聯性，但卻實實在在的左右了寫作者觀看與說話的方式；而在這些「活動」中所接觸到的不同觀點，更深深地影響了馬翊航往後對「寫作」的態度──畢竟身為寫文學的人，我們「需要不只一種語言」。

註：「需要不只一種語言」說法來自《幼獅文藝》第 796 期（2020 年 4 月）中，張亦絢於「超・展・開」專題之文章標題〈我需要很多很多語言〉。

訪談日期：2021 年 10 月 22 日
受訪者修訂日期：2022 年 7 月 5 日

詩藝的復興：千禧世代詩人對話

專訪馬翊航　敲打自己的身分與記憶

李桂媔個人照

專訪李桂媔

向著太陽，同時向著月光

李桂媔，彰化縣人，中國文化大學印刷傳播學系工學士，國立臺北教育大學臺灣文化研究所文學碩士，曾任《吹鼓吹詩論壇》主編。榮獲 106 年教育部閩客語文學獎閩南語現代詩社會組第二名，著有報導文學集《詩人本事》、《詩路尋光：詩人本事》，詩集《自然有詩》、《月光情批：李桂媔臺語詩集》，論文集《色彩・符號・圖象的詩重奏》；編有《在現實的裂縫萌芽：岩上學術研討會論文集》。發表有學術論文〈論向陽現代詩的四季意象〉等十餘篇，並曾為《逗陣來唱囡仔歌 I、IV》、《向課本作家學習寫作：用超強心智圖解析作文》、《愛上寫作的 11 種方法》等書繪畫插圖。

> 溪水是筆
> 塗跤是紙
> 人生親像濁水溪
> 每一步跤跡
> 攏是無仝款的風景
>
> ——節錄李桂媔〈純園故事〉

「我的臺語沒有很好，所以我臺語詩用的字詞算簡單。」雖然李桂媔的臺語創作是透過華語開始慢慢學習的，但她也表示：「有時這種簡單的書寫，反而能引發閱讀的聯想。」

之所以將「月光情批」作為自己臺語詩集的書名，源自於曾獲獎的同名詩作〈月光情批〉：「這首詩是我寫給臺灣的情詩，我相信臺灣就是每個人實現夢想的地方，期待不論是社會、文化、母語，都可以越來越好。」

詩集《月光情批》除了是個人對時代情感的傳遞，其中的「月光」也同時隱喻著臺語文學的處境——雖然閃耀不如陽光，但也能在夜晚為黑暗帶來一點希望。儘管資源不多，但李桂媚將向陽、林宗源等前輩奠定的基礎視為當代臺語文學的「微光」，期待現在的臺語詩人繼續堅持，和更多的新血一同燃燒臺語文學的火種。

成為詩人的一場意外

相較於許多早早顯露文字鋒芒的寫作者，學生時代的李桂媚沒有寫詩，也不曾想過要當詩人，與詩的第一次深度接觸是在救國團的高中職詩歌朗誦比賽。因為不想午休，意外加入了溪湖高中的詩歌朗誦隊，開始以「聲音」建立起和詩的連結，連帶地讓她在大學時加入華岡詩社。

不過，加入詩社的李桂媚依舊沒有寫詩，但她透過社辦豐富的藏書，開始對許多臺灣文學作品與現代詩論述產生興趣。「我印象最深的是，大學第一個學期，我在社辦讀到吳錦發的小說《流沙之坑》，裡面收錄有描寫『陳文成事件』的〈父親〉，這段歷史帶給讀國編本長大的我很大的衝擊。」

憑藉閱讀，李桂媚才驚覺自己對這座島嶼上曾發生的事竟是如此

陌生與無知；而在社辦閱讀到如丁旭輝老師、向陽老師關於現代詩的論文，也成為了她從工科「轉彎」的契機。「我相信自己就讀印刷傳播學系（現更名為資訊傳播學系）的學習背景，可以在文學領域有所發揮，因此大三的時候，我就決定我要念臺文所、我要研究現代詩。」李桂媚如此說道。

因為一個單純的信念，愛詩的李桂媚報考了國立臺北教育大學臺文所，開啟她的現代詩研究之旅。雖然坦言「學術研究一點都不浪漫」，但在這些迷惘與困頓中，李桂媚焦慮的心也因為文字而獲得了緩解的空間，同時開始投入臺語詩創作。

不同於前行代的臺語詩人，李桂媚與臺語文學的緣份是從「用華語寫臺語詩評論」開始。

就讀臺文所時，李桂媚看到向陽老師開設臺語文學的課程，天真地想「我是彰化小孩，怎麼可能不會講臺語？」便勇敢地選修了課程。萬萬沒想到，同樣修習課程的同學在上課時都能流利使用臺語完成口頭報告，而自己的程度只能「聽懂臺語」卻無法「全臺語論述」。發現這點後，她便退而求其次，先以「華語」來寫「臺語」的詩評論。

「我在臺北念書、工作，加起來剛好十年，我回來彰化後，才比較有機會講臺語。」李桂媚的人生經歷，讓她對本應熟悉的臺語產生了疏離感：「很多年前有一位文壇前輩打電話給我，我想說那位老師本身有寫臺語詩，所以我就用臺語回應他。可是沒想到，我用臺語講完以後，電話那頭一片靜默；後來我用華語又重新講了一次，電話那端才有回應。」這次的通話經驗，讓李桂媚更加認知到臺語的世界並非自己所想得那麼簡單，同時讓她有意識地透過各種方法提升自己的臺語能力。

「臺語聽的部分我比較沒問題，但是要說的時候，我沒有辦法直接用臺語思考跟回應。我通常先用華語想一次，接著在大腦逐字翻譯成臺語，才試著講出來；而且常常會因為不知道這個詞臺語怎麼講，只好華語、臺語混著講。」為了習慣臺語，李桂媚以「聽臺語歌」作為一種練習，將自己的臺語詞彙訓練得越來越多。

李桂媚詩集《月光情批》（秀威，2019）

「寫作是一種發言權，文字可以成為推動社會改變的力量。」雖然近年寫詩的人數眾多，但大部分的寫作者都「自己寫自己的」，無法發揮一加一大於二的力量。「前幾年，我的好朋友陳胤在彰化辦臺語詩咖啡、臺語詩野餐活動。參加的人要交一首臺語詩，每個月一次的活動集結在地文友，同時推廣臺語詩，現場大家會討論彼此的作品。有時候我們也會去爬山，念臺語詩給大自然聽。」

很多人會認為詩很難懂，更遑論是臺語詩。從過去的活動看來，有不少人就是因為參加陳胤的活動，寫下生平第一首臺語詩，對此李桂媚認為「只要會臺語，就可以試試看寫臺語詩」。「我寫作的時候，不會預設要寫華語還是臺語，有一個觸動我、讓我想寫作的題材，一開始浮現的詩句如果是臺語，我就會使用臺語。」李桂媚謙虛地說，像自己一樣臺語不太流利的人也能寫臺語詩、出版臺語詩集，一定能鼓勵更多年輕朋友，試著用臺語寫一首詩。

詩刊編輯與文學研究的洗鍊

李桂媚主張，生活裡的大小事都是生命的縮影，每個人都可以把這些縮影變成詩。「我的書寫大部分都來自生活，」對於自己創作的三個方向，她如此解釋：「一是『書寫日常』，在日復一日的生活中，洞察那一絲絲的不同，拋開慣性的思考模式，去感覺生活的詩意；二是『偶發事件』，生活裡如果有哪個人事物觸動了你，記住那份感動，進而化為文字；三是『個人觀察』，累積性的成果，文學就在生活週遭，過去現在未來都值得書寫。」

「一個好的研究者，往往也是創作者，年輕人要堅持下去，因為我們都是臺灣文學的未來！」這是向陽老師帶領臺灣文學年會，討論臺灣文學體制化 20 年議題隔天，李桂媚在國圖門口遇到林瑞明老師的勉勵。關於詩與論文，雖然在文類的劃分上頗具差異，但「其中的信念是相通的」——寫詩是對生活的感懷，寫論文是源於閱讀的感動。對於李桂媚，無論是讀詩或是評詩，都是她試圖去接近「詩」的路徑，希望透過自己的文字去影響更多的人。

「我希望可以帶著過去的知識基礎，穿梭文本和史料，把所見與所得，用自己的方式告訴大家。」舉凡打掃房間、洗衣服到日常家務，都是她在遭遇寫作瓶頸時的活動——「通常一個創作者的房間越亂，就表示他的創作量越豐富，像我家最近就還蠻乾淨的。」李桂媚開玩笑地表示，過去準備訪談題目或寫作時，常常會遭遇「撞牆期」，只好默默地把房間內的床單、被套、枕頭套、布偶通通洗過一輪，試圖尋找乍現的靈光。

「我常跟朋友開玩笑說，文字與文字會生小孩，稿子不小心就越寫越

多。」按李桂媚「詩與靈光的蝴蝶效應」的說法，這種現象除了發生在撰寫詩人報導時，同時也出現在她編輯《吹鼓吹詩論壇》的「歌詞創作專輯」。在蘇紹連老師的委託下，李桂媚著手準備訪談吳晟、吳志寧「父子走唱團」；在訪談稿〈課本作家與流行歌手的跨世代觀點：吳晟、吳志寧父子檔談詩歌〉撰寫完成後，又完成了論文〈論吳晟詩歌專輯的詩歌交響〉，並到研討會進行發表。

李桂媚主編《吹鼓吹詩論壇》29 號「歌詞創作專輯」

2014 年，陳政彥教授甫接棒《吹鼓吹詩論壇》主編，向李桂媚邀約詩稿。「過去我通常只會收到論文邀約，這可是第一次有編輯向我邀詩，因此無論如何，我都想辦法寫出一首詩給他。」將稿件寄出後，沒想到卻收到了主編的感謝信；也因為這段邀稿的往事，開啟了她在《吹鼓吹詩論壇》編輯部的因緣。從「詩的視覺專輯」開始，兩人嘗試結合影音、攝影、繪畫等元素，呈現詩的跨界整合，再到「遊戲詩」、「運動詩」、「推理詩」等多元的結合。李桂媚參與詩刊編務時，一方面提供詩藝交鋒的舞臺，另一方面將詩化為行動，推廣到更多的地方。

加入《吹鼓吹詩論壇》編輯部的這些年，李桂媚見證了現代詩的活力四射，同時亦感懷於許多詩人的殞逝。林瑞明、柯慶明、顧德莎、羊子喬、卡夫、馬悅然、尉天驄、楊牧、郭漢辰、鍾肇政、趙天儀……先行離去的文壇前輩在李桂媚的編輯下，以紀念小輯送別，而各方詩

友的情義相挺也讓她深深感動。

「很多人說，編輯是成全別人的角色，為作家提供舞臺；編輯部是許願池，要接收五花八門的請託……但在編輯部這幾年，身為許願池小精靈之一的我深深感受到因為有詩友們的成全，成全編輯的邀約，成全編輯的緊急企劃，詩刊才能趕在定稿日前完稿。」在距離〈謝謝你們的成全——編輯部許願池回憶錄〉一文的完成又過了一段時間，如今的李桂媚也已卸下詩刊主編的身分。雖然將重點轉移至文學的其他領域，但相信在編輯部的這段回憶會永遠陪伴著李桂媚，向著更遠、更遠的文學之路前進。

報導文學視野下，前輩作家的真情流露

談起向陽，李桂媚便彷彿有著無盡的故事可以分享。

向陽老師是華岡詩社「傳說中的學長」，大學時期頻繁在報刊發表作品，大四就出版第一本詩集《銀杏的仰望》；大學本科是日文，職場卻走向編輯，研究所亦選擇新聞，最後成為文學教授。「對於大學不是念文學系的我而言，向陽老師用他的人生揭示了文學研究的多元可能。」雖然看似不斷轉彎，但在面對不同身分的轉換時，向陽始終堅持對臺灣土地的關懷，這種精神深深鼓舞了當年對未來徬徨的李桂媚。

「我會擁有『作家』這個身分，向陽老師是重要的推手。」在國北教大臺文所畢業後，李桂媚受到向陽老師的引介，負責《秋水詩刊》中「詩壇指標人物誌」單元的撰稿，牽起了與其他詩人的緣分，踏入「報導文學」的領域。從岩上、林武憲到吳晟，那些只會出現在詩集上的名字，一一進入了她的生活，讓她有機會直接聆聽他們的創作歷程；也因為這些經驗，

李桂媚得以踏入「報導文學」的領域，一切的成果都呈現在《詩人本事》和續集《詩路尋光》中，為這些前輩詩人紀錄生命故事，同時拓展了她的視野。

李桂媚著《詩路尋光：詩人本事》（秀威經典，2020）

「每天為你讀一首詩」一則賞析李桂媚的詩作，將她如此介紹：「因為還沒想到合適的筆名，只好先用本名走跳江湖，所有關於詩人向陽的事她都知道，立志要為向陽寫傳。」李桂媚笑著說其實並沒有那麼誇張，但「立志要為向陽寫傳是真的」，她所主編的《向陽研究資料彙編》也在 2022 年出版，由此便可觀察出李桂媚對於向陽的景仰。

「不只是第一本書，我的人生還有很多、很多的第一次，都是因為向陽老師。」第一次的研討會發表、第一篇期刊論文初稿、第一本詩集的推薦序、第一次當文學獎評審、第一次錄臺語廣播節目……種種的機緣更加深了她和老師的連結：「很多事情可能老師覺得是小事，但對我來說，向陽老師就是最強大的支持。」因為向陽老師，李桂媚在文學的世界裡，努力成為更好的人。

除了向陽，吳晟也是深深影響李桂媚的詩人之一。

「我的人生可以說有一半跟吳晟老師是交疊的。1999 年，我到彰

化高中雨賢館參加高中職現代詩歌朗誦比賽，當時吳晟老師就是評審之一。」儘管當年的評審意見早已不復記憶，但她永遠記得吳晟老師談到，大家理所當然認為詩人就是課本上那幾位，現代詩也好、文學也好，都不會只有一種樣子。會中打破既定印象的一席話，根植於李桂媚的心中，一直支持著非中文系出身的她繼續書寫，並隱隱影響著她未來的文學參與走向。

「當時十六、七歲的我並不知道，日後會在研討會上認識吳晟老師，甚至在十幾年後，我寫下報導文學集《詩人本事》，其中一位書寫對象就是詩人吳晟。」在 2008 年參加錦連詩作學術研討會時，李桂媚第一次跟吳晟老師講話；沒想到隔年相遇時，吳晟老師一眼就認出來；甚至在閱畢碩士論文後，親筆回信給她。

有一年的濁水溪詩歌節，她與吳晟老師走過西螺大橋。當時的李桂媚已經停筆一段時間，吳晟老師告訴她：「不需要有疑惑，時間稍縱即逝，但作品會留下來。」這一番話也讓她有更多堅持下去的力氣。

研究所考試時，李桂媚被問到大學念工科，為什麼想報考臺灣文學所？當時的她回答：「我很喜歡的作家吳晟老師也不是文科出身的，我相信文學不會只有一種面貌。」因為被吳晟老師寫給賴和的詩〈我時常看見你〉所觸動，讓她想起自己還不認識臺灣文學的年少歲月。

「如果『詩』是詩人從生活中採集到的寶礦，那麼詩人便必須對礦脈非常了解，而詩評家同樣要對礦石有所認識，才能為寶石畫龍點睛。」李桂媚認為，「人、事、物」就像是一個立方體，不管從什麼角度來觀看，最多只能看到其中三面；不改變視角的話，永遠無法看到其他的面向。近年

李桂媚的書寫重心轉向兼論作家故事與作品的「詩人人物誌」，《詩人本事》系列便是她評論與創作交集的成果。

　　相較於其他青年詩人，雖然李桂媚很晚才開始寫詩，但她始終秉持「寫詩是一件很自然的事情」的精神，這也是之所以將第一本詩集取名為《自然有詩》的原因——「一方面是在生命歷程裡感受到『詩』自然有安排；另一方面想告訴大家，『詩』就在我們身邊，『詩』在生活裡。我們的生活、我們的行動，其實都是一首詩。」訪談的最後，涉足研究與編輯領域的李桂媚將她的信念，送給每位對文學懷抱熱忱的人。

訪談日期：2021 年 9 月 4 日
受訪者修訂日期：2022 年 6 月 27 日

陸穎魚個人照

陸穎魚，香港詩人，現居臺北，獨立書店「詩生活」店長。曾任記者、文藝雜誌編輯。曾獲香港的「城市文學獎」、「中文文學創作獎」。著有詩集《淡水月亮》、《晚安晚安》、《抓住那個渾蛋》、《待你醒來一個無瑕的宇宙》。新詩作品入選：《2011香港詩選》、《2012香港詩選》、《港澳台：八十後詩人選集》、《80後十位香港女詩人：詩性家園》、《2020臺灣詩選》。

你從夢中醒來的那夜
痛楚非常抽象的晚上
你攪拌我如同
我攪拌你的外婆一樣

——節錄陸穎魚〈射手的夢〉

在第一本詩集《淡水月亮》中，陸穎魚的作者簡介如此寫道：「八月女孩。到底執著，時不溫柔。經常脾氣，每在善良。不吃菸。不吃委屈。不吃背叛。常吃孤獨、書本和眼淚。每天都對自己說一遍：學習不要難過。」以筆名陸穎魚發表創作的她，也曾以「在陸地上游泳的魚」介紹自己；而在逾十年後的香港《迴響》雜誌上，她又變成了「香港詩人，臺灣媳婦，小珍珠嘅媽媽」。

對於作品，讀者能夠從作者介紹或是書籍的自序中得知文字背後的經歷與狀態，同時理解作品集的關懷核心與創作觀點。回

顧出版第一本詩集時的自己，陸穎魚坦承當時有點「裝模作樣」，想要營造出文青的氣質。「現在自己重看都覺得有點丟臉。」她笑道。

「我跟你說，作者簡介是很難寫的，」陸穎魚說話時的神情，流露出她的苦惱：「對我來說，它比整本詩集還要難寫。」

從「八月女孩」到「小珍珠的媽媽」

在陸穎魚眼中，書籍上的「自我介紹」是一大難題，甚至現在自己要出書前，都還會去「參考」其他詩人在簡介中是如何表現他們自己。觀察別人的簡介就像是照一面鏡子，當她覺得「哇！任明信的簡介寫得很好，很有流浪詩人的感覺！」而想要把這種氣質套用在自己身上時，會成為一件「不合身的衣服」。「所以我覺得，有時候也是透過這個鏡子去看到我自己真正的面貌。」對於苦惱她已久的簡介，陸穎魚這麼說。

對寫作者而言，跟其他寫作者「比較」是無可避免的事，但如何在過程中去思考自己的價值，而非陷於「我比別人差」、「別人就是寫得那麼好」、「我沒辦法超越別人」的泥淖裡，便是取決於面對書寫的態度。在個人簡介中，得過什麼獎項、收錄於什麼詩選、出過什麼書，這類可以獲得文學場域裡其他人認同的資歷固然重要，但對於現在的陸穎魚來說，這頂多只是一種制式化的「履歷表」。

「如果你的出版作品越來越多、拿過的獎越來越多，那你要全部都加進去嗎？」年輕時，擁有一些優越感或光榮感是極其正常的事，畢竟寫作的開端往往是艱難的，必須找到理由說服自己「可以寫下去」。

香港《迴響》雜誌

　　陸穎魚是第一位在香港的粵語雜誌《迴響》上發表詩作的詩人，在創作路上看似一切順利的她，卻也碰到許多外人不理解的難題——「普通話」（華語）和「廣東話」（粵語）在各自的語言運作上，對「音樂性」的思考有著一定程度的差異。當她完全以廣東話進行創作時，會與自己的寫作習慣產生衝突，這時「如何去拿捏界線」便成為一個有趣的嘗試過程。「有些廣東話在紙上可能還不錯，但當它們被讀出來時，有時就會產生一種『俗氣』感。」陸穎魚說，這次以粵語習慣寫詩的經驗，帶給了她很多的回饋。

　　對於必須在各種社會角色間轉換的陸穎魚來說，「媽媽」是她現在生活的重心；相較之下，「詩人」的身分並不會二十四小時都掛著。陸穎魚將詩人形容成一種「臥底」——如果現在還在香港工作，詩人這個頭銜就變成隱藏性的身分；而因為來到臺灣開書店的緣故，導致「詩人陸穎魚」的形象和「詩生活書店」被牢牢綁在一起，讀者也時常會不假思索地認為「陸穎魚就是詩人」，或是「陸穎魚的工作就是詩人」。

「可是我覺得真的不是，因為成為一個詩人的時間，其實是很短暫的一個剎那。所以，如果我每天都背負著詩人的身份，感覺我就是必須得做出符合詩人身份的一些事情，或者是必須一年要產出一百首以上的詩，這不可能。」陸穎魚認為，自己並不是「全職作家」，寫作對她來說並非是單純的工作；況且有了小孩之後，照顧家庭所需要花費的時間與心神就像大海撲向了她，每天只有在寫作的一、兩個小時，她才能夠暫時浮出水面透透氣，其他時間都是在海底下掙扎、泅泳。「詩人」與「媽媽」需要付出的時間與責任，成為了陸穎魚掙扎與抉擇的兩個標的——她不必永遠是一位詩人，但她永遠都會是一位媽媽。

原生家庭帶來的壓力，讓她對未來有一份美好的憧憬。「因為每個家庭都會有自己的問題，」小時候的陸穎魚很嚮往電視上美好快樂的家庭樣板，直到長大、懂事以後，才開始進一步思考如何達成這個願望：「當你擁有自己的家庭，你才可以去佈置這個甜蜜的家庭；你沒有那個身分，你就永遠只能在原生家庭裡面，當『女兒』或『姐姐』的角色，可是那個自由是有限的。」如此的心路歷程，間接形成了陸穎魚在與文字相處的「詩人」之外，一位家庭關係裡「偉大母親」的形象。

這個偉大，並非僅止於一種責任，還涵蓋了想和女兒一起體驗世界的共同體思維。對現在的她來說，她甚至把女兒視為自己生命中最重要的存在：「你會很想要做什麼事情都有她參與在裡面，即使是寫一首詩。小珍珠的名字有被刊出，就覺得她好像跟我在一起。」

受到疫情影響，陸穎魚現在很多的詩作都是在晚上女兒睡著後才用手機鍵寫。「女兒誕生在這個世界後，其實我很多事情——特別是詩歌的創作——她都在我身邊，給我很多的養分。」生活經歷對文字

創作產生了實質的影響，這也是陸穎魚之所以會在個人簡介上，將「小珍珠的媽媽」掛上去的原因。

　　陸穎魚的少女時代，對未來有著三個願望：當作家、在圖書館工作、成為家庭主婦。回想起那些丟在瓶子裡的紙條願望，她自嘲說當時的自己「好搞笑」。如今，面對防疫生活的陸穎魚每天都煮兩次飯，她語帶抱怨地笑說：「很累，還要洗碗」。在她眼中，「家庭主婦」是對於婚姻有個嚮往的角色，並不是單純的「我想要嫁人」，而是想要「創造自己的家庭」，從而與原生家庭建立起區別。把妻子或媽媽的身分做到心目中的那個樣子，是她現在最大的願望。

「文學小屋」訪談，於詩生活（辛品嫻攝）

在臺灣的香港詩人，用詩釐清對世界的困惑

投入詩創作不到兩年的陸穎魚，在短短時間內便出版了第一本詩集《淡水月亮》；而在近年的《臺灣詩選》中也可以見到她的身影，可以說是一位具有寫作天分的詩人。

達瑞編《貳零貳零臺灣詩選》（二魚文化，2021）

雖然已經在臺灣定居許多年，但香港對她的影響還是遠遠地超過臺灣。「我還是覺得，我的詩沒有那麼臺灣味。」陸穎魚說，「臺灣抒情詩——特別是年輕詩人的系統——看得到他們有一種氣味是很類近的。」過去這幾年，香港的社會與政治變化讓她對「香港人」這個身份抓得更緊，外部世界的改變時刻在提醒她「自己是從哪裡來的」。因此，對現在的她來說，會傾向自認為是一位「在臺灣的香港詩人」。

在大學即將畢業的最後一個暑假，陸穎魚參加了為期兩個月左右的新詩創作坊；課程結束後，她繼續跟著葉輝老師寫詩一年多。有一位「貼身教練」幫忙提點，那段時間成為了她創作的爆發期。

有次她把一首詩寄給老師，老師回信認為有點「普通」；可是兩三天後，又寄了一封電郵說「我越看，就越看到它的好」。陸穎魚回憶，當時老師總是先讚美哪裡寫得好，然後才說哪裡可以改——「我有寫

得不好的地方，可是葉輝從來沒有罵我。他的方法，永遠都是循循善誘。」認識了現代詩的她，像抓住了一個游泳圈，詩不只讓她感到安心，更讓她可以試著去釐清自己對世界的困惑。

觀察詩集《淡水月亮》，會發現裡頭收錄的大部分詩作都是在報刊雜誌上已經刊登過的作品，在品質上具有一定的水準。這本詩集的出版過程受到了很多「貴人」的善意幫忙，包含香港詩人袁兆昌、葉輝、關夢南等，讓當時完全不懂出版領域的陸穎魚，在申請香港藝術發展局的補助之後，順利讓作品面世。如今，陸穎魚在當代詩場域已經獲得認可，這些貴人與老師便是最大的幕後功臣。

陸穎魚詩集《淡水月亮》十週年台灣復刻版 (一人出版，2020)

對於現代詩的「小眾」一說，曾任財經記者的陸穎魚樂觀地表示「我覺得現代詩也蠻大眾的呀」。雖說如此，但她現在的心態有帶著些許的矛盾：當我們認為詩是很小眾的時候，會因為大家都不讀而有一點點傷心；可是當它變成大眾的時候，可能就會影響到詩的本質──「如果這樣的話，我情願它小眾，我情願只有一小群人知道它的珍貴之處。」陸穎魚決絕地說。

詩人在每個時間的寫作風格，都和自己的性格轉變有很大的關係。陸穎魚認為，寫詩最終的目的都是為了「呈現自我」，而「堅強與溫柔」則

是她的文字核心的印象。「我們會繼續一天、一天長大,要面對世界各處發生的事情,這些東西都是外來的刺激物,都會讓我們對於生命或生活有很多思考跟想像。」在堅強與溫柔的基底之下,陸穎魚還能讓什麼樣的文字被誕生?

以往的陸穎魚帶給讀者的印象,是書寫許多愛情主題詩作的詩人,而這似乎和香港的社會現況產生了衝突。

陸穎魚並非不關心政治:在《晚安晚安》裡收錄了書寫雨傘運動的作品;《淡水月亮》十週年版本中也有關於反送中運動的小輯。對於文學創作,她認為這是一種自然的自我吐露,她順應自己的生命經驗去書寫,什麼東西傷害了她、讓她有所痛感與領悟,就成為她書寫的主題。

陸穎魚詩集《晚安晚安》(一人出版,2015)

「雖然我在臺灣,可是不代表那個東西衝擊不了我。」隔了一道海峽觀看香港發生的種種,這種有距離的痛楚讓陸穎魚有了另一種體會。「如果我很想念你,今天看到你就在我的眼前,那個想念可以好好地傳達給你知道;如果我想念的那個人不在我眼前,他在遠方,那個想念可能會更加地強烈、更加地痛苦。」距離為陸穎魚帶來不一樣的思考,從新聞中的畫面與聲音,裡頭的人事物對於她的心靈產生巨大的衝擊,從而體現在詩的創作上。

寫詩，讓陸穎魚更清楚自己想要追求的生活是什麼樣子。「所以結婚之後我選擇來臺灣，這個決定讓我覺得『我可以改變未來』。」她清楚地認知到，世界上沒有一個完美的家庭，每個人都背負著一些成長的歷史。對她來說，生活就是不斷地磨合，不斷地處於「追求完美的狀態」──儘管她知道永遠不可能完美，但抱持著這個信念，可以讓自己做得比過去更好。

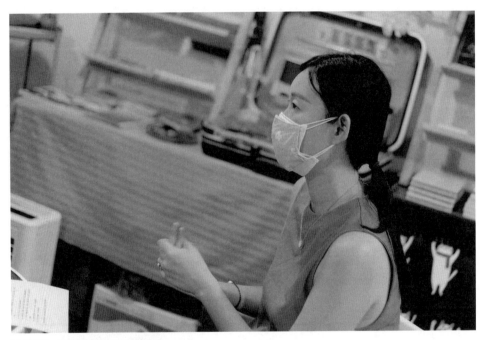

「文學小屋」訪談，於詩生活（辛品嫻攝）

小聰明或是天分？你是可以不寫詩的

　　「小聰明啦，天份不要用在我身上。」當我們稱讚陸穎魚是一位很有天分的詩人時，她連忙笑著否認。看過一些詩人「詩寫出來就不用改」以後，她發現小聰明與天分是完全不一樣的東西。

「我出了幾本書、寫詩也超過十年，可是我現在有時候寫詩還是會寫得很爛，或是還要改。當我還是有這個過程的時候，我就知道：我有的只是小聰明。」對於自己心愛的文字創作，雖然下筆時可以寫出一個大概的樣子，但若要達到一個令人滿意的程度，還是必須花費時間去琢磨。

「我有小聰明，我覺得這也是每一個寫詩的人，或是做文學創作的人，滿需要的一個特質——『小聰明』的意思就是說，你對文字很敏感。」過去的寫作路上，陸穎魚因為有老師的帶領，讓她發覺自己對文字擁有一種敏銳感，因此在實際接觸詩創作時，可以比別人更快地掌握技巧。憑藉著這個「小聰明」，陸穎魚認為這是她現在可能不需要上課或是老師的引導，在閱讀別人的詩集後就可以學習、嘗試創作的原因。

陸穎魚寫詩的這十幾年中，也產生出自己獨特的一套觀點。在香港或臺灣的詩人對「詩的定義」有爭論時，她反而會覺得「詩的定義有那麼重要嗎」？她認為，詩在每個詩人心目中都有著不同的定義，而這也和詩的小眾與大眾有關。

陸穎魚詩集《抓住那個渾蛋》（一人出版，2016）

「我現在不太會覺得，一定要很多人去讀詩——因為如果只有一個量、沒有那個質，大家只是拿著一本詩集，可是根本不知道裡面所包含的情感是什麼樣的時候，讀詩就沒有意義。」現在的她很在乎，同時很珍惜書店遇到的每位喜歡詩的讀者，這種「像是秘密社團一份子」的感受，讓她覺得非常地酷。

以前會有莫名其妙的正義感要去「推廣詩」，但後來陸穎魚也會去思考「很多人來看有什麼意義」？相較於以前對讀者的在乎，現在的她更在乎自己能讀多少詩，在詩裡面去思索生活的意義。「這個世代生活不易，生活的目標有時候會被一些事情推倒，要重新建立。」重新建立生活的目標是很困難的過程，對陸穎魚而言，「讀詩集」便是其中一條捷徑。

對於剛接觸文學創作的初心者，陸穎魚認為必須清楚了解到「寫詩是需要有理由的」；這個理由通常是：我是誰、活著是為了什麼、我和這個世界的關係是什麼。有趣的是，陸穎魚發現這個最初開始寫詩的理由，往往也會是開始寫作後，自己一直在尋找解答的問題。

在寫詩的過程中，時常會遭遇瓶頸、沮喪、失去自信，她認為在自己還有能力時，可以想想最初寫詩的理由。「我覺得，你是可以不寫詩的，為什麼一定要寫詩呢？」寫詩雖然是一種方式，但不一定要是人生的終極目標——如果在寫作的路上遭遇了瓶頸，回頭看看最初寫詩的理由，問問自己是否一定要寫，也許是一種皆大歡喜的解脫。

除了不忘初衷，「多讀詩集」也是陸穎魚碰到低潮時的解決方法。畢竟，大多數人的生活都是平淡的，不會常常有大事發生，這時「閱讀」就可以衝擊生活，帶給自己靈感——除了生活，包含詩集、音樂、電影或其

他感官上的刺激，都可以成為靈感的種子。對於寫作時遇到的瓶頸，陸穎魚保持樂觀的心態，此時「尋找生活的刺激」對她來說便成為一種解方。

「如果你寫詩你就會知道，那個刺激不需要一首詩，可能只是一個詞語，你突然就會『被電到』。一個不完整的句子，或是寫不出來的感覺，會讓自己記得『你是喜歡詩的』。有時候想到這些東西，我覺得也好幸福，那你的生活就有感覺了呀。」陸穎魚豁達地說。

訪談日期：2021 年 7 月 5 日
受訪者修訂日期：2022 年 7 月 9 日

優美或醜陋都是眞實發生的

黃璽個人照

黃璽，Temu Suyan，和平區泰雅族與那瑪夏區布農族的後裔。曾獲 2019、2021 臺灣文學獎創作獎原住民華語文創作新詩首獎以及臺灣原住民文學獎短篇小說組、新詩組首獎。

> *在裡頭把自己燒了，遞出去，*
> *直到時針與分針都綁好了腿飾，*
> *便離開，*
> *盛夏的夜晚有盛開的蟬聲。*

> ——節錄黃璽〈水泥之歌〉

「大家常說臺灣、臺灣，你的臺灣人包含了什麼東西在裡面？原住民很好的時候，你說他是臺灣人；那他不好的時候他是什麼？」談及國族議題時的黃璽（Temu Suyan），犀利地以原住民的立場發聲，對當代臺灣社會的主流看法提出質問：「整個臺灣社會如果願意把原住民當作臺灣人的一部份，就要去思考原住民的『解殖』要怎麼發展，所以光這點要談的東西就很多，有必要分很多層面去談。」

儘管過去獲獎無數，近年更以〈莎拉茅群訪談記事〉奪下

2021 臺灣文學獎原住民漢語新詩首獎，但黃璽至今仍不認為自己是個很稱職的「詩人」或「作家」。他認為，夏曼・藍波安、瓦歷斯・諾幹等原住民前輩作家的創作，帶領讀者以原住民族本位的思維進入部落，體現出獨有的世界觀；而同樣以「文學」來保存自己族群的「文化」，黃璽的書寫策略不同於其他原住民寫作者，反而不以「部落」為單位思考，選擇從「家庭」切入書寫自己的故事。

議題性寫作：「家族思維」取代「部落思維」

回顧自己的寫作歷程，他自陳在國小時曾寫了一篇「像是詩的東西」在校刊上。儘管當時對文學不甚理解，但憑藉這份刊登的喜悅，讓他保留了這份寫作的初心。進入大學後的黃璽開始對身分認同有更多思辨，從而回頭探尋部落的文化和語言；一次偶然看見「原住民文學獎」的徵獎海報，開啟了第一次有意識地創作與投稿，而這首描述家族和族群文化的詩作，最後獲得了第三名，成為他往後繼續書寫的契機。

具有布農族和泰雅族血統的黃璽提到，「家族」的概念在布農族文化中非常重要，所有的事情都是在家庭裡解決。「對我來講，我在布農文化的薰陶底下，我可以在家庭裡看到很多社會的面向，因為家人會把外面的事情帶回家裡面討論。泰雅族文化的風格就完全不一樣，比較獨立一點。」傾向集體的布農和傾向個人的泰雅，黃璽在兩個不同的文化間碰撞，透過文字訴說家庭的種種故事，讓讀者產生共感。

就歷史的發展脈絡來觀察，原住民在各個年代所面臨的問題都不盡相同。在眾聲喧嘩的當代社會中，「主題」是黃璽極為重視的部分；什麼形式能夠將內容更適切地呈現出來，會是他寫作時主要的考量——

「我不會讓我的東西一直固定在某個地方，學習別人怎麼寫詩、去嘗試其他的文類，對我來講都算進步，有沒有得獎倒是其次。」

「很多原住民青年都被冠上都市原住民的稱號，」黃璽感嘆：「他們不會族語，在文化方面也沒有傳承很多——如果你從小生長在部落之外，要怎麼回歸到你的部落、回歸到你的語言？家庭這個元素，是整個原住民的文化以及語言傳承最基本的點。」不同於以「部落」為單位的思維，黃璽指出具有傳統規範的部落還是以一個個的「家庭」所組織起。藉由觀察自己的家庭，黃璽看見了所有事物的縮影，知道「自己是誰」，這也是他頻繁地將家庭當作創作主題的原因。

「我創作的目的，很大一部份是要把原住民遇到的一些困難，讓主流社會去看到。」對他來說，詩的曖昧性適合不用說得太清楚的主題，而小說的敘事特質可以把主題呈現得更為清楚和生動。「我也嘗試寫過散文，可是散文的筆觸對我來講，就好像在這兩個中間，我沒辦法拿捏得很好。」如何在議題導向的創作中採取相對應的文類，進而讓文字達到最高的效率？這是黃璽在書寫時所思考的重點。

「我去參加過美麗灣事件和蘭嶼核廢料的抗爭，我都有在追它的進度和結果；但對我來講，你要我真的非常激烈地去做一個領頭的發聲者，我不是這樣的個性。」不只以「文學作品」來表達對議題的觀點，黃璽也同時身體力行，上街頭實踐自己的理念。追根究柢來談論這些議題，黃璽指出最根本的原因——「現在的原住民族都還是處於一個『被殖民』的狀態，所以關於原住民族如何解殖跟如何去殖，大概還是近十年內需要去思考的問題。」

「文學小屋」訪談，於川堂書店（辛品嫻攝）

看著別人去討論自己的作品

　　黃璽的許多作品表面上看起來在寫家庭，但其實是在傳統與現代的信仰衝突之間，叩問自我的身分認同。「我一直在嘗試很多的寫作風格——把議題拋出來，讓喜歡閱讀的人看到原住民在現代遇到了什麼問題。」曾獲臺灣原住民族文學獎小說首獎的〈姊姊〉一文，除了針對家庭議題有深刻的描寫，更加入了跨性別的元素；而同樣獲大獎的詩作〈十二個今天〉亦是以「父親」為主題。

　　「我客觀地去看這些東西，去支持我要支持的——如果我支持這個議題，它就有可能出現在我的創作裡面；如果我不支持，或是我覺得現在還不是談這個的時候，或是已經有很多人在發聲了，那這可能就

不會是我創作的主題。」2020 年，「傳源文化藝術團」以舞蹈改編黃璽的詩作〈十二個今天〉。透過詮釋原有的詩作，以其他的藝術展演方式「二創」，讓作品的價值被發揮得淋漓盡致。對於這類的文學轉譯，黃璽表示樂觀其成；儘管自己的參與不多，但這就像是「看著別人去討論自己的作品」一樣，間接地讓自己的文字被更多人看見。

同樣是文學作品的跨域和轉譯，由馬翊航在凱達格蘭文化館策畫的「非常之土——當詩歌與植物共生」展覽中，透過十位原住民詩人運用十種植物為主題的詩歌創作，展現自然與人文的生命景觀。其中，黃璽所負責的植物是「小米」——「我對這個其實非常不拿手，因為我寫的東西一定是我想要寫的一些議題，」儘管對於這類型的合作不太習慣，但他還是融合了部落的文化進行創作：「因為小米對我們原住民來說，它的確是一個非常重要的一個植物，你要怎麼用詩歌去呈現？這對我來講也是一個挑戰，是一個非常有趣的合作。」

不同於大部分的文學創作者，黃璽在學生時期對文學性的社團沒有太大的興趣，所以幾乎沒有參與文學社群，直到近年在臺東詩歌節才認識了曹馭博、謝予騰、崎雲、蕭宇翔等青年詩人——「認識這些詩人以後，才知道原來他們都參加過詩社，都是創作的人；可是一方面，我也覺得自己很像一個『素人』。」從其他創作者的言談交流之間，黃璽發覺自己對「外文詩」的閱讀經驗較少，激起他想要補充文學作品與知識的欲望。透過彼此推薦作品，他可以在寫作方式和意象運用上調整、學習。

「我覺得有人一起去討論這些東西是很好的，所以我才會說『臺東詩歌節』是一個很好的活動。」直到現在，個性內向的黃璽依舊沒有參與任何文學結社，不過這並不影響他的文學創作：「我很不喜歡一群人的活動——

如果我們一對一、一對二，可以比較深入地交流文學或哲學，對我來講吸收的東西才會更多。」

「文學小屋」訪談，於川堂書店（辛品嫻攝）

與時俱進：百分之百的生活在當下

2021 年對黃璽來說，是人生階段的轉捩點：再度獲得臺灣文學獎首獎、通過國藝會創作補助、研究所碩士畢業，更攜手與愛人步入婚姻殿堂。

回頭審視文學對黃璽的意義，除了尋找身分認同和社會倡議，在近期也有所轉變。對黃璽而言，任何決定都具有目的性，文學創作亦不例外。相較於過去「寫作就是為了投稿」，近期他在心態上也有所修正：「我覺得，我應該把一些創作當作比較私人的創作——它不是

在練筆，而是在未來有可能集結成冊的。」

　　談到獲得國藝會創作補助的「〈漢語新詩得獎作品〉新詩創作計畫」，黃璽自陳透過這類的補助，他可以更專心地創作，不用為了生計而分神。「我得獎的作品，很多時候都是用諷刺的方式去寫一些我想寫的東西——〈漢語新詩得獎作品〉其實也是一個反諷。」不同於單純的集結成冊，他認為「有個比較連貫的主題」會是他理想中詩集出版的樣貌。

　　「我在創作當下，我不太思考誰會去讀這個東西。」黃璽坦言，閱讀自己作品的讀者，需要了解原住民文化和生活習慣，才能看到更多文字之外的東西：「優美或醜陋的東西，它其實都在部落發生，在我們的生活發生，即便跟城市的生活是不一樣的，但它就是真實發生的。」

　　「我覺得我的族語並沒有好到可以創作，」自從就讀語言學研究所後，黃璽對語言的觀察更加地透徹：「我並沒有把這些專業知識運用到文學上，因為對我來講『語言學』就是一個學門。如同我們以前學二元一次方程式，拿到生活上運用，可能是一個數學問題，可是在想這個問題的時候，不會回到數學課上用程式去解，可能直接用我的經驗來解決。」雖然看似把研究與創作視為分別的領域，但黃璽近期也在嘗試將這類科學分析的知識，運用到自己日常的閱讀上。

　　訪談最後，當黃璽被問及何謂「原住民文學」時，他捨棄了定義式的回應——他更重視能否透過自己的文學作品，有效地「為族群發聲」。黃璽感嘆，可以想見會有越來越多的年輕人無法寫出像原住民前輩作家那樣的生命經歷，但「與時俱進」也是讀者要做好的事：「你可能沒辦法去期待，這些更年輕的原住民作家很細膩的把傳統技藝的施作過程寫出來；但當他

們開始去書寫母體文化所面臨的困境或自身的生命經驗時，他們是『百分之百』的以一個原住民的身分生活在當下。」

訪談日期：2021 年 8 月 3 日

受訪者修訂日期：2022 年 6 月 27 日

詩藝的復興：千禧世代詩人對話

專訪黃璽 Temu Suyan　優美或醜陋都是真實發生的

三

寫詩也可以是整理心裡的房間

喵球個人照

專訪喵球

把詩分行的意義就在「這裡」

喵球,一邊在皮卡丘茂園種田一邊當廚師一邊寫詩,寫詩的產值毫不意外是最低的。被楊智傑喻為最難談論的詩人之一,感謝智傑賜我渾號難談詩人。目前正努力自稱為當代活躍田園詩人。

你也曾抱我
走進黑暗的房間
其實我不記得了
現在你也不會再說了

——節錄喵球〈圓滿了〉

「你們知道這件T恤的由來嗎?」我們跟隨喵球進入「心物語女僕咖啡廳」並坐定後,他興奮地和我們分享身上的龍蝦衣服——仿經典喜劇港片《與龍共舞》中,葉德嫻在晚宴上自陳由義大利設計師所設計的「禮服」。

「這個哏是由『龍蝦』跟『sit down please』兩個符號結合起來才成立,要是只有其中一樣,它的效果都沒辦法達成。」對於一個看似簡單的哏,喵球對其進行細部分析並觀察它的構成,發現這個形式跟「詩」有很多部分高度相似。

談起自己年輕時，詩人林群盛曾和他說「詩人見面當然要約在女僕咖啡廳啊」！當時的他心想：「哇，詩人好帥喔！好想變成這樣的詩人喔！」於是在一個微冷的下午，我們和喵球在一間女僕咖啡廳裡，談起他的現代詩創作。

我每次寫完詩精神都會很好

「像剛剛小女僕說『現代詩就是一些看不懂的東西』，這其實也對。因為現代詩在捕捉的，很多時候就是還沒有被命名的東西。假設你今天是一個沒有學過中文的人，你的思考模式會不會跟現在不同？」從剛剛和女僕互動的言談中延伸，喵球認為我們思考的語言文字會影響我們的思考模式，侷限我們看待世界的方式。因此寫詩、寫一些看不懂的東西，即是從這種難以察覺的影響中「掙脫」。

對於工作和創作的連結，喵球控訴道：「所有的工作都是對心智的消磨」。如何在一個被消磨的情況下「借力使力」，從而維持創作的路徑和熱情？喵球坦言，因為年輕時在咖啡店工作過，咖啡因無法對他達到「提神」的效果，不過他有其他的方式——「女僕可以，女僕絕對可以。我後來發現說，其實創作也可以，因為我每次寫完詩精神都會很好，會持續亢奮兩、三個小時。所以，對我來說最理想的狀態，就是在上班前趕快寫出一首我覺得很好的詩，然後我整天上班都會很有精神。」

喵球詩集《手稿》(獨立出版，2017)

　　喵球獨立出版、限量 200 本的《手稿》在印刷上仿造 iPhone 的樣貌，詩集的形式設計獨樹一幟。「那一陣子臺灣文學館在徵集作家手稿，有些作家就說自己一直以來都用電腦打字，因為這個企劃，特地拿紙筆出來謄了一遍——這樣子『手稿』的意義是什麼？」對於這種現象感到「荒謬」的喵球，決定以比較能忠實呈現「當代人手感」的方式展演文字；而對他來說，他時常在廚房裡直接用手機鍵打詩作，於是便自然而然地想要把詩集做成「手機」的外觀。

　　相較於其他接受到「詩壇」怪現象而不滿的寫作者，喵球的實踐力非常之高——他不只單純批評，更透過實際的出版、創辦粉絲專頁等行為來實踐自己的觀點。除了出版《手稿》，喵球目前經營有「← § 我分行但我不認為我在寫詩 § →」，試圖回應文學場域中的現象：「為什麼這些問題明明那麼好笑、那麼荒謬，卻一直沒有被解決？是不是因為沒有人很刁鑽、

很執著的去鑽他？我會覺得好吧，如果我可以分出一點心力的話就來做吧——雖然我本身就是很窮苦的一個人。」

「文學小屋」訪談，於意念書店（辛品嫻攝）

寫詩是拆開感官的各個層面

　　「我常常在做『腦內白描』的訓練，這也算一種寫詩的儲備。」談到寫詩的時間長短，喵球說：「我會盡量在心裡寫個七八分，然後我再實際地把它寫出來，做一些節奏跟語氣上的調整。所以大部分時候，紙上寫的時間都還滿短，但如果要算上『構思』的時間就不一定啦。」

　　「大部分在寫詩的時候，我並不是先感覺到『我要寫詩』這件事，而是先感覺我捉摸到了一個『言語上很難去說明的感覺』——用言語描述它就會很玄。」自陳很討厭把事情講得「很玄」的喵球，以「廚師」的身分來落實例證：「你很會用刀，切任何蔬菜都沒問題；但是你沒

有學過處理鮭魚，你就是沒辦法去處理——你可以去處理，但是你會處理得亂七八糟。語言跟文字是每個人每天都在用的刀，你可以用語言處理各式各樣生活中的瑣事，你也可以用它來處理所有被語言歸納的情緒。但是我後來發現，還是有很多很細微的情緒，是沒辦法被現成的語言歸納的。」

就現在流行的「悲傷」詩作風格而言，喵球指出對於一個人的感官來講，「悲傷」所涵蓋的範圍太大、太模糊。「假設你把情緒狀態拉出一個光譜，『悲傷』只代表在中心點下面而已，在下面『哪一點』你是無從確知的。寫詩這件事，就是在光譜中拉出一個很細微的點，告訴你自己『現在的情緒是在這裡』——你甚至不用稱它悲傷，你把它重新命名為『大白鷺』或是『小鹿斑比』，它就會用一個新的方式跟你相處。」這種感覺會隨著時間和空間而變遷，所以難以用語言去歸納，也因此詩人更要偏執地去逼近它——對喵球來說，這就是寫詩的「精確」。

順著這個思路下來，喵球表示「加快呼吸」或「放慢呼吸」儘管看似改變極其細微，但這些都會改變看待事情的方式。「大家常在嘲笑詩的分行沒有意義，但是其實它的意義就在這裡——藉由改變呼吸和講話的節奏，來改變看它、進入它的方式。」喵球正色說道，就像女僕咖啡廳自己開門走進來是不行的，因為女僕店的規則就是『你是主人』，必須讓女僕幫你開門——同樣是進入，但這兩個過程完全不一樣。

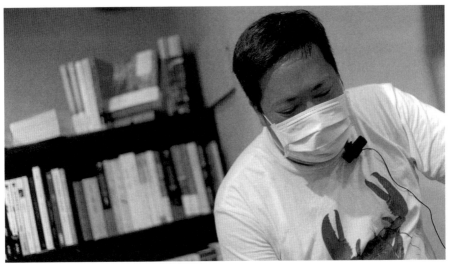

「文學小屋」訪談，於意念書店（辛品嫻攝）

是不是應該要為詩壇做些什麼？

對於當代詩創作的傾向，喵球發覺許多具有使命感的詩人，會強調每一首詩作都應該回應時空下的社會議題或思想潮流，並且能夠被放在特定的美學標準，乃至歷史意義下被檢視。

「我覺得現在很少人會強調『寫詩』這部分的享受。像是你把房間整理乾淨，它不是什麼了不起的大事，但是你會因此覺得很舒服。寫詩也可以是整理心裡的房間。」喵球以另一種角度觀看「寫詩」這件事。

喵球詩集《要不我不要》（秀威，2011）

說「自己好像老人」的喵球，近日開始嘗試和「詩壇魅影」若斯諾・孟、「意象粉碎者」李柚子等詩人，在推特（Twitter）開「音間」討論詩。「我之前在隨機配對聊天的 Wootalk 上面開過，開了幾次都有人跑出來問約嗎？男女？住哪？我問要不要讀詩呀？然後對方就跑掉，沒有遇過話題可以進展下去的。我都會覺得『我果然還是老人』，還是不要玩年輕人的東西好了。」身為一個社群使用者，儘管遭遇挫敗，但喵球仍不停地嘗試接觸社群的各種面向，體驗每個社群各自的生態和氣氛。

　　「光是推特的匿名跟臉書的實名這件事，就可以造成兩邊的發言風格完全不同。」以兩個國內外主流的社群平臺為例，喵球分享自己的觀察：「當你在一個匿名的地方，你講的話就會特別勍（khiang）、特別蠢、特別呆。推特的匿名性，照理來說會讓人更不真實，可是事實上卻讓人更想講真話；臉書很強調它是一個實名平臺，但是大家都在上面表演，做出一些大家想要得到的形象。」

　　儘管有時會思考「如果可以，是不是也應該為詩壇做些什麼」，但喵球深知這些事情其實和「寫詩」沒有關係。「如果真的對我寫詩有幫助的話，我會去做；但是如果沒有幫助的話，為什麼還要去做這些聯誼活動或是交朋友的事？如果要交朋友的話，其實我有很多朋友。我們應該就是朋友吧？我們是吧？我們都一起到過女僕咖啡廳了。」

訪談日期：2021 年 10 月 7 日
受訪者修訂日期：2022 年 6 月 27 日

詩藝的復興：千禧世代詩人對話

專訪喵球　把詩分行的意義就在「這裡」

小令個人照

小令，景美人。台東大學華語
文學系畢，專職侍茶數年。著
有詩集《監視器的背後是彌
勒佛》、《在飛的有蒼蠅跟神
明》、《今天也沒有了》、《日
子持續裸體》。

專訪小令

善感而危險的月亮伊布

善感而危險的月亮伊布

為了夏天。為了尋找適合冰滴咖啡的瓶裝，默默跟在跑道
上的田徑隊後。離開時腰際上多了一根繩子，各自拖著一
個輪胎。

—節錄小令〈聽說錢帶不夠會被送進花轎〉

咖啡廳裡，我們簡單向小令問候以後，便直接開始了訪談。

「當聊天就好。」

「好嚴肅的聊天內容。」她開玩笑地抱怨。

儘管在外人的眼中看來，小令有趣且富有才華，但她卻認為
自己「高冷、詭異、低調」，這種詭譎與矛盾感在現實中達到一
種微妙的平衡，同時顯現在她的性格與文字創作上——「小令的
詩具備強大的意象力，創造出的世界黏在生活底部。」詩人楊佳

嫻便如此評論道。

　　身為被點名的「潛力新星」，在網路上其實已有許多相關資料，包含訪談、評論、講座等各類足跡，都可以看出小令是一位非常多變且不甘於現狀的詩人。「我現在很後悔在『廳梭』的講座留下紀錄，」她笑著說，「我現在可以在你們面前全盤推翻我以前講過的所有東西。」這正好映證了她在逗點文創「普魯斯特問卷」上自言的特質。以一個後見之明回顧寫作歷程，從「無名小站」開始創作的小令，究竟現在是如何看待「詩」的呢？

「讀懂」作為陷阱，那樣很恐怖

　　在剛接觸文學時，小令渴望一種「很快速的刺激」，所以在詩以外的散文、劇本到小說都廣泛涉獵；不過因為閱讀的口味尚未固定，攝取的類型也太過龐雜，後來她便選擇從「臺灣詩人的詩集」開始下手。大學時期的小令幾乎是處於一個「完全自學」的狀態，因為「老師上課都沒在聽」──博覽群詩的小令「以時間換取經驗」，從而了解自己偏好的口味。她笑說，自己在臺東的時光幾乎都沒什麼事，大多就是看看書、讀讀詩，在圖書館的詩集區開始一個人閱讀的旅程。

　　為何選擇「小令」作為筆名呢？小令說，自己很喜歡宋詞裡這個體裁的特質：除了限制在九十字以內的簡短形式，帶有「生活感」的內容也是吸引她的原因之一。「如果去 google『小令』的話，會出現民間小調等等的描述，我那時候就是非常喜歡這個解釋，也有一點期許，希望『詩』能不要那麼藝術殿堂、高端美學的技巧，可以親民一點。」她

以小令文體的「日常」與「幽微詩意」自許，這些對自我的期望，都體現在詩集《日子持續裸體》中——儘管她曾說自己似乎無法跟大家說「大家好，我出了第一本書超棒！」只能說「對不起，我不小心出了一本書」。

小令詩集《日子持續裸體》(黑眼睛文化，2018)

　　小令在大學期間，使用的其實是另一個筆名。那時的她對於兔子有著強烈的喜愛；而因為兔子的腳很長，坐著時很像蹲著，她便將自己取名為「蹲蹲」。「我剛進好燙的時候，就是用『蹲蹲』這個筆名；但後來發現這個名字是脫衣舞孃在用的藝名，而且她很紅了，就想說換一下好了。我那時候的本名也有『令』字，就取作小令。」小令認為筆名是區別於自我的另外一種「人格」或「狀態」，這和許多以筆名發表的創作者「抽離自我框架」的心態相同。「原來大家都是這樣，太好了。」她說。

　　許多詩人認為「詩不是用來讀懂的，而是用來感覺的」，對此小令說「讀懂」這個詞是一個陷阱。「假如你二十歲讀懂，那是二十歲的你讀懂了；但當隔年或失戀的時候來讀，可能就會有另外一種讀懂，或是突然就不喜歡了。」對現在的她而言，不會輕易地說自己「讀懂」哪一首詩，因為不同的閱讀層次、生命狀態會影響到我們「懂」的東西。「『感覺』這個詞其實也是相同的概念，」小令認為我們會說「感覺不一樣」是因為切入點不同、生命經驗不一樣，「所以我不會跟任何人說『讀懂』就好，我會說

只要『感受』就好。」她說，自己會全盤接納讀者現在閱讀到、感覺到的東西，但不會要求「懂」。

在小令的眼中，「真誠」一詞非常危險。有時真誠是因為要達成某個目的，「譬如我今天要詐騙，當然要足夠真誠到我自己也相信，這個時候真誠就是被召喚出來的」。「真誠」作為一種共感的情緒，發話者把對方內在的情緒與自己的狀態統一起來，接收者就會覺得「我很懂你」；但其實事實往往並非如此，只是剛好「呼應」到彼此的情緒而已。「我不會說我是真誠的人，我覺得那樣很恐怖。」小令笑道。

和危險的「真誠」相比，小令覺得「真實」也是很恐怖的東西，會根據每個人的立場而有所差別。同一件事情，在不同立場下的「真實」可能就會產生衝突，因此我們很難達到一個客觀的真實性，只能盡可能地逼近。「所以你會發現有些人『筆戰』很熟練的話，就會把每個立場都『切』得很細，讓你找不到死角去擊破他。」小令認為，寫作上的真實只是「寫作者的真實」，不是「真相的真實」。這也許和小令的世界觀有關，當被問及「聽過最糟的謊」時，小令誠實地說：「希望你一切都好」。

「文學小屋」訪談，
於福來得咖啡
（林宇軒攝）

想像中的社群與跨域展演

　　對於網路社群流行的「厭世詩」，小令認為這是一種框架，並且對創造這種框架背後的原因感到困惑。她指出，現在的「厭世」似乎成為了一種為了形塑某種姿態的標籤，有種「此地無銀三百兩」之感——把「討厭活著」這件事商品化，就可以進行各種的行銷販售。「比如，我說我是厭世詩人，但我一整天都在很開心地插花、泡茶跟畫畫，大家就不會這樣覺得……」小令觀察到這是一種種商業操作，涵蓋了作品、作者形象乃至人設的建立。在她眼裡，這種標籤沒有「好或不好」，也沒有「想要或不想要」。

　　小令曾說過「寫作是一種表演」，但其實在寫作的當下，她並不會去意識到這件事情。「因為我覺得我寫作的時候，只能處理我自己的狀態和生命經驗；所以當我重複處理、集中地去表現某一個生命狀態的自己時，那就不是我有意為之的，我覺得那是我比較無法控制的。」相對於選詞、用字、語氣等語言上的控制，小令自陳並沒有特別想表現出特定的人設。提到最近的心願，小令說很想獨自一人徒步環島。「不過我這個人有個問題，就是出門之後就會不想回來。」她坦率地笑說，自己至今沒有出國過，這也許是原因之一。

　　小令加入「好燙詩社」的初衷是因為「好奇」，想要看看其他寫作者的狀態。「如果是看作品，他們會登出來；但如果要跟他們認識、接觸的話，就是要先加入詩社。」在加入詩社後，她發現他們雖然像是一般的朋友，會聊天、約吃飯、打電動。但浸泡在那樣的情緒裡，小令感受到其中微妙的友誼，「你們知道彼此的存在，但寫作仍然是自己的事」。她知道大家的喜好與特質，但不會特別定義或是深入地交流。

「我常常處理的是比較私我的情緒。像我這麼孤僻的人，很容易接受到別人的情緒到一個『滿』的程度。我需要花很多時間去消化、吸收，然後思考。所以他們的存在對我而言還蠻重要。」詩社呈現很歡快的氣氛，和大家相處下來也讓小令願意一直寫下去。許多寫作者研究所唸完、進入職場工作後就放棄寫作了，但他們還願意寫，「像是《力量狗臉》，就算只是出 PDF 檔，他們也要做。」這種精神讓她覺得很感動。「他們還是很想要有一個存在的姿態，對我這種處理自己的人而言，是很大的鼓舞。」小令說。

　　小令是一個極其「敏感」的人，從詩集《日子持續裸體》的後記中便可以觀察出「裸體」與「敏感」的關聯。在讀者的眼中，她的文字表現出「很認真活出自己生命」的感覺，像精密的機械，稍微一點震動就會感知到。小令說自己的確是常常會被說「很用力」，「我就問，很用力是什麼意思？對方說，不管我做什麼都會有點過頭，但我自己不會意識到。」當她「全力以赴」地面對這個社會時，在旁人看來就會是一個「無法輕鬆」的狀態，沒有餘裕或從容感，關於這個部分她還在學習。

　　小令曾在楫文社主講許多不是以「詩」為主題的講座，比如「詩畫同源」、「模仿的魔法」、「一盞茶的詩句」等，甚至坦言自己「之後要練倒立」。由此可以觀察出她對繪畫、聲音展演、茶道等豐富的跨域參與，這是一般的寫作者無法達到的境界。

小令詩集《今天也沒有了》(黑眼睛文化，2021)

詩藝的復興：千禧世代詩人對話　專訪小令　善感而危險的月亮伊布

小令詩集《在飛的有蒼蠅跟神明》(黑眼睛文化, 2021)

在茶道與文學的關聯中,她曾提出「置茶量、水溫、時間」與「互動性、感受、理解」相對應的主張。

「當你在茶桌上要展開茶巾的時候,前輩就會跟我們說『要想像這是畫軸,現在你慢慢地展開了這個畫軸,然後每個器皿都有他的用意,要想像是丞相要輔佐茶壺等等的情境』……然後蓋杯不是有個蓋子嗎?當你把蓋子蓋下來的時候,你要想像它是用一片落葉般的速度飄下來的美。」在茶道中,小令認為運用了很多情境的想像;而這種「想像力的召喚」可以被串聯。不管是什麼領域,只要具備足夠的想像成分,就能夠吸引小令。

不過就小令自己來看,其實並沒有跨很多,很多東西還是很私我的──這些跨領域對她來說,都是剛好處於「同一種狀態」下的參與。「像我之前待過桌遊店,在開始遊戲之前就要想像自己的身分、情境,投入那個氣氛。」她說,桌遊有時一玩就是四個小時,如果不把自己放開、投入其中,氣氛就會變得很尷尬。「帶領遊戲的人很重要,要幫你導入情境。這個狀態跟創作很像。」寫作者必須帶領讀者進入情境,否則想傳達的東西就會遺失在文字中,這對於小令來說是「環環相扣」的。

「文學小屋」訪談，於福來得咖啡（林宇軒攝）

關於「身體感」：千萬不能被人發現這個弱點

　　談到自己曾經很重視的「日記」，小令坦言寫到一個程度後，就會發現自己在循環的狀態，原先「用以提升自己敏感程度」的功能也會消失；除非把自己的內在整個「打掉重練」，不然多半都會陷在人生思維的循環裡。身為少數大量創作散文詩的青年詩人，小令說「我覺得好可惜，你們應該都有能力寫」。以她自己的經驗為例：高中開始寫短文時覺得「詩一直換行好累」，使用標點符號就方便很多，在那段期間便寫了很多這種短文，並沒有意識到那叫「散文詩」，直到大學才開始深入理解這個文體，可以說是「創作先行」的一種寫作者。

　　2012 年時，小令在「葉紅詩獎」的得獎感言中寫道：「得獎通知的信件躍入眼簾，世界開始飛旋。第一時間緊摀著臉，逃難般衝離電腦桌前，同時嚷著：『天哪天哪。』完全失去思考能力，頻頻下跪俯

首又起身，仍舊只說得出：天哪。拜月老都沒這麼虔誠。」對於獲獎的詩作，詩人羅智成認為文本清晰而簡潔，卻充滿多義與歧義的張力，讓人聯想到對肉體與情欲的耽溺或逼視，「作者的表現手法與技巧顯得熟練而淡定」。

可以這麼說，小令的詩藝透過文學獎與刊物的曝光，在社群間開始受到重視。除了葉紅詩獎，好燙詩社的參與、衛生紙詩刊的發表、紅樓出版贊助計畫中，都獲得了非常高的評價。對於第一本詩集《日子持續裸體》，她曾在某次讀詩會中坦言自己不喜歡「巴黎的憂鬱臺北版」這個標籤。「我現在又改觀了！」她用一貫地笑容說，「我那時候是覺得，蛤什麼叫散文詩？什麼是『臺北的憂鬱』？我後來去聽蔡翔任講波特萊爾，提到《巴黎的憂鬱》這本書，我就聽懂了，也完全認同鴻鴻會說這個是臺北的憂鬱。」這種「流動」的狀態時常出現在她的生活之中。

蔡翔任詩集《日光綿羊》(南方家園，2019)

詩集《日子持續裸體》內的題材具備「生活化」與「身體感」，小令自陳這是她的「職業病」。訪談所在的「福來得咖啡」是小令以前工作的地方，她滿喜歡做外場人員，而這必須隨時注意客人的狀態，比如：現在適不適合收桌、適不適合詢問結帳等。「有時候客人會用眼睛召喚你，有時候中國的客人會直接高呼：『服務員！』，你就要趕快過去。」這些生命經驗讓小令對於人的視線非常敏感，對所謂的「閱讀空氣」（空氣を読む，意指察言觀色）或是偷拍、視線的追尋都很敏銳，以致於身體處於一種很「敞開」的狀態，隨時接受其他人的需求。

小令是個不擅於拒絕的人，所以時常幫自己累積許多「答應後要做到最好」的自我要求，這也讓她感覺到壓力——只要對方丟出需求，就算要求不高，她也會付出很多，導致自己常常「給太多」而無法平衡。「千萬不能被別人發現這個弱點，」她說，「外場服務生是不能說『不』的，會很習慣答應、過度在意別人。」相對於外場工作，寫詩的過程可以讓她暫時脫離這種「職業病」，以比較理性的方式思考。

騷夏詩集《瀕危動物》（女書文化，2009；時報出版，2023）

　　小令提到，在閱讀騷夏的詩集《瀕危動物》時，對於裡頭描寫女性的情慾感到印象深刻，激發了她的創作欲望，認為在眾多男性前輩詩人的情慾書寫外，應該還有其他的模式，而這也許就是造就了小令的詩作很常有「身體感」的原因。除了騷夏，前輩詩人非馬與管管對於小令也有創作上的提點效果，因為「課堂上不會被啟發到的部分，在那兩位詩人身上都有」。

　　對於「作品集」的概念，小令自陳第一本是鴻鴻跟她說「你就把你得意之作拿出來」而依時間脈絡集結成冊；第二本是自己有意識地要「寫一本」，寫起來的感覺有點硬，後面也修改了很多，也很慶幸紅樓沒有給予補助，讓她可以修改與反省。第三本則比較「意外」，是小令從一個概念出發，最後「長」成一個星系——像一顆太陽或引力很強的恆星，召喚其他事物變成完整的星系。「有一個核心在中間，

做引力的召喚。」聽著小令的介紹，也讓人不禁期待起她下一本詩集正式出版。

小令詩集《監視器的背後是彌勒佛》（雙囍出版，2022）

最新一本詩集《監視器的背後是彌勒佛》的書名來自同名詩作〈監視器的背後是彌勒佛〉；而關於這首詩，則要從小令的家開始談起。

許多年前，小令的父親在桃園買了一間房子作為「老家」。當地因為人口稀少，家家戶戶都裝有監視器，父親也跟著裝了一台——監視器面對房子的車庫入口，再進去會看見一尊彌勒佛。

「後來，我跟我爸提出要求，說我想去住一段時間。」在小令住進去後的某天，赫然發現彌勒佛的肚子前裝了一台機器——父親說「不要管他」、「不要拔電源」，於是她便相安無事地和彌勒佛共生。有天，彌勒佛突然講話了，小令被嚇到幾乎跌在地上。後來才知道，這個如寵物監視器、可以遠端對話的機器背後，原來是父親。

儘管自言很「khiang」，但這種「他看得到我，但我看不到他」的對話模式，讓小令覺得滿有趣的。於是，和彌勒佛的對話便成為了〈監視器的背後是彌勒佛〉這首詩。

「跟那台機器講了幾次話以後，我覺得不太健康。」在對話時，小令只能看著彌勒佛的腳底板；如此尷尬的處境還出現在那台機器的「錄影功

能」——在機器偵測到動靜時，會發出錄影的微弱聲音，並且將畫面傳送到父親的手機裡。為了不繼續「活在父親的視線之下」，小令在〈彌勒佛的上面還有〉一詩中寫道：「彌勒佛說好了沒事了。／我夏天想去住車庫。」

在得知彌勒佛前的機器是可以錄音、錄影的監視器以後，小令崩潰了一段時間——「不知道我爸到底聽到了什麼？」當她轉頭，看著魚缸裡的那些魚，那些魚是不是也是這樣的心情？

針對這本詩集，詩人楊智傑認為其中的敘事邏輯並不是「線性」的，反而採取了一種更加「跳脫」的策略，這和前三本詩集「私日記」傾向的書寫，產生了巨大的差異。小令說，自己的這本詩集「大方很多」，像是創造了一個「遊樂場」，讓大家知道不一定非得要移動到哪裡，才能去完成這些遊戲。只要擁有一顆詩心、詩眼，或是一點點詩意，不要太快反應，用心去感受周圍的存在，會發現許多很珍貴的緣分。

在一次臺師大噴泉詩社的讀詩會後，小令將對應不同人的神奇寶貝卡片分別送給大家作為禮物。「神奇寶貝」是小令的童年，她認為自己就像是裡頭的「月亮伊布」——在夜晚月光的照射下，身上圓圈圖案就會綻放出微弱的光芒，喚起不可思議的力量；牠的瞳孔在漆黑中能看清獵物，發怒時會噴出毒液，襲擊對手的眼睛。在訪談的最後，我們問及小令對讀者有什麼想說的話時，她只說了短短的「謝謝」兩字，留下了無限的空間，一切讓詩自己說話。相信透過文字，小令的詩作在未來會持續「襲擊」讀者的眼睛，將閱讀的訓練家們，逐一帶入她的異世界中。

訪談日期：2021 年 5 月 5 日、2022 年 4 月 9 日

受訪者修訂日期：2022 年 6 月 27 日

詩藝的復興：千禧世代詩人對話　專訪小令　善感而危險的月亮伊布

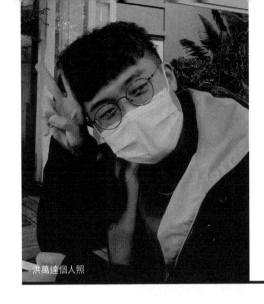
洪萬達個人照

專訪洪萬達

爲什麼要習慣好作品落選？

洪萬達，畢業於中正大學中國文學系，著有《鹹蛋超人》、《梅比斯》、《一袋米要扛幾樓》，每天想著如何心安理得地傷人。

> 星期五，完全黑暗的學生劇場，我下課，對於
> 剛剛虛度的兩個小時感到十分厭倦。因我埋首寫字
> 顏ㄇ大喇喇地靠過來，閱畢，又無聲地坐回去

—節錄洪萬達〈一袋米要扛幾樓〉

「實在無法欣賞！再問一次，現代詩到底是什麼東東？」獲得臺北文學獎首獎的詩作〈一袋米要扛幾樓〉全文公開了，一位定居美國的臺灣詩人在臉書上連發好幾篇文，留言區聚集了眾多老一輩的文學人，四周充滿了快活的氣息。

「如果這算是新詩，洛夫和余光中會死不瞑目。」一位詩刊編輯諷刺道。

「可憐的讀者，可憐的評審，還有可憐的作者。」本土詩社的前輩詩人評論。

「評審大概患了文句解離症吧？」年逾七十歲的雜誌主編如此回應。

訪談開始之前，我將網路上的這些批評給洪萬達看，他說「哈哈哈哈哈」，然後正色罵道：「怎麼好多臺灣詩人老了都會陷入白癡狀態？」

跨過空白的那個過程，才是文學

好笑的是，剛剛被說會「死不瞑目」的洛夫，就是讓洪萬達開始讀詩的人。

「我第一本買的詩集是洛夫，白皮的《如此歲月》，裡面有一首詩在寫投井自殺的人。從那之後，我開始覺得『詩很有趣』。」相較於那些啟發自教育體制的創作者，洪萬達極度厭惡學校的國文課，反而是數理相關科目讓他覺得「有邏輯」而比較喜歡——「每次現代詩的填空題目我答案都錯，我就覺得，這是什麼垃圾文體？」誰都無法阻止洪萬達的口無遮攔。

那首「有趣」的詩作，是總長十行的〈井邊物語〉。整首詩完全沒有說明那人投井的來龍去脈，結尾的「花鞋說了一半／青苔說了另一半」甚至和故事主軸完全無關；然而，就是這種詩中的刻意留白，讓洪萬達深深受到吸引。

「我其實很討厭開放式結局，」雖說留白是好事，但對難搞的洪萬達而言，留白太多的詩也難以符合他的標準：「我從以前就跟我的學弟妹說，一首詩應該要完成到 95% 到 98%，自己讀完再從文本得到答案。跨過空白的那個過程，才是文學。」

洛夫讓洪萬達開始讀詩，但距離他真正動筆創作，還要等他經歷過第一次失戀。為了挽回一份注定得不到的愛情，身為高雄人的他立志考上台南的成大，甚至已經規劃好四年要來回通勤上學，幫忙家裡的早餐店。

　　愛情固然強大，但詩比愛情更強大。讀到葉青詩作〈我想我再也不要傷心〉後，他似乎懂了什麼——「管他去死，我要為了我自己去考上成大。」命運多舛的他後來當然沒有考上成大，但他進入了中正大學的中文系，這個決定大大影響他往後的寫作生涯。回頭看過去的這段時光，如果問洪萬達：還喜歡洛夫或葉青嗎？他不會給出正面的回應，只會說「知道他們為什麼紅」。畢竟對現在的他來說，這些早已是很隱微的記憶了，比較鮮明的可能是夏宇。

　　「我那時候真的誰都不知道，還以為夏宇是男的，」他笑說：「葉青一直很崇拜夏宇，既然是『偶像的偶像』，那我就要來看看她到底哪裡值得。」

　　夏宇的確值得。讀了《腹語術》和《摩擦・無以名狀》兩本詩集，洪萬達進入一個新世界，開始著魔般買光夏宇所有能買到的詩集。

　　有人讀夏宇貪圖一種簡便或暴力，但洪萬達讀夏宇，是他「最壯大且無須後悔的一次愛人」。在夏宇親自帶領的讀詩會中，洪萬達是唯一一個獲得她兩次擁抱、在衣服上簽名的人；時隔一年多，夏宇在信件中更說「萬達我當然記得你啊」甚至主動邀請他參觀「再基地」的展覽，洪萬達說自己「好像被神欽點」。

　　能被自己喜歡的作家記住，該是一件多麼幸福的事情。接觸夏宇後，洪萬達緊跟她所有的新書：2016 年的《第一人稱》、2019 年的《羅曼史作為頓悟》，以及 2020 年的《脊椎之軸》。

「《羅曼史作為頓悟》我很滿意，在形式和內容上融合了前面所有的作品風格，像是一個『總回顧』，但同時可以隱約感覺到實質內容有一點落差。到了《脊椎之軸》，她已經朝向前衛的路走了──她一直在前衛的路上，但她後來有點連內容都不在乎──這是我說的『殞落』。」儘管面對心目中的「神」，洪萬達仍舊毫不避諱地直言自己的真實感受。

也許就像羅智成在〈詩的邊界〉對夏宇《摩擦·無以名狀》的描述：「夠高，夠遠，所以我們可以回航了！」當時的洪萬達覺得羅智成似乎不懂夏宇，甚至覺得這樣寫是在阻撓她往前；直到《脊椎之軸》出版後，洪萬達才理解「回航」的真正意義。在《脊椎之軸》出版後，洪萬達備感失望，甚至在詩社以「神壇的殞落」為題，用整整兩個小時的時間，向大家傾訴自己有多愛從前的夏宇。

「我跟你講，人是會長大的。」醉心於夏宇之後，洪萬達讀到馬永波等大陸先鋒詩人，發覺夏宇後期的作品逐漸偏向觀念藝術的裝置或行動，似乎背離了他心目中理想的現代詩──「雖然現代詩寫什麼都可以，但我就會很希望她回去寫《備忘錄》或《腹語術》那種詩。我很努力讀，但說真的，《脊椎之軸》沒有帶給我那麼多啟發了。」

除了詩作內容的構思，洪萬達也注意到《脊椎之軸》採取「打凹」代替「上墨」的設計；時間一久，等整本書的凹痕消失，就再也沒有人能讀到裡頭的詩，彷彿一種時間的暗示。「可是這種設計在『X19 全球華文詩獎』的封面就做過了，只是因為他們沒有名氣就沒有被大家注意到。那些人很可憐，我會覺得我也是那些人的其中一個──明明也很好，卻沒有被看到。」

因為見證了「殞落」，洪萬達開始逐步把過往珍藏的詩集出售──「所有我覺得我學得來的，都會賣掉。」曾任二手書店店員的他面不改色地說。

寫作這件事情，從頭到尾都是在自救

提到「X19 全球華文詩獎」，洪萬達想起有位評審覺得他的詩「很好笑」。

「我那時候真的不懂，為什麼很好笑？」回顧那首被覺得好笑的組詩，主題在寫「求籤」，每一組詩都是一種籤；而在整首詩的最後一組，詩中的敘事者抽到了一張完全空白的籤詩，以為這就是神要給他的啟示，沒想到後來寺院的住持過來向他說「不好意思」，一切只因為打印機剛好沒有了墨水。

「這明明就是一件很悲哀的事情，『你的人生是一片空白』諸如此類的解讀。我那時候覺得這件事情很可悲──雖然我現在想起來也覺得很好笑。」從現在的觀點看這些作品，洪萬達發現自己很多詩都以詼諧的方式來諷刺一些事，只不過當時的自己不理解大家在想什麼。

「也許她已經忘記我了，但我永遠記得她。」除了被覺得好笑，在 X19 詩獎中還有一位劉小姐在評語寫道：「這個人如果出了詩集，我一定會買一本，看看他會再寫出什麼樣的詩。」也是從那時候開始，洪萬達思考以「作品集」的形式將自己的創作集結出版，也因此有了後來印量一百本的《鹹蛋超人》。

在《鹹蛋超人》之後，洪萬達已經將「超能力霸王三部曲」系列作品想好了，按順序分別是《巴爾坦》（Baltan）、《梅比斯》（Maybes）以

及《愛死》（EYES）。不過，不按牌理出牌的洪萬達先出版了《梅比斯》。

洪萬達獨立出版之作品集《鹹蛋超人》（2017）與《梅比斯》（2018）

　　回頭談起文學獎的投稿經驗，當年的他曾發下豪語──「我希望中正中文以洪萬達為榮」──希望能夠在大學畢業前，拿到校外的獎項。在某個文學獎的通知信件中，洪萬達得知自己的投稿「進入了決審」，他便開心的和老師、同學分享自己的喜悅。不過，當時的他並不知道全臺灣每年有數百個文學獎，投稿沒有得獎是再正常不過的事，也因此對後來的「落選」完全沒有心理準備，甚至還因此有段時間不敢和老師聯絡，怕被大家覺得「丟臉」。直到後來，他才漸漸理解「落

選」是常態，是每個投稿文學獎的寫作者都要習慣的事——「我當然不習慣啊，為什麼要習慣好作品落選？這個世界很有病。」個性高傲的洪萬達回想起，至今仍舊忿忿不平。

時間再往前一點。高中的洪萬達在填志願時，全部的志願都填中文系，期待上大學可以每天過著跟同學討論文學的日子。進入中文系後，他赫然發現其他人不是分數剛好到，就是把這裡當成跳板，這讓他在大一生活中完全找不到任何的「文學同好」。

也因此，洪萬達在學校創辦讀書會，後來更主編《厭世刊》，辦理「私生文學獎」。因為中正大學沒有固定由學校主辦的文學獎，擔任刊物主編的洪萬達和伙伴們便自主發起這個獎項，包含設計海報、四處張貼宣傳、遭遇系上拒絕贊助……這個由學生獨立運作的文學獎，終於是成功地撐到了截稿日。

「猜猜看最後收到幾件投稿？」洪萬達面帶笑容，心裡卻在哭：「三個文類總共只收到一件作品。一件到底是什麼意思？」所有付出的心力無疾而終，後來唯一的投稿者甚至還寄信罵主辦單位。結果就是，大家投票通過：停辦「私生文學獎」，解散《厭世刊》。

「很可惜欸，這是我大學最大的遺憾。」他沒說出口的是，投身《厭世刊》的編輯運作，也是他大學生活中最快樂的一段時光。畢竟寫作這件事情，從頭到尾都是在自救——「到現在我反而覺得那些『為誰而寫』、『不願承認只是在自救』的詩都是狗屁。」洪萬達毫不遲疑地說。

想要被看見的慾望，比活著還強

從中文系、語創所到中文所，洪萬達在創作與研究導向的學院都有親身經歷，來談論「文學系所」和「創作」的關聯性，想必是相當適合的人選。

才剛進入這個話題，他馬上直言批評「得獎和學校一點關係都沒有」，甚至說語創所的課程根本是在「扼殺創作」——〈一袋米要扛幾樓〉寫的「我們就生活在空洞之中」並非虛構，一切痛苦都實實在在；而臺北帶來痛苦也讓他決定休學，回到中正中文攻讀碩士學位。

「我是為了老師回來的——義玲、俊啓、錦珠、明勳、欣志。義玲嚴格來說，是我的第二個媽媽。」自言和蕭義玲老師很要好的洪萬達，在大學期間受到老師非常多的鼓勵與照顧。在畢業前，他一個人去研究室向老師告別；在最後要離開時，他詢問老師能不能抱一下？之後，兩人都開始哭。「我覺得，如果沒有她的話，我很可能就不寫了。那是一個滿難過的回憶。」談到老師，洪萬達難得展現出溫柔的一面。

「我很擔心這件事情：會不會一直以來我都高估了我自己的才華？會不會我從來不適合文學？會不會我一直拿來說嘴的事情，其實都是我不擅長的？」因為擁有親身經驗，洪萬達對寫作的體認也更加地深刻——「最應該要擔心的不是那些直接落選的人，而是像我這種已經進入決審，差那麼一點就要得獎，卻一直、一直在這裡的人——這些在得獎邊緣的人，是最容易壞掉的。明明只要再努力、再堅持一下，就可以用自己的方式得獎，但很多人就會迷失，想說去學得獎的作品就能如願以償。我不希望我變成那樣的人。」過去老師對他的分享，現在他想要分享給大家。

在臺灣文學史的過去、現在、未來，有誰的詩作能夠在二十四小時內，獲得超過五萬人次的主動觀看數？儘管因為〈一代米要扛幾樓〉的得獎而終於「被看見」，但屢屢投稿失敗的他說「我的人生根本什麼都沒變」，甚至遭受大量的批評──「我很不擅長跟別人吵架，我是個很害怕被攻擊的人。」洪萬達誠實地說。

一袋米要扛幾樓　◎洪萬達

星期五，完全黑暗的學生劇場，我下課，對於剛剛虛度的兩個小時感到十分厭倦。因我埋首寫字顏口人喇喇地靠過來，閱畢，又無聲地坐回去

洪萬達詩作於 imgur 之瀏覽次數

黃碧雲對作品書寫的觀點，真切地啟發了洪萬達。「我最近才終於有點理解到夏宇〈說話課〉真正說的『這一切不如不說』。我覺得我做了很多努力。」按照這個審美觀，得獎也不代表什麼。當洪萬達要投稿前，他的老師對他說「這首詩很有趣，但你要有心理準備，這首詩可能不會得獎」──不是作品好就會得文學獎，反之亦然，這是誰都知道的事。也因此，他的老師和朋友沒想到這首詩會得獎，就連他自己也沒想到。

「想要被看見的慾望，比活著還強──這是個很悲哀的故事。」在獲得臺北文學獎後，洪萬達被邀請回大學課堂以「如何才能被看見」為題演講，其間他舉袁瓊瓊的短篇小說〈看不見〉為例，透過成長的議題談論「如何才能被看見」，並從生活擴及寫作──「我寫這個東西是為了要被看見嗎？如果被看見了，大家還是如常、默許這個答案來到，那怎麼辦？」這類被定位為「反成長」的作品在洪萬達眼裡，從來不是一味地光明與正向，如同葉青，一切都和感覺有關。

談到「用感覺讀詩」，洪萬達坦言自己「到現在還是會犯這個毛病」。

「我覺得，我不是用『感覺』讀詩，我是用『感情』讀詩。有的詩就是，也許背後有一些經驗在幫我？」洪萬達以黃荷生《門的觸覺》為例，所有人都是以自己的審美範圍為論斷標準，也因此「能產生共感」的詩通常都是「情感很重」的詩；至於那些語言的技巧，洪萬達認為不應該刻意去耍弄，頂多作為加分用。

洪萬達寫詩、寫散文，卻沒有一個明確的「文類意識」，寫什麼都只覺得自己在「寫作」。這該是多麼神奇的事情？就像他說「我很討厭別人跟我說應該要怎麼做」，這種錯覺會在讀他的散文時對應所有的感官，好像這不是散文，而是篇幅大一點的、不分行的詩──「文類只是為了文學獎而分，而我的興趣剛好就是寫一些大家不能接受的文字。」洪萬達如是說。

在訪談的最後，洪萬達的驕傲仍舊表露無遺。「我不推薦任何當代詩人，因為我覺得大家都沒有長進。但我會買楊智傑的詩耶？那我推薦楊智傑好了。我喜歡創意和形式都可以兼顧的詩人。」

「認真說好了，」洪萬達想了一下，復開口：「買了夏宇之後，你就會相信現代詩是自由的。但是，很多人會甘於自由、墮於自由。你不能只安於這樣的快樂。」毫無疑問，洪萬達在「才華」和「努力」之間必然信奉前者；然而又有誰能說，推進、撐持「才華」繼續前進的，不是另一種的「努力」呢？

訪談日期：2022 年 6 月 28 日

受訪者修訂日期：2022 年 7 月 31 日

像我這樣的虛構的人

林佑霖個人照

林佑霖，1995 年，畢業於東華大學華文文學所創作組，現就讀淡江大學中國文學博士班。曾獲林榮三、打狗鳳邑、後山、教育部文藝創作獎；文化部青年創作補助、國藝會創作補助。現經營有網路文學書店：昨日書店、海書屋。

> 寫一封不署名的履歷表
> 寄到租屋網上隨手抄來的地址
> 開始一次生疏的自我介紹：
> 「您好，我想要應徵這間房子。」
>
> ——節錄林佑霖〈像我這樣的待業男子〉

「求職和求愛，大概也有那麼一點身不由己的相似吧。」對於這首獲得教育部文藝創作獎特優的詩，孫梓評如此評論。

有趣的是，林佑霖在東華大學華文所的畢業作品名稱是《像我這樣的虛構的人》；詩作和詩集同樣以「虛構」為名，開展出了「虛實交雜」的系列創作。文學作為藝術的一種，同樣是以虛構道出真實，而林佑霖想要再進一步延伸，探索「虛構處理虛構」的可能。

憑個人直觀的感受,去讀這些作品

從淡江大學中文系、東華大學華文所,而後又回到淡江中文所博士班。對於後來攻讀博士的決定,林佑霖尷尬地說「其實有點後悔」。

「我本來還想嘗試進行一些學術研究,可是真的很困難。學術研究就是要讀一些我不喜歡的東西,這是我比較不能接受的。」相較其他擁有創作夢的中文系創作者,林佑霖當初其實是抱持「未來可能可以當國文老師」的想法,進入淡江大學的中文系就讀。

談到中文系課程對文學創作的幫助,林佑霖誠實地說:「有,但很少。」偏好現代文學的他在系上「以古典文學為主」的課程規劃下,幾乎都是在詩社學長姐的提點下緩慢摸索;從崔舜華、楊佳嫻到楊牧,對詩人完全沒有概念的他從書單中「書名比較有趣」的詩集讀起——「我完全不知道這些詩人到底有多出名,就純粹憑個人直觀的感受去讀這些作品。」

相較於中文系,著重創作的華文所對他的文學歷程而言,有著更大的幫助。林佑霖說,東華華文所就像是一個空間,讓青年創作者聚集起來,彼此討論文學觀念和作品。在這些歷程中向前,回想自己寫下的第一首詩,林佑霖坦言一切源於一個「意外」。

「我以為每個人都要交。」林佑霖笑說,當他開始參與詩社讀詩會時,誤以為所有人都必須繳交自己的創作,結果全部的新生只有自己一個人交。雖說如此,但就是這樣的「以為」,讓他持續地寫到了今天。

在變動的圓圈中尋找重疊的部分

「我覺得會，但那個會其實又不是真的。」談到自己是否會受到文學獎的影響時，神秘的林佑霖以「圓圈」來比喻「會獲得文學獎的作品類型」。

「我的作品也是一個圓圈，我會選擇拿重疊的作品去投文學獎。那個圓圈是抽象、會變動與扭曲的一個範疇，但我會去預測——如果我寫了一首二十行的情詩，這個作品要拿到文學獎就比較困難；如果我寫了一首五十行關於社會議題的詩，拿到文學獎的機會就比較高一點。」

從親身經歷侃侃而談，林佑霖獲得教育部文藝獎特優的詩作〈像我這樣的待業男子〉結合了性別、低薪、房價等議題，不過這首詩其實是截稿前夜裡才完成的詩作——「什麼繆思都是假的，截稿線才是真的。」林佑霖說，雖然自己不會特別去屈從於所謂的「得獎體」，但文學獎的截稿日會讓他「被逼著」去面對很多的題材。

「學生繳交創作、老師給修改意見」是東華華文所的 meeting 常態。雖說「比較少修改成稿」，但林佑霖的電腦裡有很多只寫幾行的「未完成詩稿」。「與其說是初稿，我覺得更像是靈感碎片。」對於善於捕捉生活細節的林佑霖來說，從生活經驗獲取靈感，沉澱後在書寫成完整的詩作，是自己較常採取的寫作方式。

「陽光如一窩被一網打盡的鳥／攀下裸露的岩壁，溪流映著赤裸的我／水流如針，一針針穿過我手臂的燥熱」林佑霖說，當時這首〈登山慾〉就是以實際的生活經驗為底本。在學期的期末，吳明益老師帶領同學們爬山——「整個過程非常、非常地痛苦和艱辛，我一直想『我為什麼會在這裡？』直到看到上游小小的湖泊，以及湖泊邊的健美的胴體，我心裡就想『我再努力一下就可以看到了』。」

書店、創作、浪漫主義狗崽

　　談到未來的規劃，林佑霖笑說自己沒有什麼把握，短期內會想要一邊經營書店，一邊創作、讀自己喜歡的東西。

　　對於經營已有快兩年的「昨日書店」和隨後成立的「海書屋」，林佑霖坦言自己一開始其實很隨興，是到後來才慢慢開始決定要認真經營。過去林佑霖曾擔任二手書店的店員，對於書店背後的經營與銷售有一定的基礎，也因此從尋找通路、挑選書籍、上架販售、包裝出貨全部「一手包辦」，對他而言並不是一件需要從頭開始學習的事。除此，因為書店放書的空間其實就在自己家，所以不會有太多額外的倉儲支出，透過經營網路書店的收入足以維持自己的日常生活。

昨日書店 LOGO

　　「當初想要賣二手書，所以才會取名叫『昨日書店』；但其實這個二手書店的構想，反而更像現在的『海書屋』，原本的『昨日書店』現在主要都在販售簡體書籍。」會有這個轉變，是因為剛好遭逢溫羅汀的「若水堂」書店停業，開始有些朋友向他反映臺北難以購買到簡體書籍，後來他才決定要在這部分拓展，以「簡體書平臺」作為書店的定位。

在訪談尾聲，林佑霖分享自己入圍紅樓詩社拾佰仟萬出版贊助計畫的詩集《浪漫主義狗崽》。不同於過去獲得國藝會創作補助的《普朗克辭典》，也不同於獲得文化部青年創作獎勵的《扯線木偶》，林佑霖自陳這本詩集反而和他過去在東華華文所的畢業作品《像我這樣的虛構的人》較為接近。

剛開始寫作時，林佑霖並沒有「主題式創作」的意識，所以在整理作品為作品集時，方法就是以「主題」分為四、五個輯。在整理作品的過程中，林佑霖發現自己無論對時間、自然的求索，或是著重於個人的探討，很多詩作都和「浪漫主義思潮」有著強烈的關聯性。也因此，他開始思考以其作為第一本詩集的主軸；而將書名取為《浪漫主義崽》，除了致敬並轉化羅貝托‧博拉紐（Roberto Bolaño）的詩作〈浪漫主義狗〉——「那時，我二十歲／是個瘋子。／我失去一個國家／卻贏得一場夢。」（曹馭博譯）——同時也意味著回到自己最開始接觸作品的初心。

「臺灣的話，我最喜歡楊澤、林達陽、崔舜華，但我比較喜歡的還是翻譯詩。」因為淡江大學微光現代詩社的指導老師研究中國現當代和俄羅斯文學，讓他接觸到了阿赫瑪托娃（Анна Ахматова）等外國詩人。在這些華文、外文創作的薰陶之下，徘徊於學院與書店間的林佑霖不輕易出手，反而選擇把這足以出版兩、三本詩集的詩作「去蕪存菁」，為的就是希望第一本書呈現出理想的姿態。

訪談日期：2022 年 7 月 24 日

受訪者修訂日期：2022 年 7 月 31 日

四

每個人都有尋求詩意的雪亮眼睛

用直覺傾聽字詞的音樂

專訪楊智傑

用直覺傾聽字詞的音樂

楊智傑個人照

楊智傑，1985 年生於台北，畢業於清華大學，有詩集《深深》、《小寧》、《野狗與青空》，曾入選年度詩選、文訊《21 世紀上升星座》1970 後台灣作家作品評選二十本詩集等，並獲邀任德國柏林文學協會駐會作家（2021）。

萬物都是自己的屋簷
延緩著抵達
本質
黑暗冰涼的心

——節錄楊智傑〈突圍〉

「意象的功能不一定要附著於主題。我們常常有一個明確想表達的主題才開始寫作，但我覺得更重要的是『意象』以及意象內含的『節奏』。」在寫作《野狗與青空》的階段，楊智傑將「主題」視為詩中次要的元素：「就像有人覺得詩的『建築性』沒那麼重要，有人會覺得詩的『音樂性』沒那麼重要，我那時候開始覺得詩的『主題』沒那麼重要。」

「『字詞』唸出來本身有音樂，然後『默讀』本身也會有不同

於嘴巴唸出來的音樂，第三個屬於比較難傳達的那種音樂——比如說『桔子』有個上揚的裝飾音——我覺得這有時候是很私我的經驗。」以往會考慮這種「音樂」是否具有普世性，但在《野狗與青空》中，楊智傑放棄對於這部分的顧慮，以直覺的方式去「聽」這些詞裡面的音樂。

「詩」有自己推進的方式

可以這麼說，「漫遊」（roaming）貫穿了楊智傑的寫作中心。從2011 年第一本詩集《深深》，再到 2019 年出版的兩本詩集，楊智傑透過作品集，逐步建構出屬於創作者的一套「方法論」。談起同代人的寫作，楊智傑認為 2011 年出版的《台灣七年級新詩金典》其實「沒有涵蓋到七年級的全貌」——「除了廖啟余和蔣闊宇，其他人都比較傾向『往內心世界的抒情』。」這個世代關注的焦點，是不是還是「抒情」？楊智傑對於抒情的「凝」與「疑」有深刻的感觸。

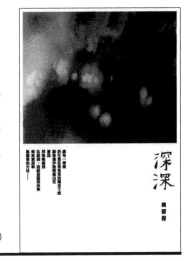

楊智傑詩集《深深》(風球，2011)

值得注意的是，由鴻鴻主編的《衛生紙詩刊》和《小寧》的寫作期間高度重疊，這恰好扣合了楊智傑想要去回應的事情。《衛生紙詩刊》裡面的詩人和《台灣七年級新詩金典》的取向非常不一樣，他們

處理了特定的議題，例如階級關係、全球（暖）化、當代歷史、流動人口等，而且兩個刊物幾乎沒有重疊；也因此，楊智傑指出兩個「代表性的典律」因而在過程中緩緩成形。

謝三進、廖亮羽編
《台灣七年級新詩金典》
（釀出版，2011）

鴻鴻主編《衛生紙 +32：詩壇崩壞》（黑眼睛文化，2016）

在兩股力量的拉扯之下，他開始思考：「還能寫什麼？還有什麼沒有被寫？」就他個人的觀點來看，現在的詩作比較缺乏「處理這個時空的長篇敘事」。呼應保羅・策蘭（Paul Celan）的說法，《衛生紙詩刊》固然可以處理特定議題，但楊智傑認為「現在」並不是一個瞬間、一個意識形態或者一個關鍵詞，而是一組串流（Streaming），而這些資訊便以這個世界觀之下的「漫遊」為接收裝置。

談到自己如何接觸到現代詩的寫作，楊智傑笑說這真的是「滿古老的事情」。高中畢業後，他開始有意識地閱讀文學作品，當時的他什麼書都讀，在成大蔡明諺老師的引導下，開始從一個比較開放的角度去接觸現代詩。舉凡北島、于堅到歐陽江河，儘管不一定可以迅速讀懂，但在廣博的詩作閱覽下，讓楊智傑正式進入到現代詩的閱讀。

回顧大一、大二時，楊智傑和朋友在校內組過一個「現在已經不存在」的詩社，甚至還擔任社長。「那時候的社群跟現在的社群，感覺是很不一樣的，」以當時在 BBS 的個版上發表創作、彼此討論的互動模式來論，楊智傑說道：「你每 PO 一首詩預期最大的觸及流量就是『十』這樣子，那如果有一、兩個朋友給你比較正面的回饋，就會覺得受到滿大的鼓勵──可能那時候也比較容易滿足吧。」

在當時相對封閉的網路社群環境中，楊智傑的文學活動主要以詩社的讀詩會為主，大家針對各自的作品討論；而在品味養成之後，只要發現一位沒聽過、喜歡的詩人時，就會非常地想和大家分享。在他的閱讀範疇中，相較於夏宇、楊澤、羅智成以及後繼於網路上活動的臺灣詩人，中國朦朧派的作品在語言使用上的陌生感，為他帶來更大的衝擊。

「世界只會帶給我們『經驗』，而『因果』推動世界去產生狀態的變化；但『詩』的語言有自己推進的方式，那就不是『因果』的──你當然可以用『因果』來寫詩，但那樣就是對世界很無聊的一種模擬。」援引波赫士（Jorge Luis Borges）對於「音樂性」的說法，楊智傑指出詩行與詩行、意象與意象之間的連結方式，並不像世界運行時那種無可避免的「因果」。

從看待事物的不同觀點來推斷，要如何將這些因果轉換為文字，對於楊智傑來說便是極大的考驗──畢竟兩者無法「直接對應」，之間具有很長的一段距離。「如果你硬要很直接地對應，它可能會成為很不錯的『報導』或是很深刻的『紀實作品』；可是它沒有辦法直接成為『詩』的語言。」生活與詩之間的距離，詩人透過時間與空間的

安排，為這些內容尋找形式。

　　談起印象最深刻的一次旅行，自陳「喜歡居家」的楊智傑坦言自己並不是很好的旅行者。在他的第一本詩集《深深》裡，詩作〈清楚〉寫道：「像海邊的貧窮小鎮／第一次放映／免費巡迴電影／像水鳥／忽明忽暗的眼睛」因為詩中極其深刻地描寫小鎮的情境，使得他在完成後對於這首詩「耿耿於懷」，開始著手尋找想像中「臺灣最窮的鄉鎮」。

　　「我就真的很白癡地在 google 上面搜尋，後來找到雲林的『水井村』，在臺西靠海的地方，網路上說那裡是全臺收入最低的地方，我就想去看看。」當時獨自在夜晚驅車前往水井村的楊智傑，對於眼前所見感到非常訝異：「很多人會覺得，鄉下是有狗吠的；可是當我到了那個地方，是連狗吠都沒有，就是全部沒有生氣的狀態。」說是浪漫主義傾向的誤解也好，過度的自我投射也罷，這次的行動讓楊智傑的現實生活，多了新一層「文學的要素」。

「文學小屋」訪談，於有河書店（辛品嫻攝）

詩人必須對語言有使命感

對於寫作者而言，「選擇文類」往往是下筆前最先遇到的問題。至於能否透過不同文類來書寫相同的內容？楊智傑主張「經驗沒有辦法在不同的文類間轉換」──「有一些東西就是非得用『詩』來寫。我講的不只是涉及內心活動的部分，有一些現實上你看得到的東西只能用詩來表達。對我來講，這些文類其實是區分得很開的。」

楊智傑詩集《小寧》
（寶瓶文化，2019）

楊智傑詩集《野狗與青空》（雙囍出版，2019）

「其實，我後來也覺得自己並沒有做記者的使命感或熱情吧，」楊智傑的眼神專注，開始自剖：「我對於了解人的故事、了解真實事件發生的邏輯，其實沒有這麼感興趣。也許是『詩』帶給我一種過度的期待，但裡面的原則或規則並不是現實可以複製的。」雖說如此，但他並不否認關於著重現實層面的寫作有著非常專門的技術，只是自己沒有繼續往這一個領域耕耘。

如何不封閉於自我的內心世界？詩之所以為詩，有沒有一種新的

敘事手法可以帶領他去完成？楊智傑謙虛地說，自己嘗試書寫的〈2008沒有煙抽的日子〉是羅智成〈一九七九〉的「低配版」，詩中包含了大量的個人生命經驗與觀察到的現象，將「日記」與「剪報」以節奏的安排融合在一起，有許多破綻與失敗的點。「這樣的詩，我就覺得說好像不夠，連〈一九七九〉的車尾燈都還看不到。」自我要求甚高的楊智傑認為，如此的寫作方式勢必還要去進一步融合或整併。

楊智傑喜歡音樂，本身也彈奏樂器，樂理給予他諸多啟示，包含「諧和音」與「不諧和音」的概念——放在寫作中能否成立？楊智傑舉〈2010〉與〈2014〉兩首詩為例，其中代表社會現實與社會氛圍的「諧和音」具備穩定感、共識、可預期性，而代表混亂而未受判斷的「不諧和音」呈現不安、懸念、緊張，兩者的衝突與矛盾在詩中形成張力。

詩歌的推進如同音樂的推進，透過如此的敘事方式，楊智傑以形式如諧韻、迴行、意象群，去黏合詩中「諧和」與「不諧和」的關係。在這類型的寫作上，他盡量去除政治判斷與意識形態，以文字綑綁個人與集體，同時「偷渡」原先不重要的「個人感受」，使其合理化。

對於「結構」，楊智傑說「寫長詩不能只是靈光閃過」。如何把詩寫長，讓長詩不是「好幾首詩」？結構的推進關乎詩句之間、詩節之間的相互「延續」與「對抗」，而這種對文字的要求就關乎了一種「使命感」。

相較於必須對社會議題有使命感的記者，楊智傑認為「詩人必須對語言有使命感」。結束在《新新聞》的媒體工作不久後，楊智傑搬去臺東，開始過著稍微遠離塵囂的日子。「當你真的跑到一個只有山脈、海洋、公路、稻田的地方時，你的感知會受到影響——那個影響一開始對我來說是

『縮減』的。你在路上不會看到這麼多的廣告、人和符號，所以好像突然『降速』到一個很平緩的流域，這種『縮減』反而造成《野狗與青空》裡頭，意象源源不絕地出現。」

在《野狗與青空》中，楊智傑開始以直覺的方式「關照文字上的感受」。以詩作〈地風街〉中「夏威夷齒痕的浪」一句為例，楊智傑認為「痕」和「浪」兩個字「非常地接近」，甚至將其想像為鯊魚上下的牙齒。「我相信，也許讀者在讀這個東西的時候不一定可以意識到，但我希望他們會被這樣的設計影響。」相對於前兩部詩集，他並不會考慮這樣的效果：「寫《小寧》的時候，我很著迷於那個時代的動盪，所以裡面還滿多主題性的寫作——我那時候唯一想的事情是，如何在主題的限制之下，透過文字達到最好的效果。」

對於如何將現實生活中的經驗實際轉換為詩作，楊智傑認為不同階段會有不同的想法。受到廖偉棠《波希米亞行路謠》的啟發，楊智傑在詩集《小寧》中，嘗試了「多聲部的敘事」、「語言的變速」等手法，讓抒情與政治在現代詩中的可能，為大眾所看見；而除了寫作策略，在構思《小寧》之前，他便明確地規劃以一個「長期的寫作計劃」規模來完成這部作品。

可以這麼說，在《小寧》之中，楊智傑內心的秩序和臺灣社會的秩序是恰好重疊的。「一篇報導所要求的技術或者是觀點，跟現代詩的寫作隔得滿遠的，」楊智傑分析：「雖然有滿多人覺得我的《小寧》是社會寫實，但我還是覺得它只是當下那個時空，反射在我的內心活動裡面的一個結果，我把它描繪出來。在我的看法裡面，它並不是這麼社會寫實，當然它有這樣的一個元素，但我覺得主要還是關注自己的內心活動。」

「文學小屋」訪談，於有河書店（辛品嫻攝）

讀者或是作者，都是一種幸福

　　「入世／涉世」的詩不一定要當雞蛋，如果有足夠的好奇心或感知，也可以是一種雜草。從詩來回顧，楊智傑說一切的文字都反映出當時的自己對事件的看法；而新聞的敘事和詩的敘事，差異在於這些個人的「主觀判斷」，在彙整以後，便成為可以被大部分閱聽人所接受的「客觀現實」。

　　在楊智傑的思考裡，認為無論是「主觀判斷」或是「客觀現實」，都經過了太多先驗的預設行為，無法成為詩的素材。在他眼中，關於「事件」的理想詩作，應該去追求一種「主觀現實」，而不帶有過度的偏見。如何透過合適的敘事方式，而不會使得「判斷」掩護了「詩」應該展現的空間？楊智傑說：「詩應該服務的是形式，而非事件的因果。」對於獲得林榮三文學獎的詩作〈超上海 2019〉，楊智傑表示他有意和〈2009 上海的日子〉

對話，但兩者的寫作策略和敘述視角都有所不同，形塑出了第一層的「陌生化」──包含挪用說話方式、日常口語的「象徵」、直接以姓氏「劉」稱呼對方等。

　　許多讀者好奇《小寧》中的「小寧」、「阿俊」是否真實存在？他認為不需要討論他們存不存在，因為「小寧」、「阿俊」就是這個時代少年的精神縮影。另外，楊智傑也不諱言，有的年份如 1997 和 2014，在詩中有著明確的象徵；但大部分個人意識比較強烈的詩，他會傾向主張那個年份「被唸出來」的聲音和「被看到」的形狀在詩中扮演的角色、造成的效果，會比探討那年發生了什麼事來得更有意義──「九」帶來陰險、調皮、胡鬧之感；「六」有豐滿的意味；「四」則讓楊智傑感到危險，種種很「個人」的印象，充斥在他的詩作當中──「因為這是形式的一部分，而非現實的一部分。」楊智傑解釋。

　　「我、栩栩、哲佑，有時候還有啟余，以前偶爾會在『雪可屋』聚會，討論彼此的作品。我覺得那種形式也不錯，但對我來講，更多的是那個氣氛跟面對面的感受；現在社群媒體很方便，你想要跟某一個人討論詩，你就直接敲他就好了。」在不同的世界景觀漫遊，楊智傑切換寫作模式，有自覺地去創作；在面對同為寫作者的互動之中，也有一套清楚的觀念。

　　「這也是一個很奇特的集體記憶，」談起換臉書全黑頭貼，透過這樣的方式參與了事件：「在大的『諧和音』之下，我個人的『不諧和音』是什麼？」科技的進步除了讓社群的互動模式改變，寫作者思考的邏輯也有所調整：「單點互動的好處是可以討論得比較深，一群人在的

時候就會顧忌說『這個批評是不是太猛烈』，深度可能也受時間和空間所限。個人對個人，你可以針對一個問題甚至一個句子，討論得比較深刻。」雖說如此，但楊智傑也不否認文學社群的意義——「當然我講的不是像『詩人俱樂部』的那樣互相取暖的社群，那樣子對我是沒什麼意義。」

相較於《小寧》和《野狗與青空》明確的主題性，回頭看自己的第一本詩集，楊智傑開玩笑地表示「其實我還滿滿意的」。

「沒有啦，我覺得『少作』是一種很迷的東西——它一方面好像是最接近你的，但它一方面卻又是最遠離你的。」回頭看《深深》，他發覺許多地方都受到當時喜愛的詩人的影響，也因此在情感上會如此複雜：「我覺得大部分時候，一個作家很難對他的少作做一個比較公允的自我的評價。」

身為一個「不斷變動」的寫作者，除了閱讀的作品風格會隨著階段而調整，楊智傑的「理想讀者」也時常轉變。「我其實很謝謝讀我詩的讀者，因為我覺得這件事從來都不是那麼理所當然的。世界上的書如此的多，擁有一些讀者確實是滿幸運的。」除了深情的告白，他也認知到自己的新詩集可能隨時會讓既有的讀者失望，所以補充道：「這和文學獎落選一樣，失望也不算什麼。」

「投任何獎或丟任何的比賽沒有入選，會失望是一定的，我覺得這也不必隱瞞。」對於呼聲很高的《野狗與青空》並未入圍 2020 臺灣文學獎，有許多人為此感到惋惜；不過，楊智傑反倒不認為這有多嚴重。身為一個文學歷練豐富的寫作者，他成熟面對且不吝於推薦其他入圍的詩集，如廖偉棠《一切閃耀都不會熄滅》、蔡翔任《日光綿羊》、吳岱穎《群像》、陳昌遠《工作記事》等，並表示可以和其他入圍的作品身處同一個時代，「無

論作為讀者或是作者，都是一種幸福」。

訪談日期：2021 年 9 月 4 日、2022 年 4 月 25 日

受訪者修訂日期：2022 年 6 月 6 日

詩藝的復興：千禧世代詩人對話

專訪楊智傑　用直覺傾聽字詞的音樂

人性刻痕裡的文字工作者

陳昌遠個人照

陳昌遠，高雄人，1983 年生，近期的興趣是觀看充滿鏽蝕的鐵皮工廠與巷子。書讀得不好，做過工地粗工、信用卡電話催收員，以及十年的報紙印刷廠技術員，習慣利用工作空檔想詩的句子，以此逃避現實。現職為文字記者。著有詩集《工作記事》。

> 當手與開關觸碰就像是一生中
> 總有幾次以爲找到了卻是錯的
> 錯的，而誰一生沒有推託
> 推託錯誤給一支日光燈即便
> 它一生都是有光的，都是有光的時刻
>
> ——節錄陳昌遠〈工作記事・七〉

　　工作可以是勞力，也可以是勞心。近年以詩集《工作記事》橫掃楊牧詩獎、臺灣文學獎金典獎與蓓蕾獎的陳昌遠，坦率地表示自己現在「還沒有太在意讀者」，但同時也會期待寫的東西可以被讀者「吃下去」，一切端看作品內容而有所差異。

　　「我覺得每一個寫詩的人都是這樣子，你不可能每首詩都要有能夠讀懂的讀者，又要有文學內涵——不是說有讀者就沒有文學內涵，或是有文學內涵就沒有讀者——這個東西很曖昧，我自己也講不清楚。」

陳昌遠直覺地以作品作為分類的標準:「有些詩我想要有讀者,有些詩我不想要;然後我想要有讀者的詩,通常會比較有尖酸氣,那個尖酸氣在《工作記事》這本詩集,是沒有收進去的。」

持續習練與推進的寫作觀

對於「詩人」這個「崇高的稱呼」,陳昌遠從自己的寫作經驗出發:「寫詩比寫小說、散文方便很多,你只要短句寫得漂亮、有感,你就可以讓自己有點像詩人的感覺。」雖然早在國中時,就從課本接觸到余光中的詩作,不過他坦言自己的「文學啟蒙」很晚,除了偶爾讀副刊,成長過程中幾乎沒有任何文學涵養「灌進來」。

因為留級與休學,陳昌遠晚了兩年進入大學。當時的網路文學開始發展,包含藤井樹、痞子蔡(蔡智恆)在內的寫作者開始在網路平臺發表小說,形成一種新的寫作與閱讀模式熱潮。「基本上跟我同齡的人,都會感受到那種網路小說很好讀,就是很簡單的一個故事。」對於這類型的通俗作品,他認為儘管其中的文學價值並不高,但卻提供了一種較容易進入文學場域的可能:「我覺得,那時候的氛圍對我影響很大。」陳昌遠說,如果要保持文學創作的動力,必須要養成習慣,不停去接觸各類型的作品。

大學讀了二年,陳昌遠就休學開始工作。雖然詩的產量很少,但並未萌生放棄寫詩的念頭,甚至會以「年」為單位督促自己持續寫作。「我有注意到這件事,所以我會告訴自己『今年寫比較少,年底要趕工一下』,多寫幾首詩,哪怕很爛也沒關係。」憑藉著對文學的責任感,

陳昌遠在閱讀和寫作上不斷求進步：「寫作者都會有一種感受，就是我寫出來的東西可能突破了一個坎，或者是我寫出一個點，那個點很亮，自己就可以爽好幾天——這個不用別人講，自己都知道。」

「不斷進步的感覺」有時也來自「鑑賞能力」對「創作能力」的驅策，從眼高手低的狀態開始慢慢琢磨、提升自己的文筆，回頭省思過去的作品與創作觀便能發覺自我的進步。這種文學領域的特殊進程，讓陳昌遠在其中有著很好的體驗。

陳昌遠在以詩作〈試著變得矯情〉獲得時報文學獎後，他曾與詩人喵球見面，討論自己新寫的作品。「那一次我去他家的時候，他剛好在看《進擊的鼓手》，他就說『嗯，這首很好』，我就想說『幹，你這個講話尖酸的傢伙居然說這首很好』，後來我才意會到他在講電影裡在敲的那首很好，然後他就看著我，知道我會錯意了，就說『嗯，這首也很好』，我就想說『恁老師，你咧嘮潲（hau-siâu）』。」後來，被「稱讚」的那首組詩便被自己當成「廢料」，只擷取部分放在 PTT 上。

「如果你對自己有個要求，想要寫得更好，更上一層的話，基本上他都不會給你尖銳的評價，但是如果你覺得自己很厲害的話，他可能會釘你。」陳昌遠開玩笑地說。

陳昌遠詩集《工作記事》（逗點文創，2020）

而對於廖啟余在閒談中評論，《工作記事》將勞工的身分獨立出來的處理方式很「古典」，陳昌遠表示自己其實沒有意識到自己這樣做，不過他可以接受「古典」的說法。「因為我的確有承繼一些上一個世代前輩詩人給的概念，其中有一個最古老的概念是，余光中有一首〈敲打樂〉。」從時代背景來觀察，陳昌遠分析〈敲打樂〉敘述的主體就是「一個失去中國的中華民國國民，到了美國後回望中國，感覺自己失根」的那種憤怒的詩；如果拔掉政治立場，從當時的社會環境跟歷史氛圍來看，便不難理解為什麼他會這樣書寫。

「〈敲打樂〉其實是一首長詩，我雖然沒有中國意識，但是我很喜歡那一首詩；後來我讀了楊牧的那一首〈有人問我公理和正義的問題〉，也是一首很長的詩，很完整地去描述他當時面對的時代背景。再來就是羅智成的《黑色鑲金》，呈現一個創作者孤獨氛圍的情境，比如『我像一個努力要被粗心的文明校對出來的錯字』。這是一個處於孤獨不被理解，甚至發現只有自己理解，但別人都不知道的一個創作者的孤獨感。」這些前輩詩人帶給陳昌遠的影響，是他持續在思考如何運用的，包括《工作記事》以一種「大主題的繼承」來書寫，可能就受到其中的影響。

「因為羅智成就是我的文學啟蒙，他比余光中更直接影響我對文學的理解，所以我很多部分在模仿他；但那也是很早期，我現在是完全脫離模仿的那個階段。」陳昌遠表示，自己很喜歡大型的組詩，所以一直都在嘗試；甚至在寫小詩時，也會思考「多寫一些」，找機會組成更大的架構，包含最近的創作模式也是採取類似的方法：「一開始只是想說，我不要管我要寫出什麼東西，只是想寫詩，這首詩很爛

也沒關係;而且我也想在裡面放一些髒話,比如說「三小」(啥潲 sánn-siâu),我就覺得放進去試試看。如果寫到某種程度就發現,有找到某個新的東西、新的形式,或者是有什麼特別的點,那個就可以繼續發展;沒有的話,它就是臉書上的廢文。

「因為我工作壓力很大,有時候大到你必須要找紓解壓力的方式。」自從上臺北從事記者工作後,陳昌遠高度仰賴「寫詩」來紓壓,讓自己的思緒和外界的噪音安定下來:「寫詩蠻方便的,你不用管它好或壞,就把它寫出來──很好的話就撿到,很壞的話就丟掉。」

「文學小屋」訪談,於陳昌遠老家(江依庭攝)

記者與詩人的角色並置

「我是從讀詩去學習文學技巧,然後再寫詩、再學會更多文學技巧。但是,寫詩跟寫報導採訪,其實不太一樣,有點像現實跟虛擬、事實跟編造。」

被問及哪個是編造時，他哈哈大笑：「記者需要寫事實還有現實，詩的話，我不需要這麼計較，我想要怎麼寫就怎麼寫。」

因為不是相關科系出身，陳昌遠自陳一開始其實「不太懂怎麼做採訪」，甚至連訪綱都不太會擬。過程中如果遇到困難，他會試著回想讀詩時所學習到的文學技巧；而在記者這份工作學到的東西，也會放到詩裡面來使用——「有時候報導寫不出來，我主管或同事就會告訴我『你不是會寫詩嗎？你就當作你寫詩好了』，我也的確有幾次是『喔，我曾經寫過那樣的句子，那我照樣造句來寫一篇報導』，我覺得那個感受滿好的。」寫詩和寫專訪與報導的互補，並不僅只侷限在文學技巧上，這些不同領域的經驗，更使得陳昌遠成為了一個眼界開闊的書寫者。

「記者工作讓我有比較廣的視野可以接觸更多人，而且有時候去採訪最大的福利是，你有什麼問題你都可以問。採訪就是『對方坐下來回答你問題』的一件事，有時候你對自己的人生困惑、對文學技巧困惑，你就順便問一下也不吃虧。」擔任記者的經驗讓他獲益良多，面對面的提問，可以直接獲得對方歸納、整理過的資訊，不用透過閱讀就能直接獲得。

「有時候採訪，對方會在你心裡面劃下『刻痕』，那個刻痕我覺得會跟一輩子……我不會說是傷痕，我會說是充滿刻痕，而那些刻痕我相信會在某些時間點發揮作用。」進行深度採訪時，時常會遇到談論生離死別或內在情緒的題材；而這些工作經歷實實在在地影響了他：「我覺得我目前對文學理解有一直在進步，而且速度蠻快的，至少這三年是這樣子——那些刻痕會讓我意識到它們的存在，並且在我寫東西的時候發揮出來。」

「我覺得，詩集不會讓你真的覺得『它是一個很完美的結晶』。」回顧《工作記事》，陳昌遠指出「它的確還有一些缺陷」，這個缺陷源自於「太過貪心」，想要把工廠、壓力、雲端等母題置入其中。從「改詩」來論，「也許零雨是最不會改詩的，而夏宇是改詩改得最兇的一個。這可能跟讀詩的感受有關——零雨的詩可能經過千錘百鍊，讓你覺得她改了很多次才成型；夏宇可能是一寫出來就是這樣子，實情上可能是相反，這要找他們確認。」

陳昌遠認為，「文學專業」在這個時代被嚴重地輕視。以詩集的「編輯」為例，這個職業其實具備要求詩人做調動詩句、段落，甚至去刪修重寫的權力：「我相信一些寫詩的人不會接受『被改句子』這件事情，但是我願意放權力給他（編輯），同時我也願意支付酬勞，因為我尊重他的文學專業。」秉持如此信念，陳昌遠目前聘請具備文學專業的人，協助完成自己下一本作品。

談到文學獎，他笑說自己的「中獎率」超低：「林榮三文學獎我已經投八年了，連初選都沒進過。2021 年也有投，但我投的那首詩我不滿意啦。」除了單首詩作的文學獎，紅樓詩社的出版計畫他也以《每一天都在罵罵號》投稿，可惜經過評審後沒有入選。在那本詩集中，陳昌遠放了很多「政治不正確」的概念，試圖讓讀詩的人感到「不舒服」——「很多東西一直在討好讀者，我們會想要討好前輩、討好某個族群、討好文學獎、討好網友，給我一千個讚之類的，但是滿少人說『我要去做討人厭的事』。」對於引起不適感，同時讓讀者折服於詩作本身，這是陳昌遠在《每一天都在罵罵號》中嘗試達成的事。

近年來，網路流行「厭世」的詩風，除了呈現出社會環境的樣貌，同時體現出這個世代的人被挫折、失望、落寞所充斥的現象；而當人們在現

實生活適應不良，想要在網路上尋求慰藉時，形成了這種只重現象而不求原因、被標籤化的「厭世詩」。對此，陳昌遠另闢蹊徑，不選擇「討好讀者」而採取相反的方向，盡力地「觸怒讀者」，嘗試扭轉這種以需求為導向的時代文化。

對於日前在臉書貼文中表示「今天開始寫爛詩」的陳昌遠來說，許赫幾年前開始推行並實踐的「壞詩運動」是一種類似的文學行動。究竟什麼是「標準的好詩」？許赫認為，寫詩本來就是一種日常的活動，應當重量再重質。當時的陳昌遠在聽到這個觀念後，也開始嘗試這種路數。他說，自己是一個「投稿不會中」的人，舉凡文學獎、副刊，可能投個二十首都沒有中，在這樣的情形下，如果花費很多的精力一直在追求一首好詩，放到詩壇上也不見得「真的好」。

「我覺得這真的是太浪費人生了，」陳昌遠直言：「我為什麼不多寫一點？甚至說，我不要寫那麼好，我想到一個靈感、一個題材，我就把它寫出來，也許過幾年再繼續經營它。」

「文學小屋」訪談，
於陳昌遠老家
（江依庭攝）

從《工作記事》出發的當代視野

「你說我在向羅智成學習的話，我不否認，」在編輯自己的詩集時，陳昌遠汲取羅智成的形式，並盡力補強缺陷：「所以《工作記事》裡我強烈要求，每一節抓出來，它都要是一首完整的短詩。」陳昌遠會將這種形式的詩作以「節」作為區分單位——「如果要說壞話的話，我覺得羅智成《黑色鑲金》有一些分節，你如果單抓某一節拿出來當作一首短詩來看，它的確是有點弱，甚至有一些真的不夠好。」

「我可以寫很多爛詩，讓它變成一本詩集，這個詩集可能讀起來還不壞。」陳昌遠補充，若單獨看詩集中的單一詩作，可能不會是一首很好的詩，畢竟「永遠都會有比它更好的詩」；但是當這些詩一旦湊在一起、變成整本詩集時，就會呈現出特有的質地。

包含在讀詩影片中的《工作記事》第七節，原本詩名為〈換燈〉，本身的完整度就已足夠成為單獨的詩作；而因為這種可以單獨存在、又能同時成為詩集一部份的雙重性，讓他編輯時備感艱辛。勞心勞力的成果，雖然他自謙是「運氣」，但實則是透過時間來磨利文字——「其實我的夢想就是中個楊牧詩獎、出一本詩集就好，結果它走得比我想得還要遠。」在出版後，《工作記事》也獲得了臺灣文學金典獎與蓓蕾獎的榮譽，不負過去的努力。

《工作記事》是一本很有系統的詩集，這也連帶地讓陳昌遠的詩人身分聚焦在一個印刷工人的藍領印象，基本上每首詩都輸入了工廠的意象作為測量世界和情緒的方式。這本詩集和他「寫詩的方式」有直接的關係，身為一個時常檢視自己過去作品的寫作者，陳昌遠將所有詩作視為一個「大

資料庫」，在其中歸納出相似主題的詩。培養出這個習慣後，他開始編自己的第一本詩集——一開始名為《印刷綜論》，然後又改成《習練》，後來又整個拆散改成《每一天都要罵罵號》。一直拆散的結果，使得他的詩作一再重組，衍生出另一本詩集《本週運勢》。

儘管《工作記事》是大眾認識陳昌遠的第一本詩集，但對他來說，其實已經是第三本創作了，只不過前面兩本尚未找到機會出版。在進行編輯時，他很明確地思考「要以工廠為主、要以壓力為主，可能還要帶點孤獨，然後要有很多雜音」；除此，《工作記事》捨去詩題、以零件主軸的書寫策略，雖然讓個別詩作的獨特性有所削減，但也從形式上加深了詩集的主題性。

從創作的時間跨度來觀察，《工作記事》涵蓋了陳昌遠十七歲創作的早期作品，同時也收錄了上臺北擔任記者後的詩作。他自言，這本詩集花了十幾年的時間來完成，原因之一即是花費莫大的心神去重新整理、自我編輯，讓這些各自帶迥異色彩的文字，能夠被安置在同一本詩集當中。這種「主題式詩集」的編法，在獲得楊牧詩獎後，他並未對其感到滿意，甚至想要把整本詩集打散重編、刪改句子、重組段落，也因此詩集在得獎時是五十二首，最後又從增改完的六十幾首「砍」到四十幾首，成為現在讀者所見的樣子。

對於詩獎評審將其作納入「勞動詩」範疇，陳昌遠秉持著正面的看法。不過，他也提出不同的觀點：「如果用雲端網路的環境來看這一本詩集，我覺得可以得到不一樣的結論。像我這個世代在文學創作上，雲端網路環境已經從虛擬變成現實了。」回顧過去曾風靡一時的「網路小說」，現在已經被「輕小說」、「類型小說」等名稱取代，如

今的網路不再是一個新的虛擬世界。身處在這環境中的詩人都不可能倖免，
必須各自採取相應的對策。

```
【板主:kshsman/raysun】                    詩板              看板《poem》
[←]離開 [→]閱讀 [Ctrl-P]發表文章 [d]刪除 [z]精華區 [i]看板資訊/設定 [h]說明
    編號    日 期 作 者    文 章 標 題                      人氣:2
  46672 +  5/06 SecLeoVir  □ [創作] 我可以勒索你嗎
  46673 +  5/06 xoxox      □ [創作] 我都知道
  46674 +  5/06 ctra       □ [版面] MP
  46675 +  5/08 chiisacat  □ [創作] 夢話
  46676 +  5/08 jean17     □ [創作] 虎眼石
  46677 +  5/08 onlyfine   □ [創作] 一袋米要扛幾樓
  46678 +  5/08 ymtt       □ [創作] 五月的第二個禮拜天
  46679 +  5/08 xoxox      □ [創作] 相遇
  46680    5/08 -          □ (本文已被刪除) [Shaynn]
  46681 +  5/08 skrnetwork □ [創作] 靈魂說
  46682 +  5/08 s886202    □ [創作] 鳶尾花
  46683 +  5/09 Waackeph   □ [創作] 鄰座
  46684 +  5/09 TtTt4      □ [創作] 牡丹
  46685    5/09 -          □ (本文已被刪除) [Shaynn]
  46686 +  5/09 Shaynn     □ [創作] 生
  46687 +  5/09 Shaynn     □ [創作] 日
    ★  m13 8/15 g6m3kimo   □ [公告] 板規3.0
    ★      5/03 kurohitomi □ [目錄] BBS詩版詩作聯展
>   ★  m   6/01 kurohitomi R:[聯展] BBS詩版詩作聯展實行細則
    ★      11/22 raysun    R:[情報] 文學相關論壇、投稿方式整理
  (y)回應(X)推文(^X)轉錄 (=[]<>)相關主題(/?a)找標題/作者 (b)進板畫面
```
PTT 詩版

　　「我不會去刪我過去的舊作，」在 PTT 詩版活動很久的陳昌遠說：「文
學在網路上興起的時候，很多一流好手都聚在那邊。」包含廖啟余、崔舜
華、蔡琳森、喵球、魏安邑、羅毓嘉、王志元、潘柏霖、徐珮芬、宋尚緯
等在內的青年詩人們，都曾經在詩版貼過自己的作品，而這也讓陳昌遠獲
得許多養分。「大家都會來這邊分享詩作，也不在意這首詩可不可以發表、
有沒有稿酬，甚至大家都會互戳一下——以前詩版很兇，像是『你寫什麼
爛東西啊』或者是『你用這個詞很爛啊』，他們是會開戰的。」

　　訪談尾聲，陳昌遠看到旁邊一疊週刊，便感嘆起「時代的差別」：「像
更老一輩、五十歲以上的人，他們可能還對紙本有一種收藏癖及幻想，就

是『能上紙本的就比較高貴』。我現在覺得紙本還好，網路流量就可以直接呈現你的作品。」對於朱宥勳評論囧星人的事件，陳昌遠以一個「寫作者」的角色出發，認為其中提到寫作者的三大原則：準時、才華、性格，表示這是很值得參考的標準：「我覺得網路筆戰也是啦，包括現在有炎上事件的時候，去了解這些事件都會吸收到很多知識。」

訪談日期：2021 年 8 月 13 日

受訪者修訂日期：2022 年 6 月 29 日

專訪曹馭博

國民詩人的救贖與挑戰

曹馭博個人照（4Samantha 攝）

曹馭博，1994 年生，出版詩集《我害怕屋瓦》、《夜的大赦》。林榮三文學獎新詩首獎，臺灣文學金典獎蓓蕾獎。文訊《1970 年後台灣作家評選》詩類 20 之一。

幽靈
一個接一個來過
旋轉門
野蠻的中陰身

——節錄曹馭博〈夜的大赦〉

「我認為，寫作者必須擁有一個自訂的公眾責任——寫作是我觀看事情的角度，無論選擇什麼方式，我都想把自己的作品拋向外面，讓他者來檢驗與定位——儘管這讓我感到痛苦不已。」

在出版詩集《我害怕屋瓦》後，許多的讀者寫信給曹馭博：有人抱怨生活，有人尋求慰藉，有人諮詢創作，也有傳屌照的色情狂。他回信的方式，通常都會節錄其他作品的引文開場——有些人真的能將引文視為李歐納・柯恩（Leonard Cohen）所說的裂縫，讓真正的光照進來；而只要聽到有人說：「馭博摘的句子真好」

或「馭博寫的東西真好」時，他就會想繼續寫、寫、寫。

「前些日子以為這是虛榮心作祟，但後來發現——我無可救藥地想藉由寫作讓人愉悅，且不斷打破自己現有的美學觀。」袒露的同時，他也想要像安・卡森（Anne Carson）挑戰自由詩的極限一樣，「這股拉扯很痛苦，但也是讓我走下去的理由。」

閱讀經驗擦出「國民詩人」的花火

「當所有田鼠都在蒐集過冬的食物時，只有阿佛這隻田鼠天天觀察太陽、野草與萬物的顏色。當冬天來臨，躲在石縫裡的田鼠們逐漸憂鬱，失去了活力。此時阿佛跳了出來，為他們朗誦顏色的詩、石頭的詩、春天的詩。」曹馭博在《我害怕屋瓦》的後記〈當恐懼節制成冰塊〉中，以《田鼠阿佛》來對抗精神匱乏的年代，同時試圖破解「文學無用論」的迷思。

李歐・李奧尼《田鼠阿佛》（上誼文化，2017）

「國民詩人」或「詩人」對曹馭博來說，已經超越了一種職業或是身分——它是一種志向，把慢的東西重新還給人民、還給大眾。「你有多久沒有用腳趾頭去踩泥土、去踩河水？我們多少會忘記流血的感覺，感覺一開始是熱熱的，然後才會有刺痛——你有多久沒有摔車？你有多久沒有想起來，那些曾經發生過的事情？」每提出一個問題，曹馭博的眼睛就發光一次。

「國民詩人」這個概念，其實是曹馭博在東華大學就讀創作所時，慢慢產生出來的體會。雖然是不需要寫研究論文的「藝術碩士」（MFA），但他卻蒐集、規劃了二十世紀以降各區域和國家的詩人，以寫論文的方式來完成創作計畫。在這個過程中，曹馭博發現他所傾向的，都是書寫「和自己國家人們共有記憶和痛苦」的詩人——儘管可能不是如聶魯達（Pablo Neruda）的高歌朗誦，而是像特朗斯特羅姆（Tomas Tranströmer）的低調沉吟。縱觀風格迴異的各個詩人，曹馭博或多或少都在裡頭找到自己喜歡的部分，進而成為文學創作的基底。

　　東華的研究所生涯，對曹馭博的創作產生了巨大的改變：魏貽君老師的神話與榮格心理學提供了養分，讓他在閱讀特朗斯特羅姆與奧爾嘉・朵卡荻（Olga Tokarczuk）時，能更全面地進入作品；李依倩老師的劇本課讓他了解如何處理「細節」，讓形同廢話的臺詞衍伸出意義，進而讓角色不再扁平；吳明益老師讓他在行走山野之間，學習把一個故事說得精彩；而在張寶云與須文蔚老師的現代詩教學刺激下，他被「逼」著找出文本的細節。「我覺得在東華最大的收穫，其實是逼我們說話，逼我們展現。你有痛苦嗎？你有慾望嗎？請你好好地把它說出來，好好地寫出來。」

　　對曹馭博來說，有時候寫作者不願意說謊，是因為我們沒有想清楚；但我們遲早要進入到想清楚的狀態。在完成《我害怕屋瓦》後，曹馭博開始意識到「想清楚」這件事情：他知道自己的詩風為何、知道自己寫作的母題為何、知道自己要做的是什麼。「很多東西我開始想清楚，很多原本可以模模糊糊、直覺性的東西已經消失，這讓他在楊牧所言的「變與不變之間」，開始「變」。

　　近幾年，曹馭博關注本質性的「壓迫」，其中衍生出的「人性時刻」

成為了他尋求的目標。過往時常失眠的他，在睡眠期間會打開夜燈，這種行為讓他被醫生責罵——「會害怕黑暗是因為你有想像力，打開光只是在破壞你的想像力。」扣連內在的生命經驗，曹馭博分享唐・德里羅（Don DeLillo）的短篇小說〈第三次世界大戰中的人性時刻〉結尾的「這一切，這顏色……」讓他深受震撼——看見地球上的核彈爆炸時，太空人想說些什麼，卻無法繼續說下去——這個情境表露了人性的「匱乏」。當殺戮、殘酷成為我們的日常，種種「失語」的現象驅使曹馭博開始積極思索，尋找一種適當的語言去描述。

> 詩歌不全然是感受的寫作，但我們也不該將殘酷「浪漫化」。雖然曹馭博歷經了千萬次的人性時刻，但他認為除了現實向度的觀察，更重要的是不能讓詩流於修辭的表現。

曹馭博詩集《我害怕屋瓦》(啟明出版，2018)

進入創作所前的世界觀裡，曹馭博只以楊牧為詩這個藝術形式的最高峰；在創作所的刺激下，他浸淫在圖書館的翻譯區、搜羅各式沒接觸過的外文詩人選集，開拓了自己的閱讀廣度。

「我不敢去想像，這幾十年來大家對翻譯詩的忽視——真的是忽視，尤其大家會下意識說翻譯詩『對不對』的問題。更早以前，大家只會談論這個譯本『好不好』，很少談論『對不對』。當時大家談外文詩，要嘛是辛波絲卡，要嘛是聶魯達，」對曹馭博來說，詩人不一

定要「從眾」，而應該找到個性上適合自己的詩人，進一步地去閱讀：「聶魯達是個會去廣闊地舒張『愛』的人，我不是這樣，我是一個對愛很收斂的人；辛波絲卡是個聰明、會諷刺，看似溫和但是很辛辣的老奶奶，但是我蠻笨的，沒辦法像她這麼機智地去把一個東西說破，或讓人會心一笑。」曹馭博認為，有時我們喜歡作家，不僅止於文字上的，在人格上也會和自己產生共鳴。

在創作所的時光中，曹馭博並沒有接受太多文學研究上的訓練，而臺灣在「藝術碩士」之上也沒有「藝術博士」的學位，無法讓他進一步去修習。雖然這種重視創作的性格養成，讓他得以「自由」、不會被太多的既有觀念給限制住，但這也讓他的心底有了一個小小的缺憾。「像以前龐德（Ezra Pound）與艾略特（T. S. Eliot）那種師徒關係，近代其實很缺乏。」曹馭博認為，如果詩人是一種職業，就必須透過道德倫理上的「身教」──並不是透過課堂的教學，而是憑藉著人與人之間的相處，學習如何與自己的文字妥協。

曹馭博寫宗教，但他不寫宗教術語，也不引聖經故事，因為他認為這些東西「不是他該寫的」。相較於表層的信仰，他反而對「生命與死亡」有著深度的描寫。在他眼中，「救贖」和「愛」一樣，有時候很殘忍──死可能是一種救贖，苟活也可能是一種救贖。

在以歷來最年輕之姿奪下林榮三文學獎新詩首獎後，曹馭博獲得了「書寫主題圍繞生死」的評論。近年來他想通了，自己原來渴望的是書寫煙火消逝前的「救贖時刻」：「救贖並不是那種『我覺得大家都是罪人、向上帝懺悔，會有人來救我』的救贖，而是我們生而為人，都必然遭遇某些打擊；於是我們經歷，面臨掙扎，選擇善良，轉化成無形的智慧，如同煙火最後能好好散發完畢。」

「文學小屋」訪談，於無論如河（辛品嫻攝）

如果寫作成爲一種全職的行當

「基本上我認為，在臺灣沒有全職作家這回事；就連優秀的輕小說作家也在便利商店打工，或是有家庭資助，」談到近期在 PTT 上的文章〈當作家可以維持生活嗎〉，曾待業兩年的曹馭博坦言，我們已經過了靠版稅謀生的時代：「三百多塊可以去訂 Netflix，為什麼讀者要選擇買《我害怕屋瓦》呢？」畢業、退伍之後，曹馭博去了趟中國進行為期半年的交流；回臺灣後，準備考研究所的同時，也在尋找工作機會——「下場就是，當你不專心地同時做兩件事，全都會毀滅。」

在那段時間，曹馭博受到非常大的挫折，成天在淡水河邊像亡靈一樣地遊走，偶爾會在河岸旁遇到也出來散步的顏艾琳老師。「其實我做了很多嘗試，比如接案子或是撰稿，但這樣子只是維持基本開銷而已，只是用最低限度的方式去維持我的文字創作。」曹馭博認為，

在討論「全職作家」之前，他想先討論什麼是「職業」。

　　職業的意義，並不是能賺多少錢，而是必須擁有成為「專業」的自覺與企圖。當寫作成為一種行當，除了必須要精熟最基礎的行文與資料收集，更必須擁有「全盤了解這個領域」的熱忱和企圖。「我們有時候會感嘆，有些作家怎麼突然就不寫了？也許只是他過上真正的生活，無須擁有那種成為『職業』的野心吧，」不過他也感嘆，現今的寫作若作為一種職業，很難脫離「窮」的處境——尤其是寫詩：「文字已經不是我們唯一的娛樂選擇，也許我們把它當成藝術品去看待會比較好。」

　　雖說如此，曹馭博仍認為，如果認真看待文字，你的生活就會被文字改變：「別人亂扔垃圾的時候，你就會想揍他，但是你不能揍他；別人冷氣開十九度裹棉被睡的時候，你就會想捶他，但是你不可以捶他。因為他們擁有『常識』，『常識』就是他們要過得很舒爽。如同納博科夫（Vladimir Nabokov）所言：『常識，悅耳的平常看法……不受感情偏見或知識侷限……常識對罕見的美妙畫面吹毛求疵，常識愚蠢地蠱惑強國去侵犯鄰居，常識毀滅了天才。常識根本上是不道德的。』但是人們可以藉由閱讀與寫作，打破這個常識，所以乍看之下才會格格不入。」轉念一想，曹馭博自言其實好像也沒有那麼痛苦了。雖然這些弊病會一直跟著自己，但它也會改變自己對生命的態度，人活著的價值才因而顯現。

　　談到以前在內容農場公司擔任文字編輯時，曹馭博面露難色。「這個世界上有這麼不在乎文字的人，他們只在乎文字背後的利益。」這些文字工作讓他感到有些「辜負自己的文字能力」——在他的眼中，一個人一輩子的文字量或作品量是有限的：「我們已經到了某種社會階級的時候，我們其實可不必再寫。」以文學社會學的統計來論，「四十歲」左右即是作

家的巔峰，因此曹馭博認為「狀態轉換」很重要。

大學二年級才接觸到詩歌創作的他坦言，在那之後自己很長一段時間都只寫詩，沒有書寫或閱讀其他文類，這種全心投入詩歌的狀態讓他日後執筆其他文類時，有更清晰的意識與架構。

「最好方式就是，我今天要寫評論之前，我會『熱身』，看三到五篇別人的導讀；我今天要寫抒情散文的時候，就拿一本抒情散文，然後打字──跟彈琴不一樣，是『沒有意識』或『有點意識』的打，邊讀邊打，打到肌腱痠痛。」但他也坦言，這樣的寫作模式對於身體產生負擔，現在自己已經無法這樣熱身：「我們有時候說儀式感，還不如說是熱身。」寫作狀態的調整方式因人而異，有的人會如李白灌醉自己以進入寫詩的狀態；有的人如美國詩人默溫（W. S. Merwin）爬梳資料，深夜坐在書桌前凝視著白紙，句子便會一個接一個冒出。

「詩歌是一種比較有機的文體，因為它不期而遇；也因為這種不期而遇，讓詩變得特別好看。」雖然強調詩的隨機性，但曹馭博不諱言自己時常修改詩作，甚至會去「重寫」。

「我對『重寫』看得比較重，比如我的第二本詩集《夜的大赦》中〈前往教堂的路上〉那首詩的原型是──講了你一定不信──〈將死之人〉。不信吧？看起來是完全不一樣的東西。」隨著生命經驗和閱讀經驗愈發多元，許多向內的困境得以向外拓展，這類的書寫模式也出現在〈前往二樓的手術室〉和〈交流道〉中。

「重寫」並不是壞事，曹馭博在「重寫」的同時，也在「見證」自己內心思考的轉變、「見證」某些事物的發生。「這個『重寫』不是

修辭上的重寫，而是針對某樣細節——我身為人，如何見證語言？這本詩集有很多詩是『重寫』的，比如第二輯中，有些原本是我寫得不是很好的短篇小說，甚至有一首寫布羅茨基（Joseph Brodsky）的〈夏日，在審訊室〉本來是散文。」透過重寫，曹馭博在《夜的大赦》中以新的角度去調度語言和思想，以破壞獲得新生。

在他的第二本詩集中，大量出現二聯句與三聯句的結構。曹馭博點明這類型詩作的優點：凸顯意象、容易控制「口氣」、推進詩行同時完成敘事。在調度情節時，他認為自己敘事的初衷和其他人不同，他關注「人性」勝於「政治與社會」，甚至開始極度地虛構「自我」、成為「他者」，直到體無完膚。

「大家對『詩意』的探討都是對某個名詞的『再解釋』，」曹馭博犀利地說：「我們在談論『詩意』的時候，其實都在談論我們迄今的『閱讀狀況』。」因為寫作的有機性，詩意往往很難自覺地去理解。也因此，曹馭博主張「文學是複述中的細節」，唯有再三複述，讓萬物被探測得更深、更深，才會理解發動「詩意」，其實就是生活風景中那些看似重複，卻與我們越來越遠的事物。

曹馭博認為，創作是「一個人面對所有人」的事情：有些人的寫作如卡夫卡《城堡》的「塞抽屜」；有些人的寫作是對著「樹洞」說話；而有些人的寫作則是對著一個人說話的「書簡」。對他來說，上述的情形在這個時代都有可能發生，這也和他所追求的「國民詩人」概念有關。

「我寫出來，我就有一個公眾的責任——這是我看事情的角度，要不要接受隨便你。」無論選擇那種方式，寫作者總得要把自己的作品拋向外面，

讓大眾來檢驗與定位——儘管可能因此而感到痛苦。

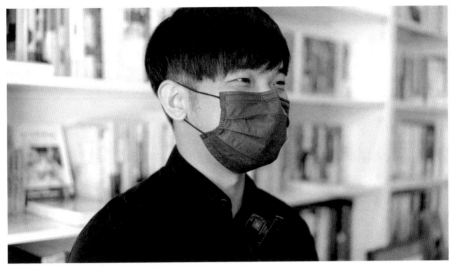

「文學小屋」訪談，於無論如河（辛品嫻攝）

每個人都有尋求詩意的雪亮眼睛

在《我害怕屋瓦》後，曹馭博的第二本詩集《夜的大赦》有著更為明確的思考方向。「這本詩集我想提到的東西很簡單，就叫『光』——但不是 lumiere 那種啟蒙之光，而是人工之光、暴力之光。」以物理上來說，不自然的光如手電筒的搜索、審訊室的白熾燈等等，這與前人以「眼睛」代表知識的象徵大相逕庭——「眼睛只收集光線，它不收集知識。」曹馭博笑說。

因為視覺畫面的成像並不是出現在眼睛，而是出現在大腦，所以曹馭博選擇將「光的欺騙」作為這本詩集的主題。在這個時代，也許「黑暗」才是最自由的地方：「一個人從屋瓦走出之後，他見到的不是春

天的自然之光，而是被壓迫的暴力之光時，他該如
何獲得救贖？」

　　除了技術面有所不同，曹馭博指出「書寫對象的轉移」是兩本詩集最
大的差異。兩書出版相距四年，期間他體認「屋瓦」並非目前最迫切需要
被書寫的母題——相同素材寫成的詩，在《我害怕屋瓦》裡是裸命、是例
外狀態的象徵，在《夜的大赦》中則翻轉了黑暗與光，更加逼近壓迫的本
質。

　　「我希望這本詩集，是所有讀者都能讀的詩集。」從第一輯的情緒書寫、
第二輯的畸零群像、第三輯的作家對話到第四輯光的思考，曹馭博有意識
地安排詩作，讓不同的技術與主題能夠面向不同的讀者。

　　第三輯的詩作以「夢」試圖向十九位大師對話，為創作語言帶來新的
資源。曹馭博預期，有些讀者看到陌生的名字會嚇到，所以他在定稿前做
了一個實驗——「我先在臉書上發表，然後我會盡可能去問按這首詩『愛
心』的人，在不知道這位作家的前提下，會產生什麼樣的感受。」有位香
港的詩人說，雖然自己沒有讀過多少楊牧，但藉由〈詞根〉詩中的「僧侶」
和「雨後的修道院」，他能夠理解楊牧對臺灣有多麼重要——憑藉詩，而
不是詩後所附的「詞條」。

　　「我常常會有些滿好笑的念頭：假設這些作家還在世，他們會怎麼看
我？」曹馭博談到《夜的大赦》中，他立基於十九位大師的詩作時，說道：
「為什麼我們不願意去繼承？為什麼我們要強調說自己最創新、最獨特？在

我看來，自以為的創新很可能只是在重複別人做過的事，只是自己不知道，還沾沾自喜。」這件事情讓曹馭博覺得很恐慌，恐慌進而轉變成對「繼承人文傳統」的飢餓感——「我擅自去繼承他們的東西，因為我相信這些好的東西終究會流傳下來。」曹馭博回頭追索十九位大師並放入自己的詩文，如同當年楊牧在整個時代都在追尋波特萊爾以降時，他反而回頭去找波特萊爾以前的作品。在人文傳統的繼承下，曹馭博深入前人的生命史，同時觀摩不同的世界觀。曹馭博說，唯有真正進入不同時代的生命史，才能真正了解當代發生什麼事：「要了解當代和未來發生什麼事，可能要進入過去，所以我讓我的意識、我的書寫進入離我們不遠的過去。」

「《夜的大赦》出版後，有兩種極端的聲音：一種是『這本詩集都沒在寫生活』，另一種是『這本詩集非常貼近我的生活』——這聽起來滿奇怪的，什麼叫『生活』？為什麼會有這樣的反差？」曹馭博並不想遵循消費資本和社會體制的「生活」去創作，他更偏好讓思想進入到文字裡，再讓文字影響我們現實中與人的相處。一改過去著重於個人抒發的書寫，曹馭博轉而追索人文主義的精神。

「這種思想是高於記憶的，」曹馭博表示，我們在追尋臺灣歷史、塑成臺灣主體性的時候，弱者時常會被忽略：「他們也是我們的一部分——但我不敢講，這會造成很多論述的空缺，所以我用詩歌來回答。」

特朗斯特羅默《巨大的謎語》、《記憶看見我》(上海人民出版社，2012)

在特朗斯特羅姆 2012 年出版、節錄其晚期詩作的《巨大的謎語》中，曹馭博讀到〈一九九〇年的七月〉這首詩，感到無比震撼——儘管那是首很「簡單」的詩。過往許多人對詩歌的印象是「修辭」，但以「敘事」作為本質的詩作，讓他發現原來「詩歌可以長這樣」，而且是他心中喜歡的樣子。透過閱讀，他從特朗斯特羅姆風格開始，尋找與自己語境和思想相近的詩人。

過去在學長的邀請下，曹馭博曾參與了「每天為你讀一首詩」的運作；後來發覺個性不適合「團體戰」後，他才選擇離開。「我寧可跟詩社的朋友各自約出來吃飯，偶爾聊個詩，而不是說我們開個練功坊——我喜歡的是我們的人格互相影響。」他提到，每個人對於詩的喜好不盡相同，「以寫作為目的」的交流很容易冒犯到不同路線的詩人；而如果是以朋友的立場來交流，也許能夠更接納各自的品味與風格。「我擔當不起，也不知道該怎麼教人。我沒辦法手把手教你事情。」這種以作者人格為基礎進行交流的習慣，也成為他在面對其他寫作者時的互動模式。

「我喜歡漢德克（Peter Handke），但漢德克曾經支持某些種族屠殺；我喜歡辛波絲卡，但辛波絲卡加入過共產黨；我喜歡龐德（Ezra Pound），但龐德曾支持法西斯主義的墨索里尼；我很喜歡高銀在詩中展現對所有人的悲憫，但是他去騷擾女性是事實。」面對作品與人品的衝突，曹馭博選擇接納，因為人人都有負面的部分，鮮花有時長在髒土之上，一切端看讀者要不要將它放大。他說，自己很像生前以算命聞名的詩人佩索亞（Pessoa），有時講座結束，讀者反而對自己會算姓名之事較感興趣。他感嘆現在的文學發展下，「詩歌」永遠是被擺在比較後面：「所以這個我也不怨天、我也不尤人。誰不想算命呢？我也想算人類圖，但我不敢。我不想自己的一生被爆雷，這樣太沒意思。」

「我很不願意去談論『詩壇』，那是一個人工的環境，圍繞著某幾個『受崇仰』的人。但總有一些優秀的創作者對這種事情無感，他們寫作的慾望大於交流。」從大二開始讀詩、接觸詩刊的曹馭博指出，臺灣的詩歌寫作圈「三年一小變，五年一大改」。過去橫空出世的天才少女林禹瑄，在出版第二本詩集《夜光拼圖》後便很少寫詩；目前已停刊的《衛生紙詩刊》與出版過許多詩集的「逗點出版社」，也讓這個世代的詩觀開始慢慢地改變。

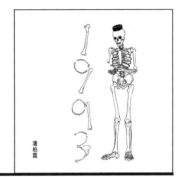

潘柏霖《1993》（獨立出版，2016）

　　曹馭博以中立的角度評論潘柏霖的《1993》，表示這是很重要的一本詩集，帶起了臺灣當代學院派以外大量厭世詩作品的風潮；雖然有些內容凌駕於修辭與結構，但這種口語的表達方式確實和以往的詩風相對壘。「有人提出『詩的復興』，在我看來其實沒有復興，只是剛好又面臨到一個轉變的時間：我們的審美價值不再只是那個被學院所認同的東西，每個人都擁有尋求詩意的雪亮眼睛。」

　　「國民詩人」使用技術同時隱藏技術，一切都成為他詩裡的暗示：「所以當你下次看到『屋瓦』時，你會知道說要小心一點，它看似庇蔭，卻也可能砸痛你；看到手電筒的光，你也會知道要小心點，它的持有者不一定是和善的警察，很有可能是擁護集權的人。」

訪談日期：2021 年 7 月 14 日、2022 年 5 月 18 日

受訪者修訂日期：2022 年 7 月 31 日

詩藝的復興：千禧世代詩人對話

專訪曹馭博　國民詩人的救贖與挑戰

蕭宇翔個人照（王信益攝）

專訪蕭宇翔

由構思領導創作的詩藝之路

蕭宇翔，1999 年生，桃園人，東華華文系畢業，北藝大文跨所就讀中。出版詩集《人該如何燒錄黑暗》（雙囍出版），曾獲第八屆楊牧詩獎。

如果我以完全的空洞撐開了黑暗
聽見她弓的回音：「有光——」
我也第一次認識生命

——節錄蕭宇翔〈奏鳴曲式〉

「哇，怎麼講出這麼狂妄的話？」當我們稱呼蕭宇翔為「青年詩人」時，他大聲地斥責。

「我不敢說我是一個詩人。」他緩了緩語氣，開始解釋：「我認為『做詩』，相比於其他文類或其他藝術類別，就是要對語言敏感和誠敬。我剛好是這樣的一個人，但這並不代表我是一個詩人、或者是我能夠成為一個優秀的詩人——這很難講。」

在蕭宇翔眼中，「詩人」似乎背負著一種使命感，但他隨即對此反駁：「我不認為這是責任，畢竟『詩人』是由無數個人所

組成的，你不能要求任何個人去做規範內的道德判斷或遵循道德崇高的原則。我一向認為，只有當說理者無理時，才會借助所謂的『道德』。藝術最抗拒說教，說教是一種思想上的軟弱。最強悍也最有魅力的思想，能夠借助藝術構思進而產生出一種『不言自明』的效果。」蕭宇翔指出，詩人理應對語言有極高的敏銳程度，這種狀態是可以依靠訓練而提升的；而將這種「敏銳」視為一個「可訓練」與「可探究」的因素，會比完全依憑天份來創作走得更長遠。

對字詞做出嚴謹的考慮

「小時候我很喜歡寫國文考卷，因為考卷最後都會有『造句練習』——我很喜歡看老師改我考卷的反應，因為我會用一種『語不驚人死不休』的方式去寫。」造一個句子對於蕭宇翔來說，是再簡單不過的事，而他並不甘於這種簡單。他在既有的語言邏輯上，開始嘗試創造各種組合，試圖讓讀者在被陳舊的語言系統裡讀出不一樣的東西——這種不斷突破既有框架的創作思維，和他「敏於思索生活中出現的詞語」有著高度關聯。

「詩社對我做了一個最起碼的訓練，我在那邊第一次意識到要對字詞做出這麼慎重的考慮。當我被問說『你這裡為什麼要用逗號，不用句號？』、『為什麼這裡要分行？』時，我就會開始去考慮如何修改——為了某種超越基礎的豐富性。」過去參與詩社活動的經驗，讓蕭宇翔對基礎的寫作技巧和閱讀見解有所觸及，不過他也補充：「我讀詩一向都很慢，所以有時候我會等很久才開始講。我覺得要講就要講在點上。」

蕭宇翔購買火柴贈送鄰居好友（辛品嫻攝）

　　被問及是否有寫作上的「老師」時，蕭宇翔回應：自己的老師首先便是「花蓮」。

　　花蓮作為他的「老師」，會不時督促他「出去」——「房間裡面很小、充滿灰塵，外面那麼大：有鯉魚潭、七星潭、翡翠湖、海岸和嶺頂；但隨之而來的是，你不知道要去哪。因為祂太大了，你會有一種物理和精神上的流亡感。」在花蓮的異鄉時光，儘管蕭宇翔看似站在原地，但只要感知到周圍時空的各種擾動，便真真切切地知道自己正在「流亡」。

　　「真正的流亡或許不是一時一地，而常常就是站立不動的，自己的和所有外部的，像薩伊德（Edward Wadie Said）所說：流亡是過著習以為常的秩序以外的生活，一種遊牧，去中心，或音樂術語上的『對位』。」但是

蕭宇翔也以杜甫自勉，認同花蓮是具有著無法想像之美的貶謫之地，一個與世隔絕，卻又不斷運動的世界。在這裡，語言常常能夠抵達他認為曾經無法企及的境界，換句話說：「貶謫與流亡空間的擴張，往往也就是漢語的擴張。就像對屈原而言，『山川無極』和『金相玉式』是互為表裡的。」他還說，「當語言作為我們的神經，即便坐在斗室裡哪也不去，也能感到世界正尋找著我。」

除此之外，在東華大學的前兩年，蕭宇翔也時常和學長曹馭博談論詩藝，透過大量的閱讀與創作，形塑出大致的創作觀與作品方向。

「詩歌對我而言首先是一種『超文類』。其一，詩歌給予最小單元的組成部分以最大程度的技術重量；其次，詩歌的表現手法永遠都是最前沿的，理應是最前沿的，因為詩歌的短小、迅猛、靈活，自發出一種抗拒『範式』的先天體質，詩歌既能緜長地敘事，或借用戲劇腔調，或以意象突圍，又能海納所有體裁的要素，吸取並轉譯各種藝術的『共通點』，化為圖景或音樂，文字的運籌帷幄就和砂雕一樣，不同之處是，現實中的砂子無法編織出一條繩子，但詩歌之砂可以。」

「文學小屋」訪談，於小紀州庵（辛品嫻攝）

先於風格與靈感的技藝

「對我來講，沒有靈感這種東西，只有技藝。」討論到創作依憑為何，蕭宇翔著眼於兩個部分：「第一個是大量的素材，第二個是構思。構思在我的觀念裡，就是『形式』和『內容』，它們兩個常常是分開的，除非在音樂裡面——它的旋律、節拍、調性或者伴奏『一拍即合』，旋律出來你就獲得情感，或是你有情感時旋律就會出來。」儘管在文字創作中，形式和內容大多是被拆開來分析的，但蕭宇翔認為透過詩人的「構思」，可以讓這兩部分在創作的過程中巧妙地結合在一起。

不過，蕭宇翔也提醒「構思」和「風格」是兩回事，畢竟「模仿」在當代實在是太過容易了。他以廖啟余的〈秋興八首〉為例：「有人也可以像廖啟余一樣去模仿他們的風格，但無法像他一樣健全那八位作家，無法讓這八首詩互為表裡、各自組成。所以，創作的重點首先是作品的完整、作品的高度，風格是另外一個問題。」自嘲被布羅茨基（Joseph Brodsky）影響而「布頭布腦」的蕭宇翔，在創作上極為重視「構思」，甚至將其置於首要的位置；而從這個觀點出發，「風格」在他眼中便早已不成問題。

木心曾說過「敏於受影響，烈於展個性，風格之誕生。」這句話聽起來一氣呵成，但蕭宇翔並非持完全正面的意見。

「我的想法是，一個作家的早期是『敏於受影響』，去模擬各種風格；第二個階段是『烈於展個性』，思考如何讓它變得更強烈；第三階段，當你這兩件事都做得很好了，才有『風格』，這是分期的。」他同時也將其他外國詩人如奧登（W. H. Auden）、艾略特（T.S. Eliot）和波赫士（Jorge

Luis Borges）的「反風格」論述匯流整合，從而形成自己獨特的創作觀。

「我一直在做一件事，就是削減我的風格。」蕭宇翔以木心所述——「隱退藝術家，呈現藝術」——作為自己創作的理念。他舉例，木心的轉印畫（Frottage），寬不足一指節，卻緜長橫貫不可限量。常言藝術的偉大涉及體積，而木心的畫雖小，卻也是一大卷、一大組的——陳丹青曰：「咫尺天涯」。無限廣博的體量與規模，不如最大程度的精細與濃縮，然而，這些細節竟悉出於偶然性。

什麼是轉印畫？畫家必須先在玻璃或類似材質上塗滿水與彩，把紙覆蓋在上頭，翻轉後盛著水漬浸潤，讓斑痕即興演繹；細緻處會如開枝展葉的圖騰，揮霍處則大片的留白或霑黑。

水分子的張力便是如此：流動、擴散、靜。有時呈現出無數可疑的形象，有時卻又異常逼真如草木的芽脈與根莖，如石的體積，如風滾動。陳丹青說，這無比考驗想像力與控制力，蕭宇翔卻認為這考驗的是直觀、直覺、直感的「被控制力」。因為，要使藝術直抵自然隱隱構成的秩序，還得依靠自然的原力。

「造物的作者還是造物。」他說，「在這種水墨之下，其道理就是隱退藝術家，呈現藝術。詩何嘗不如此？」他接著說：「就像龐德說的，『技術是對一個人之真誠的問難』，而如果我彰顯技術的方式是隱藏技術，我便能達到一種在最艱難的問題上能夠不避笨拙的能力。對我來說這不只是所謂的大巧不工，這其實就是真誠。」

「文學小屋」訪談，於小紀州庵（辛品嫻攝）

詩藝與當代社會之論

「我不會否認厭世詩，」談到純文學與類型文學，蕭宇翔直言：「我認為『詩權』和『人權』是一樣的，我不能因為討厭一個人就說他是狗啊？如上所述，我主張詩歌脫離任何『範式』的綁架。」

對實際文本能夠侃侃而談的他，在面對「如何定義詩」的問題時也不禁苦惱了起來。「我還是很怕定義詩你知道嗎？詩的定義對我來講越寬鬆越好，如果我們把詩的定義定得很嚴謹，那我們的作品就會變得狹隘，這是我不樂見的。詩很廣博、可以容納各種東西；我不希望為了去抵制某些類型，而放棄了更多可能。有人認為詩歌能夠『反映現實』，這恰恰相反，詩歌實際上是『創造現實』，而不僅僅是現實的反映。如果詩歌僅是現實的反映，那麼在當代的同質化進程之下，我們的作品將很快，或早就已經

同義反覆，同義反覆對任何藝術創作而言就是垃圾。如楊牧所說的，變是痛苦的，然而不變就是死亡。」

「布羅茨基講過一句很絕望的話，他說：詩的人口不可能超過總人口的百分之五。」蕭宇翔以 2,300 萬人來推算，臺灣至少有數十萬的讀詩人口，和「晚安詩」、「每天為你讀一首詩」的按讚人數加起來相仿，但這樣的影響力是「無法改變戰爭史」的。談到改變，他說：「一定有人覺得詩人可以改變社會，一定也會有人覺得不行，然後就會吵起來──吵起來就沒意思了。」蕭宇翔指出，如果一味強調甲的功能性，勢必會把甲的定義說死。

對於正在籌劃第一本詩集的蕭宇翔而言，他會選擇將作品的「質」置於「量」之前。

蕭宇翔詩集《人該如何燒錄黑暗》（雙囍，2022）

「我很享受還沒出第一本的狀態，」對於長遠規劃中的詩集《巨鹿》三部曲，他想像一種形式與內容緊密結合的型態：「詩集應該薄一點，裝幀作為整體形式的一部分應該被多加考慮──因為我假定這是未來『上一個已毀滅世界的遺物』。然而這樣的遺物卻帶給未來的廢墟世界一種超前的文明總體觀。」至於如何不讓詩歌淪為故事設定或情節填充，是他在進行敘事安排上特別留意的。蕭宇翔認為，應該掌握的是如葉維廉所說的敘事的「意味」，而非敘事的「程序」，應該掌握的

是「決定性的瞬間」，而非情節的抽絲剝繭；尤其在未來，《巨鹿》可能還會結合 Gather Town，將文本與電子時空並置，或以桌遊型角色扮演（TRPG）的方式呈現，讓讀者實際地參與文本、創造性地介入文本，不再成為文學理論裡的紙上談兵，而是透過跨域實驗的方式有機地促成。

蕭宇翔未出版之詩集《巨鹿》初稿封面

「我覺得不太可能有意識地去創作，詩始終不是一種機械性的勞作。」對於主題先行的創作策略，蕭宇翔直截了當地提出自己的看法：「雖然詩人應當要有『本』或『輯』為單位的創作意識，但我認為如果寫出一個按照定型方向的創作計劃，再按照計畫寫出一本詩集——這本詩集絕對不會好看，而且寫的時候只會痛苦。用易解的語言，寫燙手的主題，往擬定在心的結論，最後思量一個悚然的標題。多噁心。我寧願在筆記本裡寫字，沒有句讀，隨時變換主題，正因為沒有標題所以最悚然，正因為沒有結論，才有書寫的動機。」

「變不是一件容易的事，然而不變即是死亡。」也許正如同楊牧所言，蕭宇翔意識到了變的困難與必然，所以持續地為詩藝的出路尋索、實踐。

訪談日期：2021 年 8 月 28 日
受訪者修訂日期：2022 年 7 月 30 日

詩藝的復興：千禧世代詩人對話

專訪蕭宇翔　由構思領導創作的詩藝之路

鄭琬融個人照

1996 年生,東華華文系畢,曾任職翻譯文學線編輯。目前就讀北藝。曾獲台積電青年學生文學獎、x19 詩獎、林榮三文學獎、第七屆楊牧詩獎、國藝會創作補助、台北詩歌節「15 秒影像詩」入選等。出版詩冊《一些流浪的魚》、詩集《我與我的幽靈共處一室》。詩作收錄於《貳零貳零 台灣詩選》、《新世紀新世代詩選》。個人網站:https://ilivewithmyghost.wordpress.com/

逐漸枯萎的紫藤花迎向晨起的／一尾白狗成為昨日的月心／到處踩踏泥濘／壞了花園的小徑／她仔細看／清楚看／凝神看／那搗毀世界色彩的童心／鳥比風輕／鳥比風輕

―節錄鄭琬融〈正在發生的美麗〉

一切的起因來自國小老師的童詩作業,需要以彩虹為主題作詩。作品完成後,鄭琬融被老師稱讚「有高年級的影子」,突然覺得似乎可以繼續寫下去,也就成為了一切的起點。如此單純的動機讓她自己都不禁感到有些好笑,但起點總是有點傻的吧?

「對於現代詩技巧的可能性，比較多的理解還是來自於我加入耕莘青年寫作會（現「想像朋友寫作會」）之後。」因為認識一些有在長期讀詩的寫作者，後來鄭琬融也被邀請參與讀詩會，和伙伴分享彼此的讀物。透過廣泛的閱讀，鄭琬融慢慢發現原來詩語言可以是這副模樣——「詩的本質特別有趣，只要給予讀者特定幾個詞彙、就能產生既定的暗示。這個想像的通道究竟怎麼產生的呢？細想時不禁覺得令人著迷。」這種特殊的語言型態讓她開始慢慢地喜歡上詩，也開始去學習如何創造這樣的通道。

面對矛盾與幽微，詩有它的侷限

「文藝營時常有營隊期間所舉辦的文學獎，耕莘青年寫作會的營隊也不例外。當時我在投稿前拿出了現在想來十分粗糙的詩給當年度的導師，也就是小說家高翊峰閱讀，尋求意見。老師見我有些緊張，沒有批評，反倒溫暖地回應要我繼續從事寫作。」現在回想起這段經歷，雖然覺得十分尷尬，但能獲得前輩的鼓舞卻使她十分感謝。

雖然近年出版的《我與我的幽靈共處一室》在書腰上標明是鄭琬融的「第一本詩集」，但實際上她在 2017 年已獨立出版過《一些流浪的魚》——在她眼中，這比較像是一個詩冊，而非詩集。「詩冊」的概念更傾向於適合擺放在獨立書店或市集中的迷你讀物，也因為體積小而輕便得多；「詩集」的概念，則需要更嚴謹的編排與作業。《我與我的幽靈共處一室》依照各個不同的主題分成四輯，分別是「我與我的幽靈共處一室」、「黑夜的骨」、「在寬大的陌生裡將自己揮舞成一面旗」與「教我一種推開雲霧的方法」，象徵著尋找自我到往外出走的過程。

詩藝的復興：千禧世代詩人對話

「《一些流浪的魚》與《現在詩》的『小字報』開本是一樣的。會選擇這樣的開本，是因為先前曾在書店看過了『小字報』的實體。『小字報』是夏宇他們行動詩刊的其中一期，這樣 9*12 公分的大小是為了便於攜帶。我其實對於這種可以隨處攜帶的詩冊十分動心，後來因緣際會也做了一本。」當時為了可以讓這本書被搜尋到，鄭琬融還在臉書上開了同名的粉專，為此也直接接收到了某些讀者的回饋，這也使得她在創作上有更多的動力。

　　被問到寫作風格是否與其他詩人相近時，鄭琬融回答道：「還是會有吧，尤其是在剛開始創作時，當時讀夏宇、鯨向海等人的詩作，常不自覺地被影響。然而我不大甘願成為別人的影子，被這樣觀看後，我意識到需要『長』出屬於自己的語言，這督促著我去大量地閱讀他人的作品，並且叮嚀自己閱讀口味不要永遠徘徊在某處。」

　　語言開始有了粗糙的模樣後，鄭琬融發覺自己開始有了較為關注的主題，而最源頭的起點，其實就是從《一些流浪的魚》開始的：女性在社會上究竟是什麼樣的身分？從花蓮到台北，這樣的城鄉移動帶給自己怎麼樣的想法？

　　關於前者的女性議題，鄭琬融答道：「其實就算你還沒有去碰觸，那個東西也會先來找到你。就像是在文學獎的場域中，幾次被評審說以為這個作品是男生寫的。所以男性的語言是什麼？我是否在不知不覺中習得了某種男性的語言？又或者是評審的偏見？再來，女性所謂的陰性書寫到底是什麼呢？一定要符合某種模樣才是女性的說話方式嗎？」評審的「以為」，使得她開始思考，也更讓她意識到「女性的身分」是她無法脫離的。

而關於城鄉之間的往返，最先讓她感受到的是空間的變化，再來才是時間。離開台北這個大都市，抵達的是一處充滿山與臨海的縱谷地，視覺上更為開闊。她發覺「時間」在花蓮變慢了，且回程到台北時，在捷運車廂裡甚至會暈車，再也不習慣那樣的高速移動；不過，如今回到都市作為編輯，沒多久又習慣了起來。在《一些流浪的魚》當中寫到都市的嘈雜與她對山海的嚮往，而《我與我的幽靈共處一室中》則更多地提及對自然的感受，如〈荒地繁盛我〉，與生活於花蓮／鄉村時的面貌，以及〈山下〉、〈正在發生的美麗〉。鄭琬融說，詩對於議題的揭露或許是有限的，也因此她正嘗試著用散文或小說的方式，以不同的角度去談論它，這也是她未來希望繼續努力的方向。

鄭琬融詩集《我與我的幽靈共處一室》(木馬文化，2021)

　　談及文類的意識，鄭琬融指出：「我很享受詩語言所帶來的樂趣，這些想像的連結有時甚至幫助了我們重新去思考慣常使用的語言；然而詩精練的本質使然，不免難以捕捉到所有細節。若要深入討論一個問題，必須設想到這種載體可能不是最好的溝通工具，這也是為什麼剛剛提到會希望嘗試以散文或小說去談論的原因。儘管如此，這並非表示我認為詩並不適合去談論問題，就寫作者而言，我還在摸索詩的極限。」

詩藝的復興：千禧世代詩人對話

專訪鄭琬融 神的殘酷，人的祝福

「文學小屋」訪談，於女書店（邱映寰攝）

流浪，更清楚地意識自我

　　抵達花蓮，原以為是更靠近海，不過實際上居住起來是更貼近山。這一處縱谷地，窗戶外、街道盡頭、公路旁皆是山景，久了甚至能依據山的顏色來判斷是否將要下雨，也發現自己其實也很喜歡山，尤其是當雲霧掛在上頭的時候，這是她抵達花蓮未曾想過的。鄭琬融言，有時候就是要把自己丟往他方，才能確認自己可以是什麼模樣。這也是她在 2018 年決定前往歐洲的一個主因。

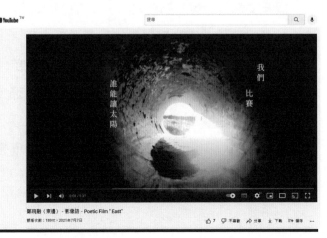

鄭琬融影像詩
〈東邊〉Youtube 影片截圖

離開了島，才更多地認識了自己所生長的島嶼。鄭琬融說，光是地景就有很大的不同：「當時我前往波蘭交換半年。試圖安排旅行時，發覺在這個國家，要前往海必須往北搭火車八個小時，而要前往山區（波蘭最高的山也只有一千多公尺），必須往南搭火車三個小時。山跟海對波蘭人而言，都是很遙遠的概念。而臺灣，三千公尺以上的大山就超過一百座，更不用說四面環海，還有幾座零星的島嶼。這次的旅行之中，讓我覺得我所能擁有的生長環境是很珍貴的，也更讓我渴望在回國繼續去挖掘，這些地景背後所隱含的意義。」

鄭琬融詩冊《一些流浪的魚》，於女書店（邱映寰攝）

暴力之下，神沒有存在過

榮獲楊牧詩獎的詩集《我與我的幽靈共處一室》中，楊澤認為其擺出了很「頹廢」的各種姿態，經常表現出一種「暴力」的特徵。暴

力的模樣來自於什麼呢？「這樣的暴力或許能歸於兩類，一種是朝內的，對於自己的不滿與怨懟；另一種則是對外，因為厭世而渴望直接地去往外衝撞與探尋。」然而這副模樣在她看來早已有些青澀，或許是正值這樣的年紀，才有辦法無所謂地橫衝直撞。要是再幾年過去，那種謹慎面對世界的模樣想必會更顯著。鄭琬融說，任意地敞開自我與橫衝直撞地面對社會，是某個時期獨有的任性。

被問及寫作是否可以療癒，鄭琬融的回答是否定的：「它（書寫）無法使你擺脫這樣子的狀態，但可以幫助你去梳理目前面對的難題。寫作並不是多偉大的事情，更無法成為精神疾病的良藥，我其實有點擔心這樣的對等概念使真正需要幫助的人缺失了該有的幫助。」鄭琬融說，也是因為如此，這部詩集在構思時它的方向是「提供出口」的。她引用了一句村上龍說過的話：「這世界上令人痛苦的作品太多了，何不創造一些充滿希望的呢？」

在《我與我的幽靈共處一室》中，鄭琬融也幾次寫到了「神」，如〈浪行之二〉之中的「神沒有存在過／孤身的剪影把迎面而來的焦躁　自己／都烤了一番」。對於鄭琬融來說，是否在現實生活之中也是如此？鄭琬融答道：「在面對創傷且倍感無助時，神對我來說就是『不在場』的，儘管可能冀望，但事後卻也無法驗證。心靈上或許有所寄託，實質上卻不會真的依附，只會有很巧、很偶然的事情發生了才相信是命運，我覺得神對我來說就是這樣的一個存在。大概也是許多人的想法吧，畢竟能咬定自己是無神論的人並不多見。」

在新書分享談論〈衣物腐爛——記雨季〉這首詩時，楊佳嫻提到了「腐敗」這個詞的特殊性。而對此，鄭琬融也分享了她對於這個詞的感受：「我

覺得它是一個緩慢通向死亡的過程，且在這個過程中漸漸地改變了狀態，可能就像詩中那些遭霉菌侵蝕的衣物一樣，被緩慢分解掉。」鄭琬融說道，頹廢是種在混亂的狀態中進行放任的姿態，以她喜歡的詩的自由度而言，這樣去看她的詩或許也是挺切合的。

對於被外界稱為「東華幫」的寫作者們，鄭琬融認為這像是「群聚效應」，大家知道有人在那裡，就會想要到那裡去成為那樣子的人。「但是，自己能不能成為那樣子，要看境遇——不過，在花蓮這塊土地上，的確有很多時間能夠去思考這件事，這是在東華讀書不可否認的好處。」

被問及接下來的規劃，鄭琬融也提及到自己有些嚮往再回到校園讀書，一方面是還有想要繼續鑽研的課題，一方面是儘管作為編輯習得了許多技能，卻不免也感受到了消磨。

最後訪談尾聲，我們詢問了鄭琬融是否有提供給年輕一輩的寫作者一句鼓舞的話，她回答：「只要你有心，繼續寫下去。總有一天，終究還是會被看見，這裡還是會有你的位置——畢竟當初是這句話鼓勵了我，所以我希望可以把這句話傳承下去。」如聖火相傳的模式，不知道承接者將會是誰？

訪談日期：2021 年 9 月 26 日

受訪者刪修、改寫日期：2022 年 7 月 1 日

詩藝的復興：千禧世代詩人對話

專訪鄭琬融 神的殘酷，人的祝福

五

在文學裡，我們能實現各種可能

涉世，懷抱一顆通透的心

李蘋芬個人照（辛品嫺攝）

李蘋芬，有詩集《初醒如飛行》、《昨夜涉水》，曾獲詩的蓓蕾獎、臺北文學獎，入選臺灣詩選與九歌年度散文選。現為政大中文所博士候選人、兼任講師。

近四點，每戶存著少許信仰和牛乳
半闔眼的夢
將白天所貯存的
挪進門的這一邊

——節錄李蘋芬〈懷想〉

對於「文學」，曾獲得文化部「詩的蓓蕾獎」與「臺灣詩人流浪計畫」的李蘋芬強調：「不管面對什麼樣形式的創作，都要有一個很重要的想法——不安於現狀。我覺得這個心態是很必要的。」

言談中的李蘋芬，流露出種種思緒。「創作者」與「學生」的身份對李蘋芬而言，幾乎在時間上完全重疊，不難想像教學場域對於她文學養成的影響有多麼重大。究竟，學院的訓練對以「詩創作」為人所知的李蘋芬，造成了什麼實質的影響呢？

學院的記憶：學術和創作不要分得太開

從「求學經歷」來觀察李蘋芬，除了可以更細緻地端詳她的文學軌跡，更能夠從不同於文本的角度，瞭解這位詩人的過往。

高中畢業後，李蘋芬進入臺師大國文系完成學士學業，而後至臺大中文所攻讀碩士，目前在政大就讀中文所博士班。儘管三間學校都備有豐厚的人文資源，但對她來說，不同的空間有著不同的特色，在她的生命歷程中留下了各自的回憶。大學階段，李蘋芬在創作與學業之間，感受到人與人距離的接近；而進入研究所以後，可能是因為論文書寫的壓力，她比較少在學校裡獲得人際上的互動。回想起過去曾遇見感情如同家人的老師，甚至直到現在還是會跟他們相約吃飯，彼此聊聊近況——如此深厚的師生情誼，在李蘋芬剛開始嘗試創作時，帶給了她很大的鼓勵。

李蘋芬詩集《初醒如飛行》(啟明出版，2019)

相較於專攻文學的寫作者，大學期間的李蘋芬靠著文字的力量找到生活的意義，同時保持著一種「不安於現狀」的心態，時常跨系選課，甚至修習了表演藝術相關的課程。在修課期間，她接觸了許多文學以外的藝術形式，這些「延伸自我領域」的經驗對她而言，是一件「愉悅」的事。

儘管自言「比較認真在創作」，但李蘋芬也同時在文學研究的路

上耕耘，以「詩學研究」獲得了亞太華文文評論獎、臺灣文學傑出論文獎等研究獎項。

「雖然現在的報刊史料都是很方便的數位資源，但我覺得更重要的是在找資料的過程當中，要把『腦內圖書館』的概念先建立起來。」李蘋芬認為，文學研究對於她在創作上的「形式」上有所影響，以前自己寫詩時，比較不會思考「圖像化」的型態，研究的過程啟發了她的思考模式，這或許也是她主張「學術和創作不要分得太開」的原因。

李蘋芬碩士論文〈零雨詩的身體書寫〉，臺灣碩博士論文知識加值系統

「如果真的有所謂『學者型詩人』或『學者型作家』這個類別，我會想

到柯裕棻老師。」以《洪荒三疊》書中的〈流雲〉為例，李蘋芬期待自己能在學術語言和日常經驗之間「切換頻道」、不讓兩者相互干擾：「每次寫學術研究的文章，我都會被人指認說：你是不是有在創作？」為了解決這個問題，李蘋芬近年有意識地要讓「詩以外的寫作」變得更透明。

文化的錯覺與碰撞：甚至不需要說話

　　獲得「詩的蓓蕾獎」與「國藝會補助」的詩集《初醒如飛行》出版之後，李蘋芬更以預計出版的詩集《昨夜涉水》入圍紅樓詩社拾佰仟萬贊助計畫；這本詩集是她獲得「臺灣詩人流浪計畫」、至日本旅行期間所完成的作品。在詩集的補助分享會上，她提及書名的「涉」是涉險、是牽涉，而其中有部分作品是在「詩人流浪計畫」的日本旅行中所完成；而大學期間曾離開臺灣、至英國進行交換學習的旅外經驗，也讓她所提出的「涉水」概念，更加具體而真實——儘管有時對於未來還沒有確切的規劃，但這種直面挑戰的態度確實值得參考。

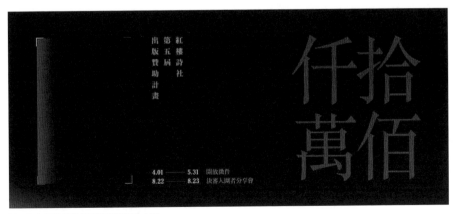

第五屆紅樓詩社拾佰仟萬出版贊助文宣

接續問到對於旅行的看法時，李蘋芬笑說：「這是一個好大的問題——除了離開熟悉地之外，更重要的是文化的碰撞。」談起在日本的時光，她認為自己長達一個月的流浪計畫，和一般短期的觀光行程「非常不一樣」。文化性格使然，她在旅日期間強烈地感受到日本居民和外人有著非常明顯的區隔，從一個眼神、一個動作裡，便能明白日本人與非日本人的距離，甚至不需要說話。

文化之間的差異真的如鴻溝般難解嗎？李蘋芬說，外人的地位是「被特化」跟「被包容」的——當時在小豆島旅店的她，以不流利的日文「拙劣地模仿」日本人說話的方式和語氣，而這種試圖融入的精神，也讓她在旅途中收到了一些當地居民的讚美。

李蘋芬在後來才逐漸明白，這些看似真誠的讚美大多是出自於善意與客套。儘管造成了很大的誤會，讓她以為自己可以真正融入當地的文化，但她還是認知到自己在日本文化中「外人」的身分。「比方說，在公車上，或是很多人聚集的場合，總會有些一掃而過的眼神，讓我清楚地知道『我不屬於這裡』。」這是一種需要長期觀察才能體會到的氛圍，在漫漫人生中行走的李蘋芬，正一步步理解這個世界。

「我用我可以理解的方式，去看異國的景物——我永遠都是帶著自己背後的認知去看陌生的東西。」對李蘋芬而言，文學當中的真實也許都是一種假設。以《昨夜涉水》當中的詩作〈風來自新百合之丘〉為例，這些「比較難融入整塊拼圖的人」如同照片裡的刺點，而李蘋芬也順著這樣的感受，揀選一些「異樣」的東西進入詩作。

「文學小屋」訪談，於方寸書店（辛品嫻攝）

詩的度量衡：「不安」作爲寫作的動力

「詩不是一個容器，而是會裂開、有裂痕的，從中才能產生創作。我認為詩一直在追問，在逼迫，把問題勾連另一個問題。」在國藝會的專訪中，李蘋芬指出創作者必須離開自己的舒適圈，並且持續地接觸新的東西，讓自己處於一種「不安」的狀態，從而進一步在理所當然的事物中找出「好奇點」。「虛實」、「疏密」、「顯隱」是她在面對詩創作的度量衡；而如何在各個面向之間求取平衡，便是考驗寫作者技藝的關鍵點。

以胡遷小說集《大裂》中的〈漫長的閉眼〉為例，李蘋芬將其中的「不安」與「追問」對應自己的說法。

胡遷《大裂》(時報文化，2018)

「胡遷把一種『可能性』召喚出來讓大家討論，這種世人渴望所選擇的可能性，其實是告訴我們——生命好像有許許多多的路可以走，但最後我們也只能選擇一條路。」儘管這種現實的必然讓李蘋芬感到沮喪，但這恰好呼應到她創作的企圖：儘管在現實生活中，我們總是受到各式各樣的規則所拘束，但在文學的世界裡，我們能夠去實現各種可能。

近年來，李蘋芬嘗試跨出「詩」的領域，在「散文」裡不斷自我挑戰。對於能夠入選年度散文選，李蘋芬直言「感謝編選者」，並透露自己在近期開始「有計畫地寫散文」。

「我會期望散文應該要介於不同的文類之間，要有那種流動性；但就是因為懷有這個期望，所以會更加審視自己的作品——怎麼講，年過 30 會變得有點刁鑽（笑），不像 21 到 25 歲那個階段的爆發。」從文類的思維來觀看文學，李蘋芬認為散文「不能只乖乖地待在框架裡」，這也許是新生代寫作者在跨文類議題上，必須共同面對的問題。

「『白天的鬼』本身就已經是很奇怪的存在——沒有人看得到它，但是它卻想要去驗證自己的存在。這其實就是人的難題，最近大家都在跟 ChatGPT 一直周旋，我覺得這個焦慮一直存在：人到底是什麼？如何像人那樣思考？因為一直沒有解答，所以大家一直很喜歡這個話題。」李蘋芬將《昨夜涉水》當中的第一首詩〈熱天小事〉連結到米津玄師《死神》裡「保護燭火」的故事，詩中的「鬼」作為「創作者」的化身，投射出一種格格不入的感受。

李蘋芬詩集《昨夜涉水》（時報出版，2023）

從李蘋芬的經歷中，可以一直看見她對於現狀的「不安」；這種「不安」並未使她的發展受到侷限，反而更加使她積極、主動地接觸新事物。雖然表示第二本詩集已經大致完成，但她坦言「有可能這輩子都不會出版」——「如我剛剛說的，我會開始很刁鑽地看待自己新的東西；可能它理想的樣子是另外一種，所以我會先放著。」懷抱著一顆通透的心，李蘋芬始終審慎且勇敢地面對研究與創作。相信在未來，我們必能看見她在文學領域中，折射出更多的光芒。

訪談日期：2021 年 3 月 12 日、10 月 30 日

受訪者修訂日期：2022 年 6 月 27 日

林思彤個人照

林思彤，1982 年的雙魚，新北市中和人，曾用名馮瑀珊。國立中興大學文學碩士。現為網路文藝社群「詩聲字」團隊召集人，喜菡文學網散文版召集人，《有荷》文學雜誌副總編輯。榮獲 2010 年中華民國新詩學會頒發之全國優秀青年詩人獎，2020 年詩探索發現獎。已出版詩集《艷骨》、《茱萸結》，短篇小說集《女身上帝》，另有多部商業專書。

後來沒有了。一根針躺在腳邊
陽光一照轉身就成了銀色的蛛絲
我們都沒有說話，相對坐成繡屏
那根針就是勾勒我們的工筆
一針針繡完彼此，卻不再是彼此。

—節錄林思彤〈後來沒有了。〉

「要怎麼稱呼您比較適合？」

「隨便，都可以，我沒在 care。『辣個女人』也可以。」

在創作者的身分之外，曾出版短篇小說集的詩人林思彤在近年更投身網路文學社群「竊竊詩語」的經營，並擔任「詩聲字」的總召，試圖擴大網路文學發展的格局與可能。

從她最新出版的詩集來觀察，《艷骨》號稱是臺灣文學史上，第一本「可以在 7-11 買到」的詩集。「我是個瘋子，寫詩的時候

瘋狂暴衝猶如中魔，是詩揀選了我，而我不得不寫詩。」在看似瘋狂的背後，實則有著一套自己的創作觀。詩人李以亮認為，林思彤堅持了詩歌的抒情性，卻「不只是抒情」；而詩人吳懷晨也稱「從未見過如此挑釁的陰性書寫」。

若將其置於七年級詩人群中，《艷骨》作為林思彤「轉世」的詩集，在內容題材上究竟有什麼特殊之處？若與前一本以馮瑀珊為名出版的詩集《茱萸結》相比，又有什麼巨大的差異與突破？現在，讓我們來一窺「辣個女人」是如何華美，如何暴力，如何決絕地以文字成為自己的上帝。

寫作的前世今生，創作就是文本說話

「我何其幸福，在求學路上，師長們包容體諒我的詩人個性；尤其是大學時代的師長們。在工作和寫作的部分，也有貴人提拔。在生活中，我的身邊永遠是一群不離不棄的家人朋友。」閱讀《茱萸結》的自序，不難觀察出林思彤的知恩與善感。距離上一本詩集《茱萸結》出版的六年後，林思彤在 2020 年終於推出了最新的詩集《艷骨》。

以時間跨度上來論，相較於頻繁推出新作或把出版品視為寫作階段的小結，她更傾向於將作品集視為一種「精品」——以《艷骨》為例，就是從近千首的詩作當中，挑選出一百首集結成冊。

「我必須說，《艷骨》跟我之前的出版模式有很大的不同。」林思彤在過去曾出版數本作品集，而為了能掌握印刷、編排與書籍的設計，幾乎都是採取「自印自售」的方式進行。《艷骨》以出版社模式出版

的原因，是因為書中輯五的「罪惡之城蓋美拉」在她的寫作生涯中占據了重大的位置，她甚至直言整本《艷骨》都是為其而生。

林思彤詩集《艷骨》(醇文庫，2020)

　　林思彤說，書寫〈蓋美拉〉是很辛苦的事情。不過，當她考量到出版的實際狀況時，反而是以《艷骨》的整體概念作為發想：「我甚至可以講得比較直接：輯一到輯四，那完全就是為了輯五的〈蓋美拉〉做鋪墊。」從詩集的設計來觀察，第五輯的內頁是黑底，加上如霧、如火焰般的背景，與前面四輯的設計截然不同。透過這種文字以外的形式表現，林思彤希望可以呈現出「猶如煉獄般」的展演，以女性的姿態來推翻、挑戰父權宰制的規範。透過文字與書籍設計，可以觀察出她正親身實踐「青春會死去而詩會活著」的人生觀。

　　這類詩中的「暴力書寫」若向上溯源，可以在唐捐、陳克華等詩家的作品中觀察到先例；但在七年級中，過去尚未有詩人以這麼大的架構來創作。身為一位女性，如何在眾多男性前輩詩人中走出一條自己的路，著實是困難的挑戰，而這也使得林思彤意識到〈蓋美拉〉對她個人而言，是「空前絕後」的作品。

　　「我之後可能不會再寫這類的作品，因為我自己的個性、我自己的創作是『不喜歡重複』。如果翻過我的上一本詩集《茱萸結》，它跟《艷骨》的風格截然不同，甚至你會覺得這是不同人寫的。」

在 2014 年出版《茱萸結》時，林思彤的名字還是從父姓的「馮瑀珊」。在多數寫作者擁抱「營造專屬自己風格」的創作意識時，不禁讓人好奇：名字的更換是否會對寫作產生實質的影響？關於這個問題，可以在〈辭祖〉一詩中找到解答。由名字的「前世今生」開始談起，無論是從「打掉重練」或「品牌再造」的角度來看待，她都不會對改名感到後悔與惋惜。

「我不覺得我自己有什麼文學的聲量，而且我一直以來都不是很 care 這些東西。做個比喻好了：百年老店到了分家的時候，你總是知道，最得你意的是哪一間嘛。」對她而言，只要手上的技藝還在，不管叫什麼名字都是沒有差別的，畢竟「創作就是文本說話，應該看你的文本如何，而非名字」。

「因為出版社老闆是我高中同學，我們感情還蠻好的。」林思彤說，當時她同學看到《艷骨》時就非常喜歡，願意幫她出版。「所以我就發下了一個宏願——有生之年都要在匠心出版。」對於出版了全臺灣第一本在 7-11 通路流通的詩集，有些讀者在超商看到書後，跑來社群平臺留言表示喜歡，甚至因為讀了林思彤的《艷骨》後，另外回頭找出馮瑀珊的《茱萸結》來閱讀，這對一位寫作者來說，著實是寫作路上一個很大的安慰。

「誰不想要一次賣個一萬本？我能理解。但就我個人而言，我做了該做的事情，有沒有爆紅就不是我能夠去決定的。因為我覺得，那關乎一種『機運』。」起初，文學創作只是林思彤生命中的興趣之一，後來才逐漸成為了她的專業。「我就是一直在做不同風格測試的人，」相較於鑽研於某一類題材、成為指標性的詩人，林思彤自陳自己是多變

的：「所以我下一本詩集可能也會跟前面兩本完全不同。這樣才有趣嘛！」

「文學小屋」訪談，於薄霧書店（劉宜姍攝）

創作、研究與社群的三重交響

2020 年，林思彤自國立中興大學中文所畢業，在同為詩人、熟習網路文學的解昆樺老師指導下，完成了研究所的學業。在文學研究的路上，她選擇以自己打滾已久的「喜菡文學網」作為探討對象。

「喜菡文學網」是臺灣文學場域中，營運歷史最悠久的網路文學論壇；而在 2021 年 5 月「臺灣詩學・吹鼓吹詩論壇」關站後，其更成為了臺灣唯一仍然存在的文學論壇。林思彤在喜菡文學網散文版召集人與《有荷》文學雜誌副總編輯的雙重身分下，通盤地將文學創作與研究融合，完成了碩士論文〈喜菡文學網之文學論壇的詩學與典律運作（1998-2020 年）〉。

喜菡老師創辦的《有荷文學雜誌》

「喜菡老師一直以來都非常地提拔我，很給我機會，也很關心我。」
除了提拔與關心，喜菡在文學活動的影響上，更深遠地影響了林思彤，
甚至讓她說出「沒有喜菡老師，就沒有今天的——馮瑀珊也好、林思
彤也好」的真情告白。在詩集《艷骨》的序中，喜菡老師如此寫道：「認
識思彤，恍惚二十年，見她由青澀年少到如今的豐腴，在她生命中經
歷過的坎坷。我也略之，也了然於心的。雖然，她並非諸事細數，但，
就一句『文學母親』，該懂得，我都懂了。」不難想像，這位「文學
路上的母親」之於林思彤，有著多麼重大的意義。

「喜菡文學網」網頁

許多現代詩的創作者在進入研究領域後，便越來越少寫詩。對此，林思彤同意創作與研究間的平衡是很難掌握的：「那時候寫完碩論，非常趕，又正好出版《艷骨》，我甚至一度覺得完全不想要再寫詩了！」每當想要放棄詩時，「詩神」總會適時地拉她一把，畢竟和自言沒有特別出眾的「研究」相比，她會以更高的標準來面對「創作」——「例如說，一首詩寫出來，我會更講究我要使用什麼技巧、我要使用什麼樣的方式去創作。那同樣，為什麼不寫成散文詩？」

談起和「詩聲字」藝文社群的連結，身為現任總召的林思彤坦言自己在碩論完成前，曾經厭煩於網路社群的生態而淡出；《艷骨》出版後，她在 Facebook 上遇見許多協助推廣的朋友，才逐漸回歸到網路社群平臺活動。也是在那段期間裡，認識了「詩聲字」創辦人李昀墨，兩人後來結為連理。

「詩聲字」LOGO

「因為詩聲字跟我以前想要做的東西滿像的——我有陣子其實還滿想做結合手寫、讀詩，選詩分享。」林思彤透露，自己其實很嚮往這類的文學社群經營模式，不過那時當她開始著手蒐集資料時，卻發現「啊！已經有『詩聲字』了」而作罷。某次在李昀墨的詢問下，她一口答應邀請，加入這個新型態的網路藝文社群。

一人去海邊

許玄妮

「將我遺忘在海邊吧，
我祝福您幸福健康。」
——安哲羅普洛斯《鸛

獨自一人去海邊
模仿寄居蟹
終其一生
都不滿意自己的居所
我撿拾貝類，彎腰
像孤島上未開化的民族
風雨前有海浪不斷湧上來
如果被沖走也無所謂

「詩聲字」臉書粉絲專頁

加入「詩聲字」對林思彤來說是個意外，她心懷愧疚地笑說自己「沒什麼貢獻」，甚至以「吉祥物」來稱呼自己。「喜菡文學網也好、詩聲字也好，這類的藝文工作本來就是賺錢很難，賠錢倒是還蠻多的。喜菡老師常常開玩笑講：『我老公的退休金，都被我拿去做喜菡文學網了！』」

李昀墨詩集《蕪地芳草》（醇文庫，2022）

以「詩聲字」為例，如果要維持目前的規模與活動量，則必須投入大量的金錢與時間；儘管有興趣，也很看好網路文學社群的發展，但談到經營文學社群能否維生的問題時，林思彤也露出了苦惱的神情。

網路文學社群與紙本詩刊的跨媒介的發表，「詩聲字」近期也在林思彤的人際網絡協助下，開始和《創世紀詩雜誌》、《乾坤詩刊》、《有荷文學雜誌》等刊物合作，讓「竊竊詩語」社團內的優秀詩作與評論，有機會刊登於紙本詩刊上。雖然對於已有一定文學成就的林思彤來說，現在的她並不會在意「有沒有被刊登」，但當她聽完李畇墨談完詩刊初步合作的構想後，便想起剛開始寫作時，只要登上詩刊就會非常雀躍的自己。

「我們如果能夠給有志於創作的新手鼓勵的話，那其實是一件非常棒的事情。」因為理解「刊登」對文學新人的意義，林思彤在往後的詩刊合作洽談上，也感到擁有了一份使命感。

「文學小屋」訪談，於薄霧書店（劉宜姍攝）

跨域結合下，一本待出版的塔羅詩集

「詩聲字」與「竊竊詩語」是一個很特別的藝文社群，除了有發表平臺的性質外，還帶有文學社團特殊的認同感。

因應疫情期間無法實體聚會，「詩聲字」舉辦了線上讀書會的活動，除了推廣自己欣賞的詩集，也提供平臺讓讀者與作者有更多的機會交流，讓更多人讀到好作品。

林思彤對這種形式的活動持正面態度，因為可以推動更多藝文的層面，包括她與詩集《靠！悲》作者楚狂的「從上帝到艷骨、從鳳歌到靠悲」對談、詩集《你可不可以培養一點不良的嗜好》作者林佳穎與詩集《讓風吹起》作者林家淇的「詩影，對前人或同輩作品的迴響呼應」對談等。詩集比其他文類的作品集更難銷售，「像我就印了一千本。媽呀！超有壓力。」她希望可以透過這種模式的活動，推廣在市場下被埋沒詩集。

楚狂詩集《靠！悲》
（奇異果文創，2016）

林家淇詩集《讓風吹起》
（白象出版，2018）

林佳穎詩集《你可不可以培養一點不良的嗜好》
（松鼠文化，2020）

除了「詩聲字」的讀詩與手寫，其實林思彤還有接觸塔羅、手作、胡琴、烹飪等興趣。

　　「我是一個非常花哩囉貓（hue--lih lo niau）的人，一開始是因為自己喜歡這些飾品，後來它們也就變成我舒壓的、消遣的娛樂。」除了興趣，林思彤更進一步思考將這些領域和文學結合的可能，期待透過不同感官跨域來進行轉譯。「我本來就是一個很喜歡『玩』的人，這個也想玩、那個也想玩……然後慢慢地變得越來越專業。」對於手作飾品，她從原先將其當作收到禮物的回禮，後來也開始拿出來販售。

　　回溯到 2005 年，林思彤對塔羅牌產生了興趣，於是開始慢慢找資料自學、私下請教老師。「後來某天早上醒來，突然有個非常強烈的聲音告訴我說：你要寫塔羅詩、出塔羅詩集。我就想說好，就開始跟匠心老闆討論啦！」在經過一番對話後，林思彤甚至開設了自己的塔羅占卜 Youtube 頻道；而針對文學的跨域創作，她更嘗試把「塔羅」與「詩」結合，成為她預計出版的下一本詩集。

　　過去出版小說《女身上帝》之後，林思彤曾在張耀仁的訪談中，自陳比起其他文類，自己更喜歡小說敘述的方式；而相較於自己在創作上較為拿手的現代詩，她最愛閱讀的文類還是小說，至今依然如是。

　　「寫了短篇小說出版之後，我就確定一件事情：我沒有天份。就不要做了吧！」林思彤開朗地說，閱讀了這麼多優秀小說家的作品後，就知道自己的小說並不出眾，甚至只有「及格」而已。「以我自己來說，詩集跟小說的閱讀量是差不多的；而我對散文是沒有愛的，完全沒有。」雖說如此，但她還是保有一個長篇小說的夢。

　　近年來，林思彤頻繁地在研究領域和文學社群中打滾，這也使得她很

常思考「天分」的問題。「你看多了，一看就知道那個人有沒有天分。沒有天份，你卻一直叫人家做這件事情，沒有幫助他認清自己，他就這樣一直浪費很多時間和心力在一個不可能完成的事情上面，他不是會很難過、很傷心嗎？」面對文學愛好者，林思彤時常感到兩難，認為若鼓勵沒有天分的人書寫，是一件「推人入火坑」的事。

「我覺得，寫作這件事情會是我一輩子的事；但是它會用什麼樣的形式呈現，我不確定。也有可能哪天，當我發現我不能寫，或是寫不出什麼好東西的時候，那就轉成專業讀者，不然就是寫《林思彤帶你吃遍歐洲五國》之類的嘛！美食作家也是我還蠻想走的路啦。」雖然對於自己的文字頗富自信，但她覺得這類的書寫有點難度，因為要「很有錢」。

「這樣講真的太機車了！」對於文學創作的現況，林思彤不諱言地批判：「我看到有些詩人越寫越差，就會覺得幹嘛還要繼續寫呢？不能好好當個專業讀者嗎？這樣寫不是很浪費早期累積的聲名嗎？」她認為，文學上的退場機制很重要，如何在寫作路的終點以前「華麗轉身」，是所有作家必須了解的事。

林思彤給予初入文學的寫作者的建議是：不要有得失心——「你就把自己當成文學愛好者，慢慢地去培養，然後我們再去思考，要不要把它變成自己的專業？這樣會比較開心、比較快樂。」被問及對讀者是否有什麼話想說時，「這題我沒什麼好說，因為我不覺得我有什麼讀者！」林思彤以一貫率真的個性回答。

訪談日期：2021 年 7 月 29 日

受訪者修訂日期：2022 年 7 月 1 日

走過生命的銳利與寬慰

郭哲佑個人照

郭哲佑，1987 年生，新北人。臺灣大學中國文學研究所碩士畢業。建中紅樓詩社出身，詩作散見各報刊、詩刊，著有詩集《間奏》、《寫生》，並入選年度詩選、《台灣七年級新詩金典》等選輯。

我的知與行
意志與命運，冷熱水火的鑄融
一一起身，成爲刀刃
成爲歷史

—節錄郭哲佑〈陽明〉

　　談及學院的訓練是否和文學創作有所關聯時，郭哲佑認為「老師並不是最重要的」，能夠讓有相同興趣的人聚在一起，才是中文系影響自己最大的部分，這也是為什麼他自陳研究所的經歷對寫詩產生的影響不大。「不過，我覺得現在講這個很危險，」郭哲佑補充道：「因為很多時候的影響是你自己沒有意識到的。」

　　在他的眼中，「詩」不總是定格的事件記錄，有時反而會透過詩「創造事件」——「你沒有寫出來，或是你沒有去想，它就這樣很浮泛地過去了；可是當你想要寫的時候，你會發現它好像不是現實的產物，它反而才是主體。」這種將詩置於現實之前的

排序，是我們在閱讀郭哲佑詩作之前，可以多加思索的觀念。

從歌詞與分行出發的第一本詩集

「我寫分行文體的經驗，其實是比我寫正式的文章要來得久——我甚至可以說『我先學會寫詩，再去學怎麼寫散文』。」國中以前的郭哲佑還未有「文類意識」，幾乎都在寫這種自創的「分行文」，反而很少在寫大眾普遍認知的文章，甚至與升學體制有關的作文也很少接觸。不過，他也坦言「不知道那些算不算現代詩」，畢竟當時的他還未系統性地閱讀大眾普遍以為的「詩」，因此對於寫作還沒有產生足夠健全的認知。

以一個後見之明來回溯，郭哲佑推測會有那種分行的創作，主要是受到了「歌詞」的影響：錄音帶、CD、隨身聽……這些流行音樂的載體是當時的他所深深著迷的事物。歌詞作為創作的契機，儘管在高中加入學校的「紅樓詩社」後才真正投入現代詩的世界，但如果我們穿越時空、回到郭哲佑的高中時期，他可能會回答自己「已經寫詩很久了」。回想自己買的第一本詩集，郭哲佑笑說有點忘記是陳黎的《陳黎詩選》還是許悔之的《有鹿哀愁》。「我不確定哪一本是先買的，但是我覺得這兩本詩集對我影響很大，我到現在都還是很喜歡這兩位詩人。」

陳黎詩集《陳黎詩集Ⅰ：1973-1993》（書林，2017）

許悔之詩集《有鹿哀愁》(大田，2000)

　　進入大學後，郭哲佑遇到很多在現代詩創作上前進的朋友。從完全沒有「立志成為一個詩人」的想法，到認識蔣闊宇、陳慶哲等同學，這種更為直接的刺激讓他開始在個人網誌上張貼詩作，彼此互相切磋討論。除了維持創作的產能與競爭心態，也因為開始大量地閱讀詩集，郭哲佑在這個時期奠基了厚實的創作基礎。

　　在研究所階段，由於以「山水文學」作為碩士論文的主題，也多少影響了他對自然詩的創作傾向。有趣的是，對於唐捐老師曾言其詩有「古典情調」的評論，郭哲佑表示這其實是「一場意外」──在書寫的當下，他完全沒有這樣的意識。由此也可以觀察出所謂「影響」，並不一定是作者本人有意地去學習，有時也會悄悄地在各種內在的細微處持續發生。

　　以第一本詩集《間奏》來論，郭哲佑自謙地說當時的「詩」對他而言是「點綴生活的調劑」，時隔八年才出版了第二本詩集《寫生》。儘管大學畢業以後，他的創作量減少許多，但反而越來越能體會詩帶來的「銳利與寬慰」。「我以前有很長一段時間，覺得出第一本詩集需要謹慎一點。」二十出頭歲便推出第一本書的郭哲佑坦言，對於《間奏》的出版其實帶有許多後悔，裡面有很多自己「不希望被流傳」的詩。不過，他也提及大家

對第一本書不會有那麼多苛責，如果猶豫再三，錯過出版的機會也是很可惜的事。

郭哲佑詩集《間奏》（風球出版社，2009）

「如果只是做一個紀念的話，其實你隨時都可以自己去印一本；但是如果你希望能夠進入『詩壇』，我會覺得還是要累積一些聲量後再出會更順遂。」舉凡文學獎、或是網路上的經營，都是在出版第一本書之前可以做的準備，畢竟「書就像是你的名片」──當許多人以第一印象來評斷時，一切端看自己希望「第一本書」能達到什麼效果。

「文學小屋」訪談，於崇文書局（劉宜姍攝）

詩人之路的靈感與風格

在謝三進和廖亮羽編選的《台灣七年級新詩金典》裡，郭哲佑以詩集《間奏》被評論為「詩題總是很龐大、很抽象，但詩卻從來不會流於空洞、虛構」。對此，郭哲佑面露尷尬地說，當時有些人比他更有資格入選卻沒有出現，這讓當時得知獲選的他有種「德不配位」的感覺；這種彆扭感直到《寫生》出版後，他才沒有那麼自卑，能夠不愧對自己被選入其中，成為他人口中的「七年級代表詩人」。

「當然，裡面還是有一些詩不是全然滿意，但是我不會想要拿掉。我會覺得它在裡面是剛剛好的位置──至少我自己滿意啦，但是《間奏》的話我覺得可以刪掉一半以上。」相較於第一本詩集，郭哲佑將《寫生》視為自己的代表作。雖然在這本詩集出版後，他自言並沒有寫太多作品，但這也使得詩作的質地比之前更濃密、黏稠──「我也不敢說到底是不是真的有，或是他只是一時的假象。」郭哲佑笑說。

這位寫作觀點全面的詩人，也有「寫不出來」的時候。郭哲佑自言這是很難的問題──遭遇寫作上的瓶頸並不特別，每個人都一定會碰到這種困境。雖然常常有很多靈感，但「有靈感」和「寫出來」往往是兩回事：「可能某天走在路上你有種『被雷打到』的靈感，然後一直想把它寫出來，可是就寫不出來，或者是它本就不屬於詩。」對於寫詩，現在的郭哲佑抱持一種開放的態度，持續走著自己的路──儘管可能速度不快，但成熟且穩定。

論及「風格」，郭哲佑表示這比較像詩人「自己的個性」──「我以前一開始寫詩的時候會很苛刻……我不好意思說對自己苛刻，但是我會對

別人很苛刻。」從他的個性出發，「用功寫詩」是一件極其重要的事，不過這種想法在後來也有所轉變：「最近我又覺得，很多時候世界是不公平的——有的人隨便寫，就會很有特色；有些人展現全部的自我，還是讓人覺得你很無聊。」

李承恩詩集《無人劇場》(避風港文化，2018)

他舉詩集《無人劇場》的作者李承恩為例，雖然詩寫得非常好，可是因為風格太像楊牧，所以受到的關注或評價便因此而被影響。「我其實有點為他抱不平，他並不是故意去學楊牧，他是整個人生下來就是楊牧。可是你知道嗎？已經有一個楊牧在那裡了。」扣合風格就像詩人的個性之說，郭哲佑以自己和李承恩的相處經驗來分析，無論是文字風格、說話方式，抑或是散發出的氣質，都可以知道「他不是故意要去學」。如此的境遇，也讓郭哲佑不禁感嘆世界的殘酷。

「文學小屋」訪談，於崇文書局（劉宜姍攝）

文學與人脈：回望社群的風風雨雨

　　風球詩社、然詩社、紅樓詩社、每天為你讀一首詩……種種的結社讓郭哲佑對「文學社群」有著非常深的感觸。「最大的影響，就是認識很多朋友，我覺得這對寫作來說是非常重要的。」文學作為一種社會活動，若只是默默地創作而不經營人際關係，想要單靠作品就被看見是極其困難的事。當然，郭哲佑也不否認作品的重要性：「你也可以靠你的才華認識人啊，就是一出道就橫掃三大報，大家都想跟你當朋友，太棒了；但如果不是這樣，那就要憑自己的努力去認識人。」

　　因為在中研院文哲所工作，這也連帶地讓郭哲佑有較豐富的時間、資源和人際關係，提供寫作上實質的幫助。「這個到底要怎麼講比較委婉一點……」郭哲佑苦惱地說：「我覺得社群對寫作的影響就是你的人脈吧。」從目前參與較多的「紅樓詩社」為出發，郭哲佑對於其中的文學推廣與活動頗有興趣，這類「維繫人脈」的參與一方面能確保自己被看見，另一方面亦能切磋彼此的寫作技巧。不過，郭哲佑也強調每個詩社的成敗與走向都有原因，這些紛擾和自我寫作的影響其實也沒有很強烈。

　　在「每天為你讀一首詩」的編輯群中，郭哲佑曾提出「詩人俱樂部」主題詩選的構想。「因為我覺得這是臺灣詩壇特有的現象，別人進不去，他們也出不來。」這種和真正的主流詩壇之間隔著一道牆的現象，在「含羞草事件」後愈趨明顯：「他們可能已經在裡面得到了一些成就感，然後在外面的人卻有點看不起他們。」郭哲佑觀察，許多人會因為這種印象而去貶低他們的詩作，但裡面其實還是不乏許多好詩。

因為「另一頭」確實掌握了某些文學典律機制，這也讓臺灣現代詩場域發生許多奇怪的事情。以2019年鄭慧如出版的《台灣現代詩史》對「截句」的評價為例，「這真的是他們想要的嗎？」郭哲佑不解的問：「繞過這圈然後載入史冊，這是非常詭異的一個情況。」

鄭慧如著《台灣現代詩史》(聯經，2019)

「如果你有看我的粉專——『今日所佔用的維度』——上面幾乎是沒有散文的，因為我不會寫散文。說不會寫好像太矯情了，就是我散文寫得很爛，不符合我想要的水準，所以常常寫不出來。」在郭哲佑看來，「散文」和「把文章寫通順」是兩回事，如果只是通順而沒有結構、鋪排、巧思，就沒辦法達到自己的標準。而對於「散文詩」，郭哲佑也有閱讀與創作上的嘗試。向讀者推薦商禽和蘇紹連的散文詩作品之餘，他也提醒有些詩「寫得過於安全」，會和詩人想追求的尖銳與越界有所衝突，造成寫作上的困難。

今日所佔用的維度
@jerrypoem · 作者

首頁　影片　相片　關於　更多 ▾

發送訊息

你好！請告訴我們該如何提供協助。

👍 已說讚　🔍　···

郭哲佑臉書粉絲專頁「今日所佔用的維度」

　　「我覺得現在的青年寫作者都比以前的人厲害，都比較用功，」郭哲佑舉曹馭博、蕭宇翔等博覽外文詩的新生代詩人：「你想一下，七年級的詩人有哪一位這麼用功的？」時代推進，郭哲佑不斷地砥礪自己，也許這也和他對於自己的定位有關。相較於將「詩人」視為一種職業或志業，郭哲佑認為「只要寫詩的人就是詩人」——在現實中不斷創造新的現實，相信這位詩人會在未來完成更多作品，動搖每位讀者的生命。

訪談日期：2021 年 8 月 12 日
受訪者修訂日期：2022 年 6 月 27 日

詩藝的復興：千禧世代詩人對話

專訪郭哲佑　走過生命的銳利與寬慰

廖啟余個人照

廖啟余,現代主義者,比較文學博士候選人,現就讀於美國聖路易華盛頓大學。著有詩集《解蔽》(2012),小品文集《別裁》(2017)。2002 年,畢業於高師大附中。

專訪廖啟余

恐怖分子的優雅與猙獰

> 遭唐一歲的複數核心
> 滴答復演算明夷
> 那時,換日線的窗幾點?
>
> 嗶一聲之後請開始留言。

—節錄廖啟余〈At University〉

「談不起形式的人,才談內容。」被戲稱為「詩壇皮卡丘」與「詩壇雷公」的廖啟余如此批判。重視形式表現的他認為「意象」與「音樂性」雖然都是詩必備的元素,但這兩個概念其實在某種意義上是衝突的——訴諸理性時便是所謂意象,訴諸感性時則揭櫫於聲音。

廖啟余舉楊牧老師〈時光命題〉詩作的末句為例:「『靜』的換行,事實上告訴我們的是,接下來的那個東西如果存在,應該是一個壓卷的句子——因為那個地方是『靜』,是絕對的『零』的聲音。」他認為,詩中「頂」的押韻讓「靜」多了一些什麼,

透過換行與反覆突破的聲音，去加強意思的威力。廖啟余嘆了一口氣：「唉，偉大的老師。」

歌德（Göthe）「一切的峰頂」將夜鶯的啼聲比為死亡的聲音，而楊牧同樣以「一切的峰頂」讓詩中「我」所彈奏的琴聲，似乎成為了某種「死亡的賦格」。

「如果真的是這個死亡的賦格，那藝術是在確認死亡嗎？」他補充，楊牧的詩句亦呼應葉慈（W. B. Yeats）的詩作〈航向拜占庭〉，讓他覺得老師「應該有別的話要說」。

衝破模糊的面目，用詩藝攻擊文學獎

2009 年，藝文記者陳宛茜批評七年級詩人「面目模糊」，引起了往後的論爭；在關於「面目模糊」的風波中，廖啟余可以說是「面目猙獰」的代表。這種猙獰外顯於網路社群上「不怕獲罪」的活動軌跡，同時在詩集《解蔽》中也能窺見他猙獰的形象——透過「語言潔癖」的準確拿捏或故意破壞的文句，造成在控制與失控之間游移、界於舒服與不舒服之間的「禁慾感」。廖啟余認為，有一種「文學獎的體類」近似於智慧小語，呈現出愛與溫暖的狀態，「所以如果那個是我攻擊的對象，我就會想要把自己的風格極端化。」極端化的結果，都呈現在詩集《解蔽》中的「黑鐵」與「白銀」中，翻開書，即可見到其堅硬猙獰與輕柔優雅的聲音穿插並置。

廖啟余詩集《解蔽》（釀出版，2012）

近年來，廖啟余開始認真思索「現代主義」的問題。有人會稱現代主義為一種「total art」或「art of totalitarianism」（極權主義藝術），而這並不表示其為極權主義政體下的藝術作品，而是指極權主義者用他全部的宰制，把一切當成創作的材料，不去理會民意與社會。「其實極權主義跟現代主義在一些學者的眼中，會認為是內在相通的東西，」廖啟余坦言，「我覺得這種 Total Art 也是我一直想要追尋的一個軸線。」廖啟余並沒有要向社會妥協的意思，從《解蔽》出版以後，這就是他想一輩子貫徹到底的風格。

不同寫作者會有不同的寫作模式。在書寫的操作上，廖啟余清楚地認知到什麼時候自己「寫不下去」，而這些初步的「半成品」會成為下一次回來增修的根據。

「當然，我承認可能隨著我年紀變大、賀爾蒙往下掉，讓如今的我變成了一個無聊的中年男人。」對寫作歷程的轉變，他認為現在自己的激情雖然少了一點，但耐心與學問也多了一點。「不過，我還是喜歡恐怖份子的狀態。」廖啟余正色說道。

從 2012 年的《解蔽》到 2017 年的《別裁》，現在似乎差不多是下一本詩集出版的時間了。廖啟余在 2016 年獲得國藝會創作補助的詩集《抒情自我的變量》在更名為《人子》後，又於 2018 年獲得第五屆楊牧詩獎。他自陳，詩集的名稱其實源自於《馬太福音》中耶穌死時所說的「我的父，我的父，為什麼離棄我」。「就是，你爸死掉了，你還要繼續活在一個神祕的、膣屄（tsi-bai）的地方。我應該要堅強起來吧，應該要去找出一個諸佛入滅之後，留下來的什麼東西。」

隨著一生錄黃蜓出生子張蜻蜓大宇小入眼前文宇走向門處。
足行為的節簡格了，佛印祥許名義素簡、配良、耳長命器卻而燒枝。

廖啟余著《別裁》(九歌出版，2017)

可以這麼說，廖啟余「用詩藝在攻擊文學獎」，並端出了詩集作為寫作實驗的初步心得。回到最初國藝會的計畫名稱「抒情自我的變量」，那時廖啟余思考的比較偏向存在主義式的感受。

「當我越來越確定文學就是政治的時候，我就清楚知道文學『不是一個人的事』，因為政治就是 intersection of the multiple，就是人與人的連結。」對於未出版的詩集，他希望能以一個比較大的方向、強調多人與自我的理念的名稱出版。

「有一種講法是，八〇年代開始是『後現代』，但我是所謂七年級；寫作是 2010 年之後的事情，等於有三十年的空白。」廖啟余觀察，自己就讀大學時，大家對夏宇還有著非常大的熱愛，但現在似乎比較少了，這是一件很有趣的事。從文學史的角度來談，現今年輕讀者所閱讀的現代詩幾乎都是受楊牧影響的下一代詩人所創作的，而文學史也都還停留在前一個世代，後面就「百花齊放」了。對此，廖啟余嚴肅地說道：「你知道『百花齊放』是一個典故吧？你們想要誣陷我們的楊牧大神嗎？如果是，我現在就要舉報你們！」

「文學小屋」訪談，於唐山書店（辛品嫻攝）

關於楊牧，以及余光中

　　相較於將「迴行」技術發揮到極致的楊牧，廖啟余的詩作鮮見這種行式手法。在他眼中，楊牧掌握了某種「持續更新自己」的方式；如果用張惠菁的說法，楊牧就是一位「沒有巨大的進步，但是從來沒有退步，寫到死都還在持續上升狀態」的強悍詩人。

　　談到「楊牧障礙」，廖啟余認為可以從不同的層面來談：這一代父母們的楊牧障礙，可能是《葉珊散文集》那種「這一次離開你，就再也不離開你」的葉珊；再往上一點可能是詩集《有人》那位反覆去推敲自己詩藝、見證解嚴時代的抒情詩人——「所以大家都講楊牧，但事實上取樣的都是不同的部分。對我來講，我非常敬佩的其實是《涉事》以後的這一段，那一種有巨大智慧跟幽冥的、一個強悍的宇宙論者的楊牧。」

楊牧著《葉珊散文集》
（洪範書店，1994）

楊牧詩集《涉事》（洪範書店，2001）

「第一個，就是他使用哲學到什麼地步；第二個，如果我是一個追求老師足跡的人，我要怎麼樣去克服老師。」廖啟余選擇回到葉珊年代，從楊牧老師的大學教育開始著手。身為一位博士班研究生，「楊牧障礙」指的是「認識老師的文學養成」的障礙，特別是徐復觀先生的部分。

面對那樣的一個革命年代，雖然廖啟余談抒情，但他的抒情都帶有一種「集體性」的色彩，如同陳世驤先生所謂的「上舉歡舞」——「舞」並不是一個人寫詩，而是一群初民在天才詩人所領導的節奏下一起跳舞——這種抒情對廖啟余來說，是完全與「獨我的、浪漫主義的抒情傳統」力抗的一種「神秘的集體論」。因此，廖啟余認為「楊牧障礙」指的應該是「在這個地方上，我們重新去了解『原來文學可以怎麼樣折射出政治』的那個過程」。

廖啟余端出實際的作品，以《解蔽》中的「黑鐵」與楊牧一同作戰，

他想知道一個人可以兇惡、殘忍、血腥、猙獰到什麼樣的地步？他想嚐嚐「千年求道，不如一朝成魔」那種美好的感覺。不過嚴格來說，他坦言自己其實並沒有很喜歡楊牧老師關於「安那其」（Anarchism）的部分──「對我來講那個無政府主義的部分實在是，太戒嚴時代的產物了。」在一個全面管控的狀態底下，人們理想中的政治是「一點管控都沒有」，但這種模式對廖啟余來說是無法接受的。

身為「楊牧神話」的建構人之一，廖啟余自嘲好像有責任讓大家不要一直讀楊牧，畢竟「偏食也不是好事」。他坦言自己剛進大學時，詩場域裡頭有很多「神明級」的詩人，比如：楚戈、辛鬱、梅新、瘂弦等。十五年過去，就剩下二神或者三神：楊牧是一個、余光中是一個、洛夫是半個。

「就覺得，文學史是很微妙的。」對於當今的現代詩發展，廖啟余如此評論。

而對於上個世紀「陽光小集」十大詩人票選影響力最大的余光中，廖啟余似乎永遠處於一個逆風的狀態：他罵余光中罵得很過癮，愛也愛得很徹底──他諧仿的名作〈鄉愁〉在網路社群瘋狂流傳；而在 2017 年余光中過世時，他也不吝稱讚〈過圓通寺〉的意象轉換靈活，是余光中最好的詩作。

余光中詩集《舟子的悲歌》
（文訊雜誌，2019；野風出版社，1952 初版）

余光中的第一本詩集《舟子的悲歌》，呈現出英國浪漫主義式的風格。當時的余光中是一個憂傷、音樂諧美、完全不猙獰的「文青」。「這樣的余光中慢慢變形成寫〈圓通寺〉的詩人，然後再變回寫中山大學廁所詩的詩人。」在廖啟余來看，余光中有一個巨大的轉型；但因為我們都活在一個徹底世俗化的「後八〇社會」，無法從起點出發，從而會認為余光中從一開始就落伍。

　　「所以我覺得，以我們現在的標準去衡量余光中，『以今非古』沒有很公平。」廖啟余從歷史的角度分析，並以葉石濤年輕時極其支持西川滿為例，試圖為余光中在現世的評價翻案。

「文學小屋」訪談，於唐山書店（辛品嫻攝）

除了詩人，更要做個文體家

徐復觀在《中國文學論集》提到「體」跟「類」的概念——「文類」是客觀的、歷史的、累積的沉澱，這也是之所以會有很多文類的原因；而「文體」則是個別作家對文類的適應與開發。「體類」的問題實則是集體藝術的動態過程，個別文學家在「類」這個公約數之下互動，從而產生「體」。以概念來說明自己的創作，《別裁》對於廖啟余來說，是以一種「total art」的體，去放在「小品文」這個類所進行的嘗試。

徐復觀著《中國文學論集》(台灣學生書局，1996)

有關「小品文集」的《別裁》，廖啟余從發明小品文這個文類的林語堂談起。今日我們所說「公安派」的「獨抒性靈，不拘格套」，是近百年前林語堂整理出來的。廖啟余認為，與其將小品文連結到公安三袁晚明小品的傳統，不如說是林語堂在三〇年代被戰爭與革命圍繞的社會環境中，選擇一個沒有政治與規範、能夠「愛怎麼寫就怎麼寫」的文類。

「當然，我這樣一個認為『一切都要泛政治』的人，是不可能接受有個『去政治』的東西的。」廖啟余打趣地說，自己以「total art」的概念去翻轉小品文，使之徹底「政治化」——這裡的政治並不是一種表態，而是當能夠把其他題材拿進來時，便破壞了原先純真的小品文；而這種精神正如同廖啟余喜歡的《灌籃高手》，其中山王工業球隊「也許我們永遠不會贏，

但是直到這一刻我都沒有輸」漫畫式的觀念。

可以這麼說，徐復觀與楊牧建立了廖啟余對於文學的秩序，而這種秩序可以視為一個「房間」。

「真正的強悍的藝術家，是在有限的空間裡面做到無敵的狀態，沒有空間就沒有無敵。」因為沒有一個既定的分類或標準，所以廖啟余傾向認為《別裁》是一個辯證式的小小實驗。房間作為一個隱喻，永遠都要求拓寬與鞏固——意即，在房間裡鍛鍊到無敵以後，就需要更大一點的健身房。「那個健身房對我來講，現在可能是某種全面認取國民黨的狀態。那是一個美好的房間。」廖啟余面帶詭異的微笑。

在他的心目中，政治應該被從寬、從深理解——「從寬」指的是不只侷限於政黨政治；「從深」指的是去了解所有文學都是歷史的遺跡與沉澱。當我們在認識文學時，其實是認識某個時代、某個人對文學的單一主張，而這種主張必然會與其他主張彼此對抗或協作。「我把這些想法放進作品，可能就是重新政治化的一個對話的過程，比較像『詮釋學式』取徑的政治。」某個年代的臺灣作家很相信「文學就是人學」的浪漫主義說法，套用以薩·柏林（Isaiah Berlin）的講法，指的就是「內心是一切秩序的根源」以及「沒有客觀的秩序」；而在這種意義底下，就順理成章地成為我們認知的「去政治」的狀態。

對於寫作時的目標讀者，廖啟余答道：「因為我預設了老師做我唯一的讀者，所以很多時候讓讀者很辛苦，這一點我要向你們道歉。但是王安石說『世之奇偉、瑰怪、非常之觀，常在於險遠』，請相信：瘋狂的夢沒有了我還有什麼用。」

在詩中，廖啟余稱「我全部的詩藝就是衰老」。當被問及會不會認為「一代不如一代」時，他樂觀地說：「不會呀，怎麼會呢？老師在 2005 年說過：只要喜歡詩，都是我的孩子。」

訪談日期：2021 年 7 月 13 日

受訪者修訂日期：2022 年 7 月 5 日

詩藝的復興：千禧世代詩人對話

專訪廖啟余　恐怖分子的優雅與猙獰

傷口是我們書寫的源頭

林餘佐個人照

林餘佐，東海中文系助理教授。
出版《時序在遠方》、《棄之
核》。

> 草叢在夜裡甦醒
> 將花朵的次序
> 任意調換
> 一場華麗的陷阱
> 讓春天與天使為難
>
> ——節錄林餘佐〈夜盲症〉

「在課本之外，我最早接觸的是洛夫的詩。」回想起和文學的相遇，當時讀到洛夫詩作的林餘佐，內心受到了很大的精神衝擊。因為語言極度地被扭轉、不斷地錯置與壓縮，讓他認為詩人在文字之外，必定有其他想要表達的東西。

「對我來講，那是一種新的語言方式，有別於教科書和課本──我覺得它有種謎語的感覺。」謎語的意義並非是將讀者「難倒」，而是「溝通」；而這種設下一道門檻，只邀請同頻率的人進入的模式，讓當時的他倍感興趣。

在與趙文豪、崎雲、謝予騰合著的詩論《指認與召喚：詩人的另一個抽屜》中，林餘佐寫道：「傷口是我們書寫的源頭」、「寫作是一種逃脫」。若要理解為何會產生這種觀點，必須回溯他的童年經歷。

趙文豪、崎雲、謝予騰、林餘佐合著
《指認與召喚：詩人的另一個抽屜》（斑馬線文庫，2020）

記憶的回溯：寫作作為一種逃脫

小學二年級，林餘佐舉家從臺北搬到嘉義。對他來說，「搬家」並不只是生活空間上的遷移，更讓他第一次親身體會到物質層面上的「城鄉落差」。

「那時候就有種，你被『移植』到別的地方的感覺——像是植物突然被拔起，把根移植到別的地方。」如同詩集《棄之核》篇章中所呈現出「被拋棄、被拋擲的感覺」，因為具備這種真切的生命經驗，林餘佐必須尋找其他事物來彌補缺口，而「閱讀與寫作」勝任了這個重要的角色。

林餘佐詩集《棄之核》（九歌出版，2018）

因為家庭因素，林餘佐成長歷程中必須面對長時間的獨處，讓他開始閱讀書籍。

「我覺得『閱讀』並不代表會馬上接觸純文學，」林餘佐以高中之前的時光為例：「我多半在閱讀，什麼都讀——故事、任何有字的東西都讀。」相較於以往用以打發時間的閱讀，在進入東海中文以後，他才從為數眾多的現代文學課程中，系統性地涉獵各類型作品，建構出自己的知識藍圖。

「身為中文系的一份子，寫作本就是應該的事情。」林餘佐笑說，大學時期曾和同學組過一個非常短命的詩社，在其中開始大量地閱讀與寫作，這是他自認「有意義的創作」的起點。「我覺得這件事還滿有趣的，我們這一代的人，其實沒有經歷過真正的戰爭。」從社會背景的差異來切入，洛夫與商禽必須去面對大時代的傷口；但現在我們所接觸到的世界是處於相對安穩的狀態，這使得所謂「傷口」被生命中過不去的小事給取代，成為書寫的源頭。

「可是，這又變成一個有趣的議題，」林餘佐以年輕世代的寫作型態為例：「現在很多書寫，彷彿只是在展示傷口——這對我而言是不太一樣的，『傷口本身是源頭』跟『展示傷口給別人看』是不同的兩回事。」儘管林餘佐的書寫來自於傷口，但其中的意義，在於「傷口帶給他的事物」以及「受傷後的復原」，並不意味著他必須將傷口展示給他人觀看。

在林餘佐眼中，寫作具備了延遲的效果，不必在快速的時代裡疾走，讓寫作者有更多時間去思考、去保留。「很多詩人面對事件，比如同婚運動、太陽花運動，可以馬上寫一首詩——那對我而言太快了，我必須先消化那些議題，可能很久之後才會再反芻回來。」在延遲之餘，林餘佐也認為寫作近似於一種逃脫，躲在一個看不見的時空裡：「我覺得寫作跟閱讀都一樣，就是劃開一個精神性的空間，在裡面跟自己對話，對文字探尋。」將書寫視為一種逃脫，林餘佐從現實生活逃脫到另外一個精神性的空間裡，

暫時拋下這些繁冗的雜務，彷彿處在只有自己的時差當中——在時差裡，可以安靜地閱讀、寫作、酗酒，或是做任何想做的事情。

不過，從楊牧的詩句「讓她們／像白鷺鷥那樣掩翅休息」出發，林餘佐也指出「展示傷口並不會成為藝術」。畢竟，傷口從來不會直接變成藝術本身，「不然你去看八八風災現場，到處都是藝術」。太多的傷口會使得審美疲乏，即使對於寫作者自己可能有很大的意義。

比起說林餘佐「可以獨處」，不如說他「需要獨處」。

生命經驗造就了他如此的性格，現任大學教授的林餘佐將教書與社交視為一種社會舞臺的表演。他自陳，自己的社交能量有限，尤其在課堂上已經和太多人講話，需要安靜的時間去沉澱自我——「我也喜歡熱鬧，可是熱鬧完之後需要時間去消化。」

「雨天有一種懷舊的氛圍，會讓人覺得舒適。」喜歡雨天的林餘佐認為，長大是一件很累的事情；在這些老舊的事物中，人們很容易獲得安全感，用以逃避現實世界的紛雜。

「雖然耽溺是一種惡習，可是人如果沒有惡習，就會變成很無趣的人——太乖、太正向、三觀太正確。我覺得三觀不正確的人，或許內心有很不一樣的風景。」林餘佐開玩笑地表示，寫作的人在某種程度上都有各自的缺陷，只是不一定會展現出這一面。

「我覺得太追求價值正確的人，有時候無法理解一些幽暗的詩意、下墜的美感。」從中國古典文學來觀察，三觀正確的人也許會欣賞杜甫的人生價值，但可能就不會喜歡李後主的作品（餘佐特別說明，這

是一個很粗糙的比喻劃分）──「那些東西你不一定要去嘗試，但可以試著瞭解。」林餘佐補充。

「文學小屋」訪談，於新手書店（辛品嫻攝）

抒情傳統，學院裡的時光膠囊

身為楊牧的學生，林餘佐回憶起老師的身影。

「比較確切的認識，是在東華大學唸書時修習『中西比較詩學』課程。楊牧老師是一個滿拘謹的老紳士，他講他的詩經、他的愛爾蘭──對我來說，那是一種學者人格的風範展現，可是那個人格又不像現在很多人文學者都在進行的科普，楊牧老師是在做一種文學美感的傳承。」

對於獲得林榮三文學獎的詩作〈我親愛的植物學家〉，楊牧曾評論：「作者以簡潔，透明的文字直截切入你和他，和我的共同世界，蒐索其中除

了寂寞之外猶充斥於年輪空間（或時間）的神奇，熱切地追問。」這讓將楊牧老師視為崇高存在的林餘佐，感到自己「何德何能」。

綜觀林餘佐的閱讀過程，有三位重要的詩人深深影響了他。

除了楊牧讓他擁有更宏觀的視野，洛夫也讓他學習到文字密度和語言層次的變化，而羅智成亦帶給他精神性的世界觀。

對於臺灣當代詩閱讀與創作的斷層現象，林餘佐笑說這個問題很「難」。「我這個年紀很尷尬，習得前輩詩人的美感經驗，面對新一代寫作者卻有點溝通不良。」林餘佐坦言：「現在我接觸到的同學、年輕一輩的作品，他們的情感層面很豐富、很強烈、很直接，很快地把自己放到一個被注視的位置上；然後想要引起情感的共鳴。希望被鼓勵、被陪伴，得到心理上的撫慰。寫詩或許成了他們尋找同類的方式。」

在寫作技巧之外，學院也讓林餘佐拓寬了自己的創作觀。「我在吳明益老師身上學到不同寫作者的姿態——他不是以靈感作為基礎去書寫，而是以一個知識架構、一個關心的核心議題作為書寫的開始和完成。」如此的寫作策略對林餘佐來說，是至關重要的，畢竟若將書寫全部訴諸於可遇不可求的靈感，會使自己處於不確定的狀態，應該採取更有系統的方法去建構自己的寫作。

「當然，只靠靈感在書寫，有時候還是會有些很迷人的作品產生。」林餘佐以夏宇和顧城等所謂「天生的詩人」為例：「如果你不是這種『原裝的抒情主體』，就必須要有後天的養成——楊牧也不是只靠靈感寫作的。」除去靈感，他認為廣泛的閱讀能夠提升寫作者的知性層面，同時提升寫作的技藝。

雖然林餘佐自言教學之餘需要獨處的時間，但他在社群網站上，和學生們還是有著許多互動。教書，特別是教寫作，在林餘佐的眼中並不一定是一種知識上的學習或進步，更多時候是陪伴、引導的過程——「我待的學校都是教學型的學校，在某個時候給學生一首詩或是一句話，就是一種陪伴。」

林餘佐的碩士論文以「散文詩中的抒情性」作為研究重點、博士論文則著重在「現代的哀悼詩」研究。在論文中，他將「哀悼詩」的發話姿態分為朗讀、傾訴、呢喃三者，從對已消亡的事物有著清晰的統整中，可以觀察出他對於「記憶」的重視。除此，林餘佐並非將情感或記憶的學術鑽研視為生活外的事物，更針對其中的概念有所實踐——他「喜歡有痕跡的事物」同時認為「耽溺是一種惡習」。如此的觀點，是不是有所矛盾呢？

林餘佐認為，兩者的概念其實並不相悖：「就像我最近一直在看CASIO 的舊錶，三四十年前的舊錶。哇，那個比 Applewatch 設計得好看多了……就是那種老舊、有痕跡、被使用過的物件。我喜歡被那些物件圍繞著，可是，回憶是一件很可怕事情——陷入回憶模式的話，你會無法往前走。」他以伍迪・艾倫（Woody Allen）的奇幻電影《午夜巴黎》為例，推導出「耽溺是一種惡習」的結論。

電影《午夜巴黎》宣傳照

談到「抒情傳統」，林餘佐指出其中的複雜性。

如果進入學術脈絡來探討，有學者認為它是「被發明的傳統」，也有人主張這是「不存在的傳統」。對於林餘佐而言，抒情傳統是一種「中國古典文學的美學訓練」，其中幾個概念是他所喜愛的，比如：神韻、傷逝、物色等。「『物色』的概念會提醒我時間的流逝，然後加上時間流逝就是『傷逝』。我不一定會在我的研究裡面直接去展現，可是在我的閱讀過程中，其實我是很喜歡那些典故和情境，它其實就是一個美學的大資料庫，看你要從裡面攝取什麼東西。」

「都市的時間感很膠著，特別是前陣子線上授課的時候。上課時我把鏡頭對著 PPT，然後不露臉，因為我可能還困在時差中，尚未清醒，然後就講完了一堂課。」最近對於『時差』概念深感興趣的林餘佐，提出「每個寫作者都有時差」的構想：「我覺得時差這個概念很有趣——你的讀者不在當下，可能是在五年後。我覺得這是一個剛好的距離，有點像時光膠囊——剝開，裡面可能什麼都沒有。」

林餘佐著作，於新手書店（辛品嫻攝）

詩藝的復興：千禧世代詩人對話　專訪林餘佐　傷口是我們書寫的源頭

253

在時光面前，我們都要謙卑一點

「現代化的設施雖然改善了人類的生活品質，但同時也疏遠了彼此的情感表達；而新詩文體所承載的情感經驗與表述技巧，是可以重新思索並學習的方向。」集結了創作者、研究者、教學者的三重身分，林餘佐認為在「詩」變成一種「展示自我內心的工具」的當代社會，反觀楊牧戲劇獨白體的作品，「戴上面具來展現另一個人格」，在心理層面的糾結是更深層的。

「會不會是，我們對文學的想像與文學的作用，已經變得不一樣了？」林餘佐推測，以前大家會將文學視為珍貴之物，可是現在因為書寫變得太容易，這使得不同世代所信奉的美學標準有所差異。

提到時代的差距，林餘佐認為在現代主義潮流影響的文學作品，和現在同學們所面臨的生命情境和語言習慣，都是有著天壤之別。儘管現在的寫法比較偏向「直抒胸臆」的年代，但林餘佐並不會否定這種傾向——「說不定過十年又再回來，變成很艱澀的寫法，也不一定。」

席間，林餘佐分享自己曾聽聞的故事——余光中時常擔任文學獎評審，有次發現連續幾年自己所選的詩作其他評審都沒有選，他便說「我不接評審了」。在不同美學觀的養成差異下，林餘佐同樣保有這種自覺，所以選擇尊重與自己相異的看法，並且向年輕一輩的寫作者學習，畢竟其中可能有些觀點是自己所忽略的。

「我會時時反省自己，是不是我已經脫離了這個時代的美學標準？」無論是否屬於掌握典律機制的決斷者，每個寫作者都會長大、老去，因此他時刻提醒自己：在時光面前，我們都要謙卑一點。

在林餘佐的視野中，如果是一位有意識的創作者，理應不滿於現階段的閱讀狀態，從而不斷地尋找更具深度的作品。

「閱讀就跟酌酒一樣，一開始你喝臺啤，然後清酒，會越喝越重。」擅長使用各種比喻的林餘佐說：「對我來講，楊牧可能是 XO。可是對於一開始剛喝酒的人，他當然從水果酒、Horoyoi 開始喝。因為這是一個進程，我覺得這樣講會比較安全。」

無論是 2013 年《時序在遠方》的「時光是神」或 2018 年的《棄之核》的「歷劫歸來」，林餘佐的詩集都擁有著緊密的關懷核心。儘管出版的速度不如其他活躍於網路的詩人，但他重「質」先於重「量」，並且期望每本作品集裡所展現的概念都是不一樣的。「我覺得這對我來講，會比較好玩一點。」在重複與變換之間，林餘佐對於「作品集」有著自己的觀點：「我比較不喜歡東湊一首、西湊一首，然後取個不知所云的名字。」

林餘佐詩集《時序在遠方》(二魚文化，2013)

談到詩人的「第一本詩集」，林餘佐建議首要著重的點應是「展現個人風格」──作品在經過編輯後，可以呈現出獨有的姿態，向讀者介紹自己。

「我希望我的作品呈現出自己這幾年在思考的議題，像是《時序在遠方》的『時光』。東華大學是一個充滿花草鳥獸的地方，你會特別感受到時光的流變。例如說我寫論文的時候都會去跑步，這束花本來沒開，過了一段時間這束花開了，為什麼？因為寫很久都沒寫出來。」透過身旁的事物感受到時間的流逝，這種深刻的心境是都市裡難以體察到的。

「我這輩子不會寫小說啦，我很確定這件事情。」被問及是否有考慮朝其他文類嘗試時，林餘佐立即將小說的選項刪除。除了詩，在詩評、詩論上偶爾也有涉獵，近日讓他有所思索的是「散文」。

　　「我不喜歡展示我的生活，例如我今天吃了什麼？我覺得那對我而言沒意思，我也不想把散文當作我的生活情感報告。」散文到底「要寫」、「能寫」什麼？林餘佐還在思考這個文類對於自己的意義。

　　「假設 IU 出散文，我會去買，因為我想知道她今天吃什麼。這些東西我很喜歡，但這不是我想要去完成的。」相較於販賣寫作者的人物設定，林餘佐更傾向於以「詩散文」的方式去經營，使其介於詩、詩評、散文創作之間，而非單純展示生活與情感給讀者。

　　秉持著「讀者需要你，出版才有意義」的精神，林餘佐表示「沒有誰一定要誰的作品」。「對我來講，讀者存在的意義其實沒有太大影響。有些寫作者，會直接從讀者那邊得到溫暖，而我永遠都是在我前輩的作品中，得到更多的共鳴。」相較於和讀者互動，以作品去和前行者呼應，是林餘佐寫作的目標。

　　「如果有一些讀者跟我說：『餘佐老師，我好喜歡你的詩。』，我會覺得你到底讀到了什麼？我很懷疑，很惶恐。」對於寫作上的理想讀者，林餘佐所設定的群眾是某個時間和他心靈共振的同輩。當然，這只是現階段的狀態，隨著時間的遞嬗可能會出現不同的讀者：「所以我主要的讀者，其實一直在未來、在以後、在茫茫的人海中。如果我真的有讀者的話，就好好生活，保持社交距離——還有閱讀。山水有相逢。」

訪談日期：2021 年 8 月 2 日

受訪者修訂日期：2022 年 6 月 28 日

六

只要還有話想講，就繼續寫詩

崔舜華個人照 (2022 台北文學季提供)

崔舜華，1985 年生，曾獲林榮三文學獎、吳濁流詩獎、時報文學獎。有詩集《波麗露》、《你是我背上最明亮的廢墟》、《婀薄神》、《無言歌》。散文集《神在》、《貓在之地》、《你道是浮花浪蕊》。

專訪崔舜華

一顆心的衆聲喧嘩

在站立中學習
在失敗的手術室學習
新的肢骨長好前
去學他人戀愛，生活和旅行

——節錄崔舜華〈學習課〉

　　能夠將文字印在紙上、拿在手裡，都是值得令人歡喜的事情；然而，並不是每個寫作者都具備「風格」。

　　在過去被批評「面目模糊」的七年級詩人群中，崔舜華以獨特的抒情聲腔成功建立了自我風格。近年，除了在題材上多元嘗試、走出陰性書寫的框架，深諳長篇書寫的她亦不落於「輕薄短小」的流行，在網路的風潮外自由展演。

　　「真正有風格的人，我覺得必定有風骨。」對於自己所敬佩的

詩人，崔舜華認為他們的價值不只在於創作，還有很大一部份在於人性裡溫暖的部分，而這是需要透過反覆確認，才能發現的事情。

嚴肅的創作態度，廣泛的文類閱讀

　　崔舜華認為，所有人都是赤裸裸地和這個世界對話，用自己的感官和他人、和自我相處。也因此，風格鮮明的她並不排斥平凡的物質與感官，反而將其細細打磨，放入詩裡，打造一套「詩的體感學」──從2013年的《波麗露》、2014年超過四千行的長詩集《你是我身上最明亮的廢墟》到2017年的《婀薄神》，幾乎不重讀自己詩集的崔舜華在面對2022年的《無言歌》時，卻反常地謹慎翻讀──「我不想輕易放棄寫出這些文字的這個人。」說出這句話的崔舜華，眼神充滿了堅毅的光。

崔舜華詩集《波麗露》
（寶瓶文化，2013）

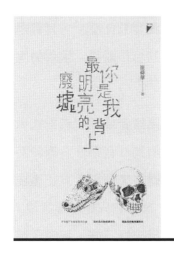

崔舜華詩集《你是我身上最明亮的廢墟》（寶瓶文化，2014）

崔舜華詩集《婀薄神》（寶瓶文化，2017）

「如果要說自己的某個開關被打開，可能就是在高中的圖書館。」談起寫詩的起點，在其他同學還在面臨大考時，當時就讀景美女中的崔舜華已經推甄上了大學，多出了幾個月「自由的日子」。不過，雖然比其他同學擁有稍微多一點的自由，但上課時間還是只能待在校園，不能自由出去活動。

「那時候景美圖書館還沒有整修，裡面有個角落專門放現代詩的詩集，我在那裡讀到洛夫、夏宇，還有林燿德的《鋼鐵蝴蝶》，後來這些都成為影響我非常重要的詩人。」學校裡可以逃離教室的地方，就是圖書館；而在廣泛閱讀詩集之後，她對於「詩是這樣寫的」有所認知，開始脫離課本上所給予我們的文學教育。

在接觸現代詩的閱讀後，崔舜華開始嘗試創作。不過，如果以一種「後見之明」來觀看過去，她自言當時的創作還有很大的進步空間。

「年輕的時候真的寫得亂七八糟，剛開始的十年，我都不知道我自己在寫什麼，頂多就只是一種練習。後來真正去想說『我要寫什麼』，其實是很晚近的事情。」經過非常長時間的練習過程，她的寫作觀從「現代詩應該要是怎樣」進化到「現代詩可能會是怎樣的」。

儘管「綿密的長句」與「詞藻的堆砌」時常成為讀者或研究者對崔舜華的形容，但她說自己在出版第一本書之後，便意識到「音樂性」對於詩的重要性。「我本來一直很不推崇口語化的詩，但是後來發現，真正重要的是作品有沒有詩性、有沒有創作者的靈光在裡面，或者它只是一種發洩，或是遊戲。我還是推崇嚴肅的創作態度，至於創作出來好不好，那完全是個人的能力跟自覺所能抵達的地方。」

「你一旦自詡為創作某樣東西的人，文字也好，音樂也好，繪畫也好，我覺得本身就應該有某種自覺，去接受各式各樣的考驗，而不是讓自己很舒服的坐在某個地方，在手機上打個字就發出去了——那是很輕率的行為。」除了通過時間和現實的考驗，還必須「自己產生考驗給自己」，崔舜華認為這才是創作者應該要有的態度。

近三年開始，崔舜華跨出現代詩的領域，朝向散文的書寫，而散文集《貓在之地》更入圍了 2021 臺灣文學獎。將自己定義為『雜食性』的讀者，崔舜華從詩、散文、小說，到攝影集、繪本乃至圖鑑都不排斥閱讀，而這種廣泛涉獵文本的習慣，也使得她在嘗試散文書寫時，能夠更快熟練。

「對我來講，散文跟詩在本質上並沒有太大的分別。我還是非常注重語言，散文本身的節奏感、給予人的身體感，以及語言的精準度，對我來講都是同一種本質。」對詩與散文的差異，崔舜華如是說。

崔舜華散文集《你道是浮花浪蕊》(寶瓶文化，2023)

從「詩」到「散文」的作品集中，崔舜華都能嫻熟地應對並發展出獨有的風格，但對於「小說」，她一直處於「自己偷偷練習」的階段。

「以我的個性，蠻難去操縱長篇的，」她犀利地剖析自己的寫作歷程：「我嘗試了三年，都寫一點點就放棄——我很佩服小說家，尤其長篇小說家，需要非常強壯、不同於常人的心智結構。」

在寫作時，她常常處於輕躁的狀態。為了把感官的敏銳度放到最大，她吃藥、失眠、在半夜遊蕩，這些行為都是逼自己打開感官的訓練——「儘管這真的很不健康。」她說。

「我不覺得我的人生有在往前進，我覺得我的人生一直在毀掉跟重建中循環。」崔舜華在 2013 至 2017 年共出版了三本詩集《婀薄神》，2019、2021 年更以《神在》和《在貓之地》跨足散文。以詩集來對應自己的人生，她自陳《波麗露》中所收錄的是比較稚嫩的詩；四千行長詩的《你是我背上最明亮的廢墟》讓她開始去思考詞藻和口語的留白面；第三本《婀薄神》包含了滿多銳利的刺。睽違五年，她終於推出《無言歌》，回歸詩的世界——花費半年不到的時間將這本詩集寫完，重溫和詩之間曾有的親密關係。詩和畫是她這段時間的裝備，儘管兩者牽涉的部分不相同，但顏料、畫布等實際的素材，都被後設地放入了詩中。

「文學小屋」訪談，於詩生活（林于玄攝）

我寫下的每一個字都是真的

「基本上，我覺得這個界線本來就是模糊的，」被問及詩與散文在文類上創作意識的差異時，崔舜華答道：「我不覺得詩是藏身之處，我覺得那只是透過另一種鏡子般的呼應，去映照出世人心中的現實；我也不覺得散文是全然的現實。至於現實是什麼？那個不過就是我們腦內發生的，對於這世界現象的某種接受的方法而已，現實因人而異。」

儘管出版了兩本散文集，但作為寫作的起點，詩始終是崔舜華不想放棄的一件事。

「無論是詩或是散文，我寫下的每一個字都是真的。無論它有沒有隱喻、屬於哪個文類，就連我的繪畫，都是真實的，都是跟我的身心完全契合的產出。」因為完全契合，所以讓她非常疲倦。對崔舜華來說，只要態度和立場是誠實的，願意把內心的現實透過創作路徑嘗試去抵達他人，就已經達到身為創作者最基本的要求。

談到信仰，崔舜華坦承自己的矛盾：「我基本上是無神論者，尤其反對所謂的一神論——一神論太可怕了，我覺得那個就是法西斯的意志，跟政治上的獨裁沒有什麼差別，而且還會用奇怪的方式去說服人心、操作人心，那個是非常污穢的事情。」她舉村上春樹的《1Q84》為例，書中深入探討這類的問題，但其中並沒有否定神性的存在，反而將神性「下放」到每個人身上——「當你知道自己心裡緊緊抓住的東西是什麼，那一刻你就看見自己的神。」這種將神與神性分開解釋的論述，崔舜華較為認同。

村上春樹著《1Q84》(時報文化，2020)

　　當被問及寫作需不需要有天分時，崔舜華持肯定的意見：「我相信天分跟才華，就像海子。海子就是天才型的詩人，北島就可能不是；蕭紅就是天才型的作家，但蕭軍就不是——所以說，我覺得所有的創作，先天的靈性、性格跟才能佔了很大一部分，但是後天的努力也一定可以在某種程度上，補齊自己沒有的部分。」

　　除了各種色彩的描寫，衣服、菸等「物質性的書寫」在崔舜華的作品中也時常出現，這和她主張「人是物質性的存在」的觀點有關。對她而言，物質能夠直接帶來某種心靈上的快樂，也因此她秉持著一顆「尊敬物質」的心。

　　「我覺得我的創作真的是『很自然的』，身邊有什麼、觸摸到什麼、這些東西讓我聯想到什麼，我就會把這一連串內部化學反應產生出來的結果放進去。」崔舜華認為，詩就是要把具象的東西抽象化，同時把抽象的東西具象化，而這是一個完全同步進行的內在機制，每寫下一行詩，這個機制都要存在。

　　近幾年除了文字創作，崔舜華將創作的思維跨域至繪畫的新世界，臺北當代藝術館與臺北市立美術館便是她選擇看展的去處；而在最新一本詩集《無言歌》中，更收錄了十六幅油畫。崔舜華說，「顏色」始終是極其

重要的隱喻，無論以文字或是生活的形式，她一直努力去理解萬千世界的輪廓，想要完整呈現出佫大宇宙的各種細節。然而，她不只一次說自己「這樣的活法並不好」。

在詩裡，她盡可能的誠實、敞開，造成了她的詩作有較多「私書寫」的傾向。但能怎麼辦？她的生活就是寫作──雖然這讓她在現實中搖搖欲墜，但她知道自己必須如此。想起貓、線香與拉赫曼尼諾夫（Sergei Rachmaninov），這些在寫作時陪伴著她的一切，在瞬間都化為鬆開手撒落的字。閱讀崔舜華的詩，就像是一連串解碼的過程，透過一個個精密焊接的線索，發現文字背後的祕密。

這些「發現」說到底，也不過是一種「找回」。回顧過往的作品集，佫大世界中《婀薄神》的「缺席」（absent）到了《神在》與《貓在之地》被他者給填補，讓人不禁想問：「我」身在何方？在《無言歌》的自序〈我在你不在的地方〉中，崔舜華終於明確地找回主體，現身給出了答案。

崔舜華著《神在》
（寶瓶文化，2019）

崔舜華著《貓在之地》（寶瓶文化，2021）

詩集的題獻詞如此寫道：「誌世間所有的孤獨者」，當然包括了她自己。前一日剛結束新書分享會的她說：「我講那麼多真實的事情是對的嗎？我做得夠好嗎？我把我自己整個賣掉，這樣是為文學獻身嗎？我其實一直在反省這件事情。可是，除了這條路徑，我沒有其他路徑可以抵達我想要抵達的地方。」

「文學小屋」訪談，於詩生活（林于玄攝）

除了優秀的作品，還要有優異的運氣

　　2021 年臺北詩歌節以崔舜華的畫作作為主視覺，這使得她在文字以外的創作被更多人所看見。「臺北詩歌節畢竟是一個公眾性的活動，它所訴求對象就是對詩有興趣的普羅大眾，我覺得這些都是每一屆臺北詩歌節的企劃或策展人，努力想出來的翻譯的方法──把詩翻譯成表演，把詩翻譯

成戲劇，把詩翻譯成歌。我覺得這些某種程度的，打動人的不同感官。」儘管這類的推廣與轉譯工作非常辛苦，但崔舜華不否認這些活動的必要性。

2021 年臺北詩歌節主視覺

「歌是很容易召喚大眾注意力的一種載體，可以突出詩的音樂性。」詩歌作為一個文學傳統，崔舜華認為詩與歌的性質本來就很「曖昧」，兩者都具有類似的形式與強烈的音樂性。她分享自己近期的合作，有樂團將詩集中的其中一節改編成歌，讓她覺得很有趣。「詩跟歌一定有一個共通的語言，才會被並列在一起；可是那個語言是什麼？我們要把它分割開來，還是我們要把它融合在一起？這是必須長期討論的事。」

談到文學社群，並未參加詩社的崔舜華坦言自己很怕「集體性」的活動。「對我來講，寫作一定要是孤獨的。你如果是尋求某種自信或是熱鬧，那你應該在自己的作品以及他人的評論中找到，而不是在同儕或者是社群之間借火取暖。」對於朗誦會、讀書會等任何需要群聚的文學活動，崔舜華感到抗拒，甚至不諱言地表示「很討厭」：「我

覺得那個就是浪費時間，我有更多其他想做的事。」

回想起過去擔任文學雜誌編輯的時光，痛恨早起打卡的崔舜華直言，做編輯實在是「太痛苦了」。

「對一個創作者來說，真的會遇到『不知道為什麼要把這樣的東西放進紙裡面』的單篇作品；但是也會遇到讓我眼睛閃閃發亮、從心裡油然生出尊敬、持有某種態度以及才華的作家。」她也提及這份工作的利與弊：「你寫文案會比別人快，然後會比別人更容易掌握到這篇文章說什麼、比較容易跟作者溝通，在身分上會比較順遂；但是因為吃掉太多別人的文字，自己的創作慾會被挖空。」因此，崔舜華坦言自己「每拿到一個補助就辭職」，「能撐多久就撐多久」，真的不想再回去上班了。

儘管和香港相比，臺灣的文學獎與補助豐富許多，但崔舜華也承認「僧多粥少」，而「運氣」佔了很大一部分：「因為評審的口味是決定得獎者最大的變因，除了必須是『優秀的作品』，還必須擁有『優異的運氣』。」不過，崔舜華也以自己為例，提醒創作者應該創作自己喜歡的樣子，而非特意迎合他人。

「在駐村那一個月裡面，我非常快樂。」2019 年，崔舜華橫跨太平洋，隻身前往佛蒙特駐村。拋下亞熱帶的煩惱和焦慮，異地的時空以各種幻術不斷掏洗她。在紅樓詩社分享會後，崔舜華一直想要把這首長詩發表出來——她尋找發表的機會，但也不輕易濫用。作為人生中無比美好的創作片段，趁著《無言歌》的出版，崔舜華選擇在附錄讓它以一個完整的姿態，呈現在讀者眼前。

崔舜華詩集《無言歌》（寶瓶文化，2022）

　　詩可以是預言，可以是魔法，當然也可以是生活的速寫速記。在「冷得要命」的冰天雪地裡，崔舜華在冰上滑倒、認識不同領域的藝術家、英語口說能力大幅進步……種種新鮮的生命經驗，讓她得以用一個更為內省的角度創作，以「我」為出發點的書寫成果在長詩〈在伏莽地〉中，得到了一次性的爆發展演。

　　和他人相仿，崔舜華的寫作路上也有許多溫暖的前輩和同輩，在創作以及人與人的關係上，給予了她很多的支持。「我一直覺得自己是幸運的人，就是一直有人對我好；然後我一直碰到貴人，無論是任何意義上的。對於這件事情我很感謝。」

　　「寫完《無言歌》，其實我累了。」面對年復一年的折磨，崔舜華想要在《無言歌》之後暫時喘一口氣：「我在十年內出了六本書，對我來講速度有點太快。我把自己掏空到一滴不剩的程度，這個反作用力是很大的，而且只有我自己承受，這是非常孤獨的事。」雖說如此，但寫作當下狂歡的愉悅感，仍舊一次次地征服她，使她不斷投身其中。

這麼孤獨和痛苦，有沒有可能再也不寫詩？崔舜華真真切切想過。她想過和正常人一樣，上班、生活，擁有正常的身體和情緒。

「如果一個創作者只是隱藏，而不是斷絕了自己創作的慾望，只是像地下水脈隱藏起來，我覺得就算隔個十年沒出書也沒有問題。」對崔舜華來說，創作的能量無法被肉眼所丈量，也不會被時間所磨滅，有時候就像一朵曇花，在不該開的時間「突然就開出來」那樣的感覺——只要還有話想講，就繼續寫詩。

生存與寫作共生，卻又彼此抗衡。她低頭，看著桌上橫躺的《無言歌》：「如果還能夠給，我還是會全部給出去。」

在訪談的最後，被問及有什麼話想對自己的讀者說，崔舜華說自己不知道什麼叫「我的讀者」——「對我來說，讀者有非常多的選擇，就算是你的忠誠讀者，有天他也會大讚跟你完全不一樣類型的作者。把希望寄放讀者身上是不切實際的。我只能說，大家好好活著，加油。」

訪談日期：2021 年 9 月 19 日、2022 年 3 月 21 日
受訪者修訂日期：2022 年 6 月 28 日

詩藝的復興：千禧世代詩人對話

專訪崔舜華　一顆心的衆聲喧嘩

專訪栩栩

身體是認識世界的原點

身體是認識世界的原點

栩栩個人照

栩栩，貓派，寫詩的人。詩、散文和評論散見報刊，著有詩集《忐忑》（雙囍）。現居北海岸。曾獲周夢蝶詩獎、林榮三文學獎、時報文學獎等。

告訴我。你的名字
然後你可以走開

這小江山，無詔
不得入

——節錄栩栩〈忐忑〉

「我很在意使用『自然』的東西，」栩栩說，寫作者接觸文學的途徑並不是「刻意」的，舉凡日常的搭捷運、栽培植物到觀看動物，在城市中接近自然的事物其實很簡單，而且基本上不必付出什麼成本：「其實那都是人對接觸自然的渴望，就算是非常城市的地方也都是這樣。進一步延伸，是『詩是一種把自然變為你』的方式，那是一種非常終極的佔有。」

當文字被濃縮為小篇幅時，事物之間的關係就顯得重要。對

272

於寫詩時的習慣，栩栩指出自己偏重於「感官」以及詞彙之間的「聯繫」：「那個東西可能是聲音性，或視覺性的——與其說它是文學上的，不如說它是一種美學偏好上的。我覺得這樣子會更好一點，它不盡然是文學上的『好』法，只是那種感覺是需要鍛造的，一定需要經過藝術的架構。」再好的想法如果不去鍛鍊，便無法成為一本構思完整的書，這便是詩人展現手藝的時刻。

由感覺爬梳而成的語言實驗

「和其他人不太一樣的是，我一開始接觸到的就是『文學』。」自陳很幸運的栩栩，小學接受的教育是臺灣教師研習營的實驗教材，這使得她八歲時便接觸到文學作品：「那個教材其實非常彈性，基本上也不太考試——當其他人讀那些很死的『課文』的時候，我們就在外面烤肉、在圖書館裡放羊。」

在這種成長環境和狀態之下，栩栩和文學的接觸過程非常自然；也因為這種「自然」，讓她無論遭遇到什麼樣的狀況，似乎都能保持著「開心」的心態。透過自由的發展來認識萬事萬物，栩栩漸漸地培養出自己的閱讀習慣，在語言的世界中「長大」。儘管接受實驗教育的日子很開心，但當她回到體制內的教育時，開始有些無法適應；這種「不習慣」推進了她開始嘗試提筆寫作。

「我有段時間對法學很有興趣，有段時間對社會學很有興趣。」相較於其他青年詩人在中文、臺文等所謂「正統」的文學院經歷，畢業於醫學院的栩栩說，覺得自己好像是在「繞遠路」。「我其實是很肯

定『繞遠路』的好處，因為它可以給你一種新的眼光去看待、切入這個世界。」這種繞遠路不只是抽象、精神上的，她在就讀臺北醫學大學期間，亦時常搭公車去臺大旁聽自己有興趣的課程。因為多方面的主動涉獵，她自覺可以透過「詩」，去提供某種書上沒有的「特殊狀態的身體」。

「我很在意任何感官經驗的東西，我覺得這是一個非常奇妙的事。」栩栩認為，「身體」是認識世界的原點，而透過感官接收到的「感覺」便是摸索的過程。也因此，她極其重視任何感覺經驗、身體經驗、物質經驗的可能——畢竟在精神性之外，人跟物質之間的羈絆是非常獨特的。「當你把感覺爬梳成語言時，它會有另外一種詞語之間的關係；不同的詞彙就能營造出另外一種狀態，我覺得那是很有趣的實驗。」

「文學小屋」訪談，於浮光書店（辛品嫻攝）

重複自己就是一種怠惰

雖然早已忘記自己「第一本」買的詩集為何，但栩栩特別提及楊牧老師作品對自己的影響。

「我一開始讀的時候，其實不知道他在寫什麼；但是後來就覺得，他真的是寫得非常好。」栩栩從詩選中認識楊牧，開始投身在楊牧的詩作閱讀之中。除了表示自己的欽慕，她更在實際的創作中實踐，切實地承繼了楊牧的古典美學。

楊佳嫻在《忐忑》的推薦序中，提及栩栩的用字「看似得益於古老詩教，溫柔少慍」；張寶云亦說「你不相信這個世界還能允許這些字詞的出現，你不可置信，她們就像當代的宋瓷」。觀察這些評論，不難發現她作品美學的定位明確，第一本詩集的出版便受到了其他創作者與研究者的注意。不過，對於他人的評論，栩栩並不會特別反駁或回應，這也許和她的性格有關。

認為栩栩詩作「一字千金」的詩人郭哲佑，關注到裡頭的「中國古典意象」以及「西方聖經的象徵引用」。儘管沒有正面回應，但栩栩認為被指出「使用典故」其實是一個很好的提醒。「當你被認為在一個相對『典雅』或者是說『傳統』的情境，那個承繼的東西可以是養分，那當然也有可能成為包袱。我覺得『心』是一個很重要的提醒，它必須是不斷成形的，不能夠因為站穩位子之後，就覺得可以不斷重複。重複自己就是一種怠惰。」

對於「情詩」，栩栩有自己的一套觀點。「對於感情這個東西，從素材到成品，一定是經過一系列的加工——你說它沒有經過加工是

不可能的，這個加工就是手藝的展現。」栩栩相信，這些素材必定存有所謂「真」的詰問；而這些成品在某一個層次上，對當事人來說一定是真的，否則沒有辦法觸碰到其他人的「真」。

詩集《忐忑》的後記中寫道：「心是經驗和理解世界的起點。人與物質交會，官能作用，遂成感知，其中當然蘊含了人的獨特性。人如何觀看，內心世界與外在空間如何彼此觸發深化，並尋求平衡，主客體之間除了有意識的鍛鍊，還仰賴讀書累積。」自言後記很難寫的栩栩，特別對「解釋詩」感到反感。如何在兩者之間，以散文類別的體裁表達出自己詩創作的觀念，這對她來說是一項挑戰。

「文學小屋」訪談，於浮光書店（辛品嫻攝）

沒有繼續下去，石頭就只是石頭

作為第一本詩集，栩栩主導了《忐忑》中的詩作題材，加入一小部分與既有作品對話的詩。「認真一點的讀者，會去查原作作者的生平。我覺得在這個部份的寫作上，我就會參照他的生平，但大部分的詩都是我跟世界的關係。」雖說如此，但她坦言自己在創作時，並不會思考「出版」的事；儘管可能會因為詩人朋友和專業讀者而調整寫作策略，但「並不會因此而改動太多」。

栩栩詩集《忐忑》（雙囍出版，2021）

回顧籌備詩集的時光，有許多事情是栩栩沒有想過的——以同名詩作〈忐忑〉為例，這首詩其實是簽下書籍出版合約之後才完成的。

「我坐在書桌前的時間很少，但其他時候，還是不斷地用我的身體去跟世界對話。」栩栩說：「不只是接收而已，還必須要經過新的認知和個人的指認，在這種打磨的過程，有時候確實會花費比你想像中更長的時間。」如何不受其他寫作者影響，做好自己的功課，也是她持續努力的事。

栩栩認為，「讀書」是一件開心的事，但「寫書」就還好。「當你是一個創造者的時候，儘管很辛苦，還是必須繼續去做，雕塑、繪畫、文字都是一樣。如果沒有繼續下去，那個石頭就是石頭而已，你想看到的東西並不會從那塊石頭變出來。」

「寫作畢竟是耗能的，而且非常要求專注，要花費大量的時間跟心力。但是閱讀，我覺得相對在這種要求上小非常多，很少的資本就可以得到其他人創造的成果——我覺得這件事情真的是太不可思議了。」身為讀者的栩栩表示，自己很開心也很珍惜閱讀。期待在未來，我們也能看到身為作者的栩栩，創作出更多從心和身體出發、對世界指認的文字。

訪談日期：2021 年 9 月 23 日
受訪者修訂日期：2022 年 6 月 27 日

詩藝的復興：千禧世代詩人對話

專訪栩栩　身體是認識世界的原點

蘇家立個人照

蘇家立，1983 年生，臺中教育大學特教系畢業，現就讀新竹教育大學中國語文學系語文教師碩士在職專班。著有個人詩集《向一根半透明的電線桿祈雪》、《其實你不知道》、《詩人大擺爛》，詩文集《渣渣立志傳》，詩合集《躍場：台灣當代散文詩詩人選》、《新世紀吹鼓吹：網路世代詩人選》、《島嶼山海經——城音》等。

我佈置教室很少用泡棉膠帶
一旦撕下
要花更多時間清理
我心疼那些牆壁

　　　　　　——節錄蘇家立〈仇視一旦黏上了牆壁〉

　　若要用三個詞來形容自己，蘇家立會毫不猶豫地選擇「熱血」、「純真」以及「正義」。

　　時常以「詩」來反映社會與批判政治的他，目前擔任《吹鼓吹詩論壇》詩刊的主編，在過去曾出版過三本詩集與一本詩文集，可以說是一位眼界獨到、產能充沛的寫作者。蘇家立在《向一根半透明的電線桿祈雪》裡說「我只是眼神沾滿風霜的人」；在《渣渣立志傳》裡說「身為渣渣，我很光榮」；在《其實你不

知道》裡說「我不懂什麼是愛，但我試著書寫」——蘇家立心裡流淌的熱血和思想，在不同的作品集中逐一實踐。

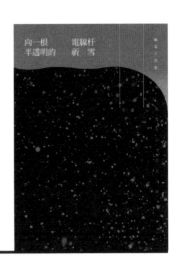

蘇家立詩集
《向一根半透明
的電線桿祈雪》
（要有光，2013）

蘇家立著《渣渣立志傳》（奇異果文創，2015）

　　身為一位特教老師，蘇家立必須時刻面對學生的狀況。教學的經驗養成了他謙遜與自省的態度，從而將情感與思想灌注到他所熱愛的事物上，包括文學。

　　不願受到束縛、卻又無法脫離體制，蘇家立坦言自己活得很矛盾：「但我必須燦爛光亮，因為我要成為堂堂正正的人，要守護我能守護的一切，即使犧牲自己也無所謂」。他就是一位如此瘋狂的寫作者，像靜靜的烈水，看似可怕，但從不主動傷人——「一定有人會因為我的激情而受傷，但我只能說抱歉，我就是這樣，一個超熱血的鋼鐵男子。死得其所就是唯一。」

對於詩，我仍抱持著一份憧憬

　　高中時期，蘇家立受到余光中、鄭愁予等前輩詩人的作品啟發，開始對「詩創作」產生興趣，以學生的身分持筆閉門造車；直到大學加入「藍風詩社」後，認識許多對他影響深遠的寫作者，才更清楚「創作」的方法。筆耕至今超過十八年，蘇家立以一個後見之明回顧自己「進展緩慢」的寫作歷程，發現有些文學觀念已經產生了改變。

　　「當時我甚至會覺得寫詩很帥，」蘇家立曾想藉著寫詩來認識富有情感的文學少女，「但事實證明我錯了，所以就錯到底吧。」他用一貫的幽默調侃自己。

　　從「模仿」、「戲謔」再到「平實」，蘇家立自剖在詩創作的三個歷程。接觸現代詩之初，他曾對洛夫所表現出的超現實主義、堆疊的意象情有獨鍾，第一本詩集便可以發現這種創作手法的實際應用；而在厭倦書寫「賣弄技巧」的詩作後，他才轉而大量產出關照社會性的作品。當「社會」作為主要的書寫題材時，書寫者必須熟悉事件背後的資訊，並且保有作品的文學性與立場，所以在寫作策略上，蘇家立大多選擇「諷刺」作為表現手法。他自陳，目前正努力捨棄對「創作速度」與「技巧」的過度重視，「只是希望能夠傳達一些真相，並能感動到自己就好了。」對於自己的詩藝，蘇家立有著平實而審慎樂觀的期待。

蘇家立詩集《其實你不知道》(斑馬線文庫，2017)

對於主題性的創作，蘇家立也有深刻的反思。

《其實你不知道》作為一本情詩集，是他寫給單戀對象的作品，他認為「題材太過個人而不夠廣泛」。詩固然是一種「個人意志」的表達手段——它可以是藝術，也可以是單純宣洩的工具，「重點在於接觸的人，與能讀到的人」。也因此，時刻精進自己詩藝的蘇家立主張，以「愛情」為主題的創作需要受到各種層面的檢視；他甚至為了實踐自己的「專一」，決定未來不會再有情詩集的出版——「因為情詩集只對那人負責而生；若是有了新的情詩集，就是對那人的不貞。」他如此說道。

雖然也偶爾創作短文，但蘇家立的文學作品還是以「詩」為大宗。說起為何選擇「詩」而非其他文類，蘇家立羞赧地道出箇中原因：「我不擅長說話，只會在感興趣的地方喋喋不休。」因此，選擇一個能用最少字眼表達最多內涵的文類，實為一種能夠使創作和性格兼容並蓄的做法。

「詩」恰好可以把他喋喋不休的部分濃縮——「我不太會寫瑣碎的日常，而且我比較少有充分的時間佈局；如果不能把故事的架構弄好，我寧可不寫。」這也是蘇家立選擇現代詩，而較少將創作觸及其他文類的理由。

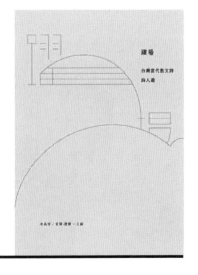

李長青、若爾‧諾爾主編《躍場：台灣當代散文詩詩人選》
（九歌出版，2017）

除了以內容主題分類的「情詩」與「社會詩」，蘇家立也嘗試書寫以創作形式分類的「散文詩」。在 2017 年出版的《躍場：台灣當代散文詩詩人選》中，他主張「讓想像自由地飄流，即使無風，也要假設自己在飛。寫詩，我不太要求情感上的實用，亦即在詩中可能沒有常人期待的情境，我理想中的詩是一幅接著一幅的圖畫，沒有邊界，可以在其中一隅插入你的軌跡。最後什麼話都不用多說。」時空的相異讓蘇家立理解到自己的不足，所以對詩有了更多元的個人想法：「它可以有社會功能，也可以有私人治癒的部分」。

　　「當然，對於詩我仍抱持著一份憧憬，而那份憧憬已經變成了『用最簡樸的描述，帶來最深沉的感受』。」以「聽一場雨」為例，與其收集雨的姿態、讓雨鑽入肌膚，不如在遠處觀察雨的前因後果，並記載它的始末。

　　過去曾獲得創世紀 60 週年詩獎、臺灣詩學創作獎首獎等多項肯定，以前的蘇家立會顧及讀者、盡量寫讀者可能理解的內容；而現在的他則重整「寫作」對自己的意義，逐漸減少這種「讀者的意識」，因為他無法選擇讀者，也慢慢不在意了。

「文學小屋」訪談，於紀州庵文學森林（辛品嫻攝）

即使身在社群，創作仍然是一個人的事

談到近期參與的活動，蘇家立首先提起自己主辦長達三年的作品討論會「吹鼓吹詩雅集」。另外，文學網站「吹鼓吹詩論壇」雖然於 2021 年 5 月底關站，但在其他社群平臺的線上活動與實體活動都還持續地舉辦——難以想像，外人看來一派輕鬆的蘇家立，身上竟背負著如此巨大的傳承包袱。在這種以「讀詩會」形式進行的詩作討論中，他不斷尋找變革的生機，比如邀請青年詩人講評、將討論的結語直播、以「模擬文學獎」形式進行票選等。可惜，因為疫情，許多實體活動因此而延期或暫停舉辦，這也成為後疫情時代下，社群經營不得不面對的困難之處。

看似加入許多詩社與文學論壇的蘇家立，自認為是「群體裏的邊緣人」——如果仔細觀察，會發現他和誰「都不親暱」。

「我加入群體，是想要找到志同道合的朋友。但相處久了，就會知道詩社和論壇各自有人的問題；只要人一群聚，問題就會浮現。」蘇家立感嘆，在社群中交流固然有益處，可以「學習他人優點，補足自身不足」；但缺失則是會較為輕易地「染上他人的色彩」而失去個人的性格與思想。「在群體中，人類容易盲從，容易造出『偽神』。」他意有所指地說。

寫作者的活動場域隨著科技進步，從「網路論壇」慢慢移轉到了 Facebook、Instagram 等更新、更方便的平臺，發展出不同的生態。

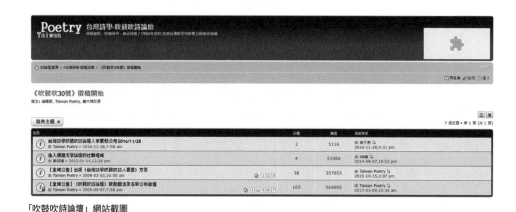

「吹鼓吹詩論壇」網站截圖

　　「創作本來就是孤獨的，加入詩社或論壇只是讓志同道合的人可以跟你一起成長，創作仍然是一個人的事。」對文學團體的看法，蘇家立從近二十年前的「喜菡文學網」、「楓情萬種文學網」、「葡萄海文學網」等文學論壇發展時就參與其中。當時初入社會的他年輕氣盛，時常與人在網路上產生紛爭；相較於在 Facebook 引發訴訟的「含羞草抄襲事件」，蘇家立認為活躍於網路論壇時期的自己很幸運，受到其他寫作者們很大程度的包容。

讀一首詩

含羞草　◎劉正偉（2013）
──寫學生霸凌事件

小時候常常為了好玩
到田間小徑找尋
觸一觸，那容易害羞的臉頰
卻從沒想過，她到底會不會痛

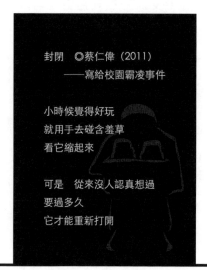

封閉　◎蔡仁偉（2011）
──寫給校園霸凌事件

小時候覺得好玩
就用手去碰含羞草
看它縮起來

可是　從來沒人認真想過
要過多久
它才能重新打開

「含羞草抄襲事件」
文本對照，每天為你
讀一首詩製圖

除了文學技巧上的進步，在社群中出入許多文學團體的蘇家立還有著其他的目的。原先，他想藉由「組織的力量」來改變某些既有的文學現象，只可惜事實證明他的參與大多失敗。文學團體由人所組成，如果不能凝聚共識，則可能會造成團體內的明爭暗鬥。「我不希望把自己弄髒，」蘇家立嚴正地說：「如果這個社團對於寫作沒有幫助，那就盡量不要群聚，因為你會遇到很多跟『人』有關係的問題，而不是跟『詩』有關。」他認為，文學社群所關注的重點，理應是「文學」而非「社群」。

維繫一個團體，往往需要有一定程度的認同感或誘因，才能讓成員們不感到負擔地進行繁雜的行政事務；如果沒有獲得相對應的報酬，就很難持續憑著熱情去剝削自己的勞動價值。在臺灣，單靠「寫作」生存是一件極其困難的事，若還要負擔團體的事務，會讓寫作者對文學的熱情逐步減少。

「我們有多少的青春歲月可以在這上面燃燒？」蘇家立不諱言自己是個很「現實」的人，他說「如果熱情燃燒完了，那我們就說再見，我會記得它曾經給我的美好」。

對於「創作」，蘇家立重申這從來都是一個人的事情，絕不會因為加入團體就變得比較強，還是必須不停地精進自己；如果發覺所身處的文學團體不符合想像時，建議好好地思考去留。

「寫詩的人，最重要的還是看技藝、看作品；你的作品不優秀，或是沒有作品交出來，講什麼都是白搭。」蘇家立的直言，一語道破許多當代文學團體的缺漏。向來直言的他在社群活動中不太順遂，畢竟

「講出實話」的過程，可能就同時破壞了某些「利益結構」。

對於從「創作者」到「刊物主編」的角色轉換，蘇家立認為這與參與社群的概念類似，重點是「要做得快樂」；而從「對自己和文字負責」到「對眾人的作品負責」，責任範圍的擴大並不影響蘇家立秉持的初衷。

「我不相信有天意和鬼神，我只相信人的力量。」他如此說道，雖然未曾因為經歷這類事務而感到辛苦，但他仍舊「盡人事、不聽天命」——在能力範圍內善盡己職，克服自己社交障礙的缺點，為了理想努力跟人溝通互動，不屈服於人造的意志。

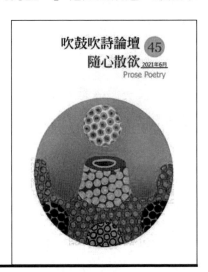

蘇家立主編之《吹鼓吹詩論壇》四十五號

接下《吹鼓吹詩論壇》詩刊主編的重責大任，雖然無酬，但蘇家立認為這是一個學習的經驗。

在真正著手進行工作後，他說「我必須要向各位編輯致意，原來編輯是多麼神聖且辛苦的職業。」從零開始的他，在面對一堆名詞時總是滿頭問號：刀數？為什麼編書要用刀？出血？書本怎麼會流血？蘇家立開玩笑地說道，自己對於圖像編輯軟體，他會使用的只有「小畫家」。這些專業對沒有編輯經驗的蘇家立而言，無疑是一個全新的挑戰。

「謝謝一直被我煩擾的編輯、詩人桂媚，她真的很有耐心地應對我這個初學者。」他坦言，自己必須「趕快上手」，不能再拖拖拉拉了——這時的蘇家立，彷彿又充滿了熱血，準備將自己的生命投入文學之中。

蘇家立於名牌上自稱「熱血鋼鐵直男渣渣立」，於紀州庵文學森林（辛品嫻攝）

奉獻自己，作為年輕詩人們的祭品

「最好的寫作狀態，是你在寫作的過程中不會有任何感情，但是你的文字質地能讓讀者感受到感情。」蘇家立認為，寫作者不應該讓情緒去控制文字，而是要讓它們「各司其職」。對於個人情感、社會事件都有著細膩觀察的他，有著非常強烈且堅定的創作觀——詩人作為文字的容器，蘇家立重新審視自己執筆的過程，他主張「透過熱情讓文字冷靜的產出」才是詩人應該要做到的事。

「特教老師」的職業對於他的寫作有著重大影響。「教師是我的正

職，沒有正職我無法活下去。」他打趣地說道。雖然不喜歡人群，但蘇家立在職場上認真負責的態度，也對寫作產生了正面的影響——因為教師需要時刻與人互動，教育現場的歷練讓他習得了一身觀察他人的功夫。

「我其實一直在壓抑自己的狂性，透過書寫鎮壓我對現實的不滿與無奈。」蘇家立坦言，自己是個使命感和破壞欲望很強的人，如果沒有文學，他可能早就成了恐怖份子。

在學生或晚輩創作者眼中，蘇家立從來不是一位高高在上的老師。他謙遜、樂於接受批評與指正的態度，讓人容易去親近討論，這讓他得以在校園詩社的社群間穿梭自如。他說自己不求名、不求利，只是希望用光芒掩蓋自己的脆弱，創造更多的價值：「我當老師就是希望看到英才輩出，以我的人生去換也無妨。為此，我要不斷變強，無論是人品和詩藝，我都要努力，足以成為後輩的表率」。畢竟厭世太孤單了，無論是文學或社會，蘇家立都希望能留下一些貢獻。

身為教師，最重要的任務便是「知識的傳承」。蘇家立深知自己的詩藝有上限，所以選擇將自我奉獻給未來，作為年輕詩人們的「祭品」。他說：「我願意看著優秀詩人成長。所謂『橫眉冷對千夫指，俯首甘為孺子牛』，我從不在乎尊卑階級，所以你們都可以直呼我的姓名。」在愛惜他人優秀的才能之餘，同時砥礪自己的心智，這就是蘇家立不斷在他的人生中實踐的理念——把自己當成一首詩，以行為鼓勵他人成為詩人。

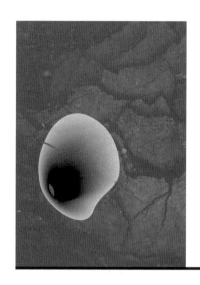

蘇家立詩集《詩人大擺爛》(秀威資訊，2021)

　　回到寫作的面向，蘇家立認為這是個「百花爭鳴」的年代，不必拘泥於學院派或非學院派，詩人可以取悅群眾也可以寫自己的熱愛。在最新出版的《詩人大擺爛》中，他針砭「詩壇」，毫不留情地將詩人與詩集分類——勢利系、炫耀系、冷漠系、刷存在型；市場取向的詩集、文學獎式的詩集、評審喜歡的詩集、唯我獨尊的詩集、賣不出去卻不停複製自己的詩集、賣得出去但持續複製自己的詩集……對於其他寫作者與詩集，蘇家立說：「集結成冊就是要有核心思想，要清楚地歸納與分類，突顯系統性。」但他也認為，這都是個人的選擇，只要「自由開心」就好。

　　從詩歌語言的超現實、荒誕與無厘頭，到如今的社會性與情感描摹，這與蘇家立的寫作歷程相關。詩人楚狂曾評論蘇家立的詩集《其實你不知道》是一本「惆悵之書」，整本詩集都是他精雕細琢的心；而詩評家沈眠則觀察到「傘」和「雨」的意象在這本詩集中不斷出現，這種不偽作的「易碎感」與「迴路性」來自於蘇家立的個性——他「沒

有學習優越的人格表演，沒有臣服於體內的惡意」。對於文字的集結成冊，蘇家立表示自己的下一本作品集可能是「非情詩的短小詩作」或「非主流的散文詩集」。但這些都不是最重要的，他認為與其思考下一本作品集，不如努力提升自己的詩藝——因為寫詩和做人一樣，絕非譁眾取寵，而是有意識的自省。

對於自己的讀者，蘇家立說：「由於我是個極端、偏激的人，有些文字可能過於尖銳，若是傷害到讀者，我很抱歉；若讀者喜歡我的執著、溫柔或是瘋狂，我只能再三感謝。但我可能不會寫主流詩，真是抱歉。」

「以往，總是憑著一股志氣回文，雖閱讀了不少書，但終究只是文本的涉獵，而沒有精闢的解析。所以有時在回文時感到惶恐，縱然是真誠的回應，在有識之人的眼中或許是無稽之談甚至是妄言讕語……要從現在開始補這個破洞，因為我真的很喜歡文學，也希望去幫助對文學有熱忱的人。但正因為如此，要讓自己的能力更強才是。」在 2004 年的喜菡文學網，蘇家立便深刻地反省自己「學養過於膚淺」——當年的他熱血謙卑如此，相信往後的他也將繼續。

訪談日期：2021 年 3 月 27 日
受訪者修訂日期：2022 年 6 月 10 日

詩藝的復興：千禧世代詩人對話

專訪蘇家立　我不相信有天意和鬼神

ㄩㄐ個人照

ㄩㄐ，本名黃昱嘉，1993 年生。真實投射與流動者。有詩集《偽神的密林》（雙囍出版）。曾獲林榮三文學獎、台北文學獎、飲冰室詩獎、鍾肇政文學獎、菊島文學獎、國藝會出版補助等。

我盡可能避免任何
大腦的產物
汗水一直流下來
也許就能
更徹底溶入世界

—節錄ㄩㄐ〈亞熱帶濱海的小鎮〉

「詩」應該具備什麼條件？在 2021 年出版第一本詩集《偽神的密林》的ㄩㄐ說，自己很不喜歡為事物「定義」，畢竟在大多數的情況下，「一定都找得出反例」。

「像『game』這個詞，球賽是『game』，桌遊也是『game』，男女互動也可以說是一種『game』。我們要怎麼為各種不同的『game』找到一個共同的特質？」ㄩㄐ以哲學概念中「家族相似性」來為詩的定義解套，認為若要在其中找到全部都具備的特質，是很困難的事。

相較於判斷「這是不是詩」，ㄩㄐ傾向以「好壞評價」來為詩分類——「詩是可以被評價好壞的，只要講出能說服人的理由，它就可以被評價。當然，這個好壞不會是絕對客觀的，每個人都可以有一套自己的評價方式。」ㄩㄐ排斥用單純的「感覺」來讀詩，認為應該要有「能夠解釋」的標準，這個評價才有意義。

「詩」是「詩人」達成目的一個過程

ㄩㄐ的第一本詩集《偽神的密林》入圍周夢蝶詩獎與紅樓詩社出版補助，後獲得國藝會補助出版；全書分為「敵我論述」、「簡單敘述」、「死亡敘述」與「敘述敘述」共四輯，不斷出現的「敘述」，體現ㄩㄐ嘗試透過詩來傳達自己特定想法的寫作觀。

「既然是要承載想法，自然就會比較偏向『敘事』而非『抒情』，以比重上來說是這樣。不過後來，我也逐漸放鬆這個堅持，偶而也寫一些情詩——寫情詩也有好玩的地方，要寫好其實也不容易。」回顧過去的堅持，曾經非常排斥、認為情詩「沒有什麼好寫」的ㄩㄐ，對於自己的改變與成長，似乎有著深厚的體悟。

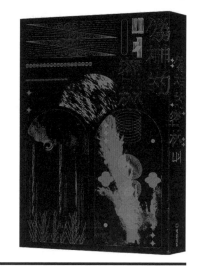

ㄩㄐ詩集《偽神的密林》(雙囍出版，2021)

談到自己寫詩的影響來源，ㄩㄐ口中的名字並非都是前行代的寫作者。在讀完楊智傑的詩集《深深》以後，ㄩㄐ受到了很大的衝擊，第一次知道「原來有這種比較舒緩的說話方式」；而蕭詒徽「重警句」、「結構縝密」的特質，也深深地啟發了ㄩㄐ，驅使他開始有意識地嘗試模仿、學習。除了新生代的寫作者，舉凡羅智成、瘂弦以及楊澤，也是在ㄩㄐ寫詩之初對他有所影響的詩人。

　　曾受教於唐捐的ㄩㄐ說：「唐捐是一個非常勇於創新的詩人，他好像比較遵從寫『給詩人看的詩』，可以從他作品的語氣中感覺到。」因為課堂上觀念的潛移默化，使得ㄩㄐ在早期寫作時，以「寫對『詩』有突破的詩」為目標。這種偏重於創新語言與特殊觀點的寫作策略，在 2018 年後逐漸轉向，他開始放寬目標讀者的範圍，期待自己的作品也能被一般大眾所閱讀。

　　「用論述的形式，大家不會想要看，有時也無法好好表達，所以我就用詩的形式去講——在這個前提下，『詩』對我來說，是達成目的一個過程。」ㄩㄐ將詩視為傳遞特定想法的載體，將自認為最合適的內容與這個形式結合。不過，從這個觀點延伸，他也提及如果可以找到更好媒介，就不見得會採用「詩」來表達。

　　ㄩㄐ認為，自己應該「早一點出詩集」的——「不是說故意拿不好的作品出來，而是其實裡面大部分的作品，都是 2018 年以前就寫完的。」雖說如此，但ㄩㄐ卻不吝對詩作修改調整，甚至在刊物、文學獎等場合正式發表後，還是會瘋狂修改。這種字斟句酌的心態，便可見詩人是何其地「重視文字」。

「文學小屋」訪談，於臺灣文學基地 (林于玄攝)

窮盡感官，也無法體驗世界的真實

「我覺得文類的界定並不是絕對的，理由跟前面講到『詩』的定義一樣。」曾橫掃臺北文學獎「散文」與「現代詩」兩類首獎的ㄐㄐ認為，定義某種特定的東西一定會遇到麻煩：「我比較傾向文類是光譜，或是調色盤——它可能是三個圈圈，然後彼此有一些重疊。」對他來說，每一個文類都有一個最核心關注的點：詩在於語言，小說在於情節的推動，散文則是特殊的觀點。

會有這種想法並不令人意外，畢竟「文類」是人定義出來的——「臺灣的三大文類是詩、小說跟散文；但在日本，幾乎沒有機會看到散文的分類；歐美西洋就是虛構、非虛構跟詩。我會覺得，像臺灣這種定義方式，有點像是被文學獎框限。」而對於受制度影響深遠的臺灣，ㄐㄐ不諱言地說「文學獎競賽對散文可能是有害的」——「潛規

則要求散文要是真實的，但實際在比賽的時候，你比的只能是技術；如果得獎出來的作品不是真實的，大家就會去批評他說謊、不誠實。」

　　這或許和修習過哲學系的課程有關，在ㄩㄐ的世界觀中，每一件事情都不是真實的。不同於禪宗「五蘊皆空」的概念，ㄩㄐ表示這些事物確實存在，只是不見得是我們感官所感受到的那樣。「我不反對用感官感受世界，」ㄩㄐ補充：「事實上，我還滿支持用『感官』感受這個世界的，只是同時我會懷疑世界是不是就只有這樣子？舉例來說，我們現在看到的顏色，其實是受限於眼睛可以接收的可見光範圍，只能看到一小部分的顏色；而我們跟其他動物感受到的世界，也肯定不一樣。」從視覺的接收來解釋，ㄩㄐ認為即使我們窮盡了感官，全力去體驗這個世界，也沒辦法得到所謂的「真實」。

　　同樣質疑既有觀念，ㄩㄐ詩集名的「偽神」直指自以為能左右世界的「人」——以曾獲菊島文學獎的詩作〈大義〉為例，「人」之於海龜，可能是類似「神」一般的存在；但因為場景是在宮廟中，所以「人」之上又有一個更高的「神」。詩中營造出的三層關係，除了讓讀者更進一步地懷疑「信仰」，更著重探討人際之間的權力關係，同時體現出詩人對世界的細微觀察。

「文學小屋」訪談，於臺灣文學基地（林于玄攝）

迷因、社群、工程師：文學好玩就好

　　談到文學獎在臺灣的意義，ㄩㄐ認為有兩個作用──「一個就是給你死線，你要在死線前把作品完成，然後投出去；另一個就是，會有相對專業的讀者去讀你的作品，運氣好的話可以獲得獎金或知名度。」相較於過往的功能，ㄩㄐ指出現在的文學獎偏向「累積資歷」，讓寫作者在投補助或出書時比較「好看」。也因此，ㄩㄐ將投稿文學獎視為寫作上某一段時期要做的事，自己在出書後便會漸漸減少投獎。工程師的背景，讓ㄩㄐ在寫詩時，在意「整體結構」更甚於「單一句子」；而這種「生命歷程影響寫作」的現象，也現形在字詞與題材的選用──「因為我是理科背景，所以早年會刻意動用一些科學詞彙；但後來我發現，這樣太便宜行事了。我自己的詩觀，是會『刻意的避開方便的事情』；盡量避免『把科學思維放進去』的創作方式。」

有趣的是，這種「排斥草率與簡單」的寫作策略，似乎也能和他的工作內容相呼應。

「做行銷，會有很多社群、文案的工作，所以我對現在網路上受眾主要喜歡的內容有一定掌握。」以社群平臺為例，ㄐㄩ指出 FB 的取向和 IG 的取向就有著巨大的差異。「我覺得這份工作的好處是，可以讓我知道現在網路上流行的詩歌有怎麼樣的特性；不過，壞處就是它多少會影響我的創作。」活躍於網路社群的寫作者，多少會在創作過程產生不同程度的「讀者意識」，這是當代寫作者不得不面對的考題。

ㄐㄩ所經營之「迷因文學」臉書粉絲專頁

以ㄐㄩ所經營的「迷因文學」為例，雖然在發布的內容上，被視為「小眾」的文學，但卻能透過行銷手法的操作以及演算法的庇蔭，達到單篇貼文百萬次以上的觸及率。ㄐㄩ坦言，將迷因結合文學的嘗試，除了可以「偷

渡」自己的觀念，同時能透過社群互動來了解大眾所思所感，可以說是在當代文學場域中，憑藉著網路而誕生的新個人品牌。

儘管在網路社群上極其活躍，但ㄐㄩ開玩笑地說自己開始寫詩時「已經太老了」，所以在實體詩社的參與上比較缺乏，而這也暗示了網路世代詩人和前行代詩人在活動型態上的差異。

「我覺得文學其實就是好玩就好，如果有一天文學不好玩了，也不一定要執著在這個事情上，這是我自己的感想。」不僅止於寫作這一件事，投身於任何事都需要憑藉強大的動力。在訪談的最後，ㄐㄩ用自己在文學實踐上的感想，送給所有努力跋涉的寫作者。

訪談日期：2021 年 9 月 23 日
受訪者修訂日期：2022 年 5 月 26 日

七

這不是我們不寫的理由

韓祺疇個人照

錄音日期：2020 年 10 月 9 日（五）　上架日期：2020 年 10 月 25 日（日）

韓祺疇，香港人，畢業於香港嶺南大學中文系，現就讀國立東華大學華文所創作組。

曾任人訪記者，著有詩集《誤認晨曦》（香港石磐文化，2021）。

曾獲新北文學獎、金車現代詩獎、李聖華現代詩青年獎等。

韓祺疇 *Podcast* 對談摘錄

以詩為匕首：淺談香港文學與自我拯救

林宇軒（下稱林）：

在這集節目中，我們邀請在現代詩創作上有著豐富經歷的青年寫作者韓祺疇，和我們分享當代香港文學與社會的關係，以及他的觀察。祺疇畢業自香港嶺南大學中文系，現在就讀於東華大學的研究所。

韓祺疇（下稱韓）：

各位聽眾大家好，我是韓祺疇。現在是東華大學華文所的研究生——而且我是一個寫詩的人，這樣介紹可能比較好。

國立東華大學華文文學系官網截圖

林：談到香港，就不得不觸碰到近年的反送中議題。回想當時我在螢幕前關注的無數夜晚，雖然對實際參與抗爭的香港人永遠無法真正感同身受，但還是能夠從中找到一些共有的情感。想問祺疇，在這種複雜而膠著的狀態下，你認為文學能在社會運動中發揮什麼作用？或者是，文學在這之中扮演了什麼角色？

韓：這個問題曾有過非常多的討論。當時香港有辦一個讀詩會，那時大家都問：外面社會運動如火如荼，我們在這裡「讀詩」到底有什麼意義？有什麼作用？我當時有簡單分享過，文學對記錄社會運動是很重要的事情，如果官方的歷史被篡改，我們可以從這些民間的創作去回看。若從個體去談的話，我認為當代詩歌的作用在於「自我拯救」。我覺得，詩歌某個程度上是「抒發」的方式。2019 年 10 月 1 日在荃灣的抗爭現場，有一位中學五年級的男生，被警察用實彈打中了左邊胸口。當時有一位香港詩人寫了一首詩談論這件事情——從詩藝的角度上，它未必是一首追求意象的作

品，但那首詩是我在整場運動發生以來，第一次看到詩歌有這麼大的力量。原因是那首詩在臉書有上千個分享，而且有很多人把那首詩印出來、貼在街頭。那時候，我覺得詩歌給了我們一個情緒抒發的管道，讓我們不至於落入一個辛苦的狀態。我記得當時讀詩會，有另外一位詩人提出了一個很好的問題，他希望從詩歌中去思考未來及整個社會運動的方向。當然，我也會疑惑，因為詩歌並不像評論文章那樣，能有邏輯地提出方法去思考；但是我對「以詩歌去思考當下狀態」的功能，我是相信的。比如說寫作策略，我們可以用反諷、諷刺的方法作為反抗的方式。我覺得文學的作用，其實正正在這些作品裡面——當你讀過這段時間香港詩人的作品，你會看到真的有個力量在裡面。

林：所以祺疇認為，「文學」或所謂「現代詩」在這整個社會運動之中，扮演的角色是「紀錄現實」、「反映現實」以及「自我拯救」的概念嗎？

韓：比起小說或其他文類，詩歌肯定是比較「迅速」的。我會形容像是「匕首」，這個「匕首」可以幫你把身上傷口膿包的瘀血「刺」出來，也可以作為一個武器，向對你施壓的人反擊。所以詩歌的作用，一個是幫助「自我的感情抒發」，另一個是向你的敵人「揮出文學的武器」。

林：這種觀點我覺得是滿特別的，因為很多在社會運動中，或者是對文學比較沒有參與的人，他們會秉持「文學無用論」。身為一個寫作者——尤其是書寫現代詩的寫作者——我不確定香港的情況如何，但是在臺灣很常會有人提出「文學歸文學、政治歸政治」，希望文學就是一種很「純粹」或「不受其他因素沾染」的一種藝術類別。你認為這種想法，可以用香港的什麼經驗來反駁？

韓：剛剛說「文學無用論」這個觀點，其實一直在我內心出現。我覺得那是一個很軟弱的想法，但是我們就是軟弱的人——我們經常會在一些事件發生的時候，覺得就算怎麼寫，我們也沒辦法把那個男孩從槍口下救回來，這是我們作為文學創作者在「寫」的一個反思；但這不是我們不寫的理由，這是我們需要跨越的一個心魔。說「文學歸文學、政治歸政治」的人，我反倒覺得他們會不會把「文學」跟「政治」想像得太狹隘了？我們同意「文學是源自於生活」而又「高於生活」，我們也不會忘記「政治就是我們的生活」。我們在文學得到的訓練，就是我們要從一些表層的事件，再深入思考至表皮以下，比如人性，比如善惡，比如我們所追尋的某一個大主題——我們每個人寫作都是有個終生追尋的主題在。但是，我們能不能想像，寫作的能力就是我們從生活中發現政治的能力？我在隔離的那段時間，去聽了一個境外生權益組織舉辦的「真人圖書館」活動，我聽到很多大陸學生、香港學生、外地學生來到臺灣的討論。一位有媒體相關經驗的人說，其實我們看似微不足道的小事，背後可能都會牽涉到很多跟政治、社會議題有關的東西。文學是要告訴我們擁有「共情」的能力，我們也要關注「每個個體是獨特的」這個觀點，同時文學訓練就是教會我們從一些表面的東西思考背後意涵，這就是我們沒有辦法說「文學歸文學、政治歸政治」的原因——如果你要把他們分開，這個本身就是互相矛盾的。

林：剛剛祺疇提到了文學和政治間的關係，它們幾乎是沒辦法分開的。在反送中運動期間，可以看到很多相關的文學創作，大多是現代

詩——我想請問祺疇，身為一位香港人，你怎麼看待這些以反送中作為主題的作品結集？

韓：就我的觀察，的確是詩歌這個文類創作比較多，包含文學雜誌做的「詩輯」。我觀測到有兩本相關的詩集出版，寫作策略都不一樣。其中一種方式是用「諷刺」、「荒誕」的寫作方法快速回應事件。因為在社會事件不斷進行、不斷變化的狀態，寫一些短的反諷詩，一來可以像我剛剛說的「幫我們梳理一些情感」，第二是透過這種反諷手法，詩歌會有力量，不管在傳播或是本身的思考上，都是很「準確」的。

林：在 2019 年的臺北詩歌節中，我有向淮遠提出一個問題。他在講座中說，我們在面對社會運動、面對需要去捍衛的事情時，如果用文學這個形式來表現，就必須秉持自己的真心。那時候我提出的疑問是，假如有個反對反送中運動的寫作者，我們能不能忽略社會性，或所謂「政治正確」的概念，抽離地去評價作品？我記得淮遠的回應是說，只要秉持著心中真理完成的作品，就可以超越一切——不過就我個人觀察，在現實層面而言，也沒有所謂反對反送中的寫作者出現？

韓：就我看來，我暫時沒有留意到「站在極權一方的寫作者」有交出好的作品。我很同意淮遠說的，不管現代文學或古代文學——就如陶淵明如果生活在當代，我可能沒有辦法很喜歡他的作品，但是我會用文學評論的專業去客觀評論。當我們沒有辦法完全剝離政治的現實，我無法肯定陶淵明的詩歌如果發生在當代，我們對他的評價會不會降低，因為他對政治事件「選擇逃避」——這是評論者自己要思考的。就像淮遠所強調的，好的詩歌一定是基於我們歷年來對於道德、對於人性善惡的追求；而我們之所以會投身這個社會運動，其實跟文學所追求

的，是有一致的地方，所以才會說「抗爭一方的作者寫出好的作品」，因為兩者追求是一樣的。

林：就你的觀察，反送中運動期間有沒有為了達到政治宣傳或社會現實的目的，而去降低對詩歌藝術性的追求？

韓：首先，我覺得「文學」如「詩歌」可以這麼迅速回應事件的文類，也需要沉澱的時間。無可否認，在社會運動當下，我們需要做出回應，但我們沒有這麼多可以沉澱的時間。我看自己跟一些朋友的作品，我們都同意「最近的作品退步了」，因為我們的心沒有沉澱好。但是，我們也看到一些很好的詩人發揮作為「詩人」的能力。香港有一位八〇後詩人，他在社會運動那段時間有寫過一些叫做「壞日記」的詩，那個系列的作品讓我覺得非常震撼——我有一些從來不讀詩的朋友，他們看了以後說「頭皮發麻」。我並不同意，我們應該為了文宣的作用而降低對寫詩的要求，我們在政治運動當下看到「詩藝的退步」是不得已的；但是我們依然可以看到很多詩人寫出不一樣的作品，並存在力量。

林：祺疇本身是創作者，過去也擔任過獨立記者。對你來說，這兩個角色在「觀看事物」上，有什麼差異？

韓：我之前是教育版、副刊版的記者，平常工作都是做人物訪問比較多；因為刊物的讀者是以中學生為主，我要克制「文字上的表演慾」。你的讀者未必這麼專業，所以你要想辦法讓他們讀懂你的文字。作為一個記者，我會逼自己客觀地採訪；但是我寫一篇訪問的時候，又會想用一個「小說」的敘事技巧去把人物訪問寫出來。「身

份的轉換」有時候會有一些幫助，同時也會有轉換上的困難。困難在於：身為記者，你要面對很多的數字、收集很多資料，這些細節我覺得是比較有「邏輯」的。而我是一個很需要「靈感」的作者，當記者時，靈感還未出現，首先出現的是交稿的截稿日。記者的工作某程度是滿壓抑的，而且要 fact check（事實查核）、要盡可能地去看「其他人怎麼說」；寫作的話我會比較追求對事物有「獨特的想法」，哪怕那個想法很片面、帶有偏見，但是我覺得它很獨特，就已足夠。這個是最大的差別。

林：在這兩種身份之中，你個人有比較偏好哪一種嗎？

韓：在香港當記者的薪水很低，但還是比我當全職寫作者要好一點。但如果要選一個，我當然是選寫作。這個世界上有很多很好的記者，我其實不具備那些「我覺得很好的記者」所具備的能力，但是我有可能成為一個「比較好一點的寫作者」，我是這麼看待自己的。

林：在反送中抗爭的這段期間，祺疄認為自己或是身旁的一些寫作者，是否會「顧忌」可能受到與自己立場相異的人舉報，而讓自己在寫作上無法展現自己原本的想法，在寫作自由上受到限制？

韓：在反送中抗爭期間，香港有發生一個新聞：一位小學教師被指控在教材上有「港獨」傾向，被教育局剝奪了教師資格。如果大家去看那個所謂的教材，會發現它其實是「香港電台」的紀錄片節目，只是透過節目去做問題和思考而已。我跟朋友討論過：以後要不要在香港出詩集？對方直接跟我說「等他們讀懂你的詩再說吧」（按：2021 年，韓祺疄在香港石磬文化出版詩集《誤認晨曦》）。也有些人很樂觀，覺

得我們只是無名小卒而已，那個刀不會砍向我們；但我覺得，不管你是誰，「因為自己的寫作而被打壓」這種事情是不應該存在的。我也聽過一些寫作者，因為顧忌而提出我們要不要先互相看一看，讓大家討論這個作品到底能不能出版。我當然相信提出的人是出於「善意」，但我聽到的第一個反應是「我們不要這樣」。我們就是不要在那個不明確的界線上，自己一直不斷地退後，這是我覺得最糟糕的方法。我們其實有很多的寫作策略去應對這件事情：我們可以寫得晦澀一點、我們可以寫得反諷一點，甚至我們可以「匿名發表」，總好過把自己的作品做一個「自我審查」。另外，觀察文學獎，2019 年公布的青年文學獎，從得獎作品的名稱就可以看出有些在回應近期的反送中事件。社會事件的確影響了我們的寫作狀態和主題，在文學場域中是可以看出這個傾向的。

香港「青年文學獎」官網截圖

林：就目前而言可能還沒有發生很多類似的現象，但就你的觀察，往後是否會有越來越多這種事情發生？

韓：會，它會越來越大規模。我們也沒有想到說，那個小學老師會因

此而被剝奪教師的資格。我有部分親人會跟我說「不要這麼擔心」，他們覺得沒有什麼了；但是我很想說的是，當你感覺到那個痛，就證明傷口已經很深了。

林：祺疇剛剛有提到，你和其他寫作者也會有交流。包含校園或是社會上的文學社群，在香港是怎麼運作的？

韓：中文大學有「吐露詩社」，或者是「書寫力量」，在中大的各地抄寫玻璃詩、黑板詩；當然也有一些是以讀書會的形式，不限於院校的分界。香港的詩歌一直都有關注社會的傳統，我記得中大的「吐露詩社」有辦六四的詩會。「書寫力量」在選詩上會有很多回應當代的詩，而且不只是選香港的、華語的詩，還會選一些不同國家的詩，向公眾去介紹。

林：除了大學內部的詩社，你是如何去認識自己學校以外的文學創作者？

韓：社群的話，我本身有參與一個「待命名」的臉書專頁。組成其實是其中一個成員嚴瀚欽，他和我說想要開一個臉書的專頁分享詩作，包含我在內有嶺南大學、中文大學、浸會大學等不同院校的成員，我們某程度是透過這個專頁認識的。因為疫情的關係，我們到現在還未在真實生活當中見過面。我們因此看到網路發揮的功用就是「不必見面也可以做很多事情」。

韓祺疇詩集《誤認晨曦》(石磐文化，2021)

李顥謙詩集《夢或者無明》
（石磬文化，2022）

嚴瀚欽詩集《碎與拍打之間》（石磬文化，2022）

林：因為疫情影響，網路社群變成一種文學實踐路徑。在臺灣已經有
相當規模的文學社群推廣平臺如「每天為你讀一首詩」，可以發
現已經不純粹是針對文學藝術上的推展，可能有時候會回應社會
現實。祺疇覺得這類型的文學社群是否有可以改進的地方？或者
是你覺得之後可能會往什麼方向發展？

韓：就我們香港的一些寫作者看來，「每天為你讀一首詩」其實已經
是一個滿成功的專頁了。但是，我自己有個思考就是：用網路去
推廣文學，要怎麼才算是成功？是分享、讚好的次數夠多？還是
專題的策劃能力足夠好？因為我之前有留意到，「每天為你讀一
首詩」有推出不同的主題，其中有一個星期講香港文學，有一個
星期寫非常詳細的詩人長篇評介；特別是講詩人長篇評介的，我
覺得那個質量非常好，但有點可惜的就是明顯讚好的次數比其他

發文還要少，這就是我們希望推廣一些所謂「嚴肅文學」在流行文化當中所遇到的取捨問題。與其說改進，我想分享我自己覺得還可以多做的事情——比如我在「待命名」那個專頁裡面，我用影像搭配合讀詩，我覺得這個是網絡可以提供的媒介，讓我們把詩作影像化，可以提供多一點「文學想像」。

（選摘紀錄：林宇軒）

詩藝的復興：千禧世代詩人對話

韓祺疇 Podcast 對談摘錄
以詩為匕首：淺談香港文學與自我拯救

嚴毅昇個人照

錄音日期：2020 年 11 月 8 日（日）　上架日期：2020 年 11 月 15 日（日）

嚴毅昇 *Podcast* 對談摘錄

還原：
符碼管理大師的
凝視與代言

林宇軒（下稱林）：

在這集節目中，我們邀請詩人嚴毅昇來和大家聊聊自己的創作與其他的議題。

嚴毅昇（下稱嚴）：

大家好，我叫嚴毅昇，目前是一個社會人士。我是阿美族人，是都市原住民。

Cidal。中文名嚴毅昇。身軀中混有阿美族與噶瑪蘭血液，1993 生。曾擔任詩論壇臉書社團版主、全國大學巡迴詩展執行長、彰化師範大學絆詩社顧問。近年習於將自己寫入族群，把族群寫入自己，生活中時常思考認同與社會之間的問題，相信面對世界沒有人能是完全的旁觀者。有一筆名狼尾草。集體著作：《劃出回家的路——為傳統領域夜宿凱道 700+ 影・詩》、《運字的人——創作者的鑿光伏案史》。大學聯合詩刊：《星升首測》。IG：pennisetum_cidal。創作專頁：Cidal。

林：毅昇，可否分享你正在進行的一些文學創作，尤其是現代詩的部分？

嚴：目前因為工作的關係，只能用空閒的時間書寫。近期刊登在《幼獅文藝》上的文章（按：2020 年 11 月《幼獅文藝》第 803 期〈淺淡原住民散文創作洄游〉），主要是談幾位年輕的原住民散文作家；因為他們目前都還沒有出版物，所以比較少人知道。現在的原住民文學，大家關注的都是比較有名的作家，比如瓦歷斯・諾幹、夏曼・藍波安或是利格拉樂・阿𡠄老師；到近期才有更多人知道比較新的作家，像沙力浪、馬翊航。他們其實都寫滿久了，可是還是比較少人知道。最新一輩的原住民作家，可能因為原住民文學獎有比較多人會知道，可是在寫作的「圈圈」，相較之下還是比較少人會去讀他們的文章。

林：非原住民身份的寫作者比較不會去注意到原住民文學獎。

嚴：對。

林：原住民寫作者自己在創作的時候，大部分都是使用漢語／華文來書寫嗎？

嚴：我覺得這跟文學圈的生態有關係。因為臺灣文學圈的寫作，大部分都是以華語為主，不是以族語。再來就是語言方面，一般漢人不會懂族語，甚至像我這種都市原住民，讀了也不一定會理解；另外一個面向，部落的長輩大部分看不懂羅馬拼音——這個羅馬拼音反而是比較近年的教育才有的。

「灣流音樂祭」臉書粉絲專頁

林： 談到關於語言和創作的部分，之前有看到你針對臺大的「灣流音樂祭」在臉書上發文，我們可以先談談這個部分。

嚴： 我覺得「灣流音樂祭」活動滿有意義的，集合了不同的臺灣本土語言的人去辦活動，像是臺語、客語，也有請族語的部分像「原轉・Sbalay！」和「南島魯瑪社」。我主要是去聽馬躍・比吼的演講，他現在在花蓮玉里經營阿美族語的幼稚園，這對原住民的教育滿重要的。「灣流音樂祭」除了上述那些，還有一個靜態展，講述臺灣的語言教育對於一般大眾的影響。像早期的「國語政策」，老一輩都會被強迫「不能講方言」──他們說「方言」，就是一種官方的政治凝視──對我們這些族群的影響，一定是更大的。比較少人在談國語運動時，會去談族語也被掩蓋的部分。靜態展有展出各個族群不同面向的文化、特色，我覺得滿不錯的；雖然部分資訊有誤植，但他們在網路上也很誠心的道歉，我覺得算是很好的示範。而且，他們還是學生，就辦這個活動，非常不容易。

「每天為你讀一首詩」2020 年 6 月王柄富主編「臺灣是什麼」專題

林：剛剛毅昇有提到，各種語言的政策與文化交流上造成的影響，都
　　關乎族群的議題。之前「每天為你讀一首詩」在設計「關於臺灣
　　的詩」專題的時候，其中一週的主題在談「家園認同」。那時候
　　我們有請教毅昇，身為一個具有原住民身份的創作者，原住民好
　　像比較不會有「臺灣」或是「國家」的概念，反而會有更強烈的「家
　　園」或「土地」的認同？

嚴：就我個人來說，要有「臺灣認同」之前，我們要先認同自己的「族
　　群」，不然直接去談「臺灣認同」這件事情，其實是滿空泛的。
　　對自己族群的認同，應該是要從最基本的語言，再來是文化上的
　　生活習慣──現代的臺灣社會有大量的島內移民，我們生活的方
　　式都被改變了。如果要談「臺灣認同」這件事情，我們現在可能
　　比較著重在教育上──我們對政治有多少的敏感度？我們所擁有
　　的一切會不會改變？不管是文字還是生活。

林：你覺得現在最應該著重的點，是從教育改變這個「共同體的建立」嗎？

嚴：教育是其中一環，主要是從我們的生活做起，但是我們也不可能說「族語回家學」。原因是，我們的家庭有辦法承載「族語」學習這個責任嗎？尤其在這個混雜的社會，父母不見得都是同一個族群，而且生活的階級不同，在學校99%學的都是華語，「回家學」非常的困難。所以，族語學習是否應列入公部門的政策，值得深思。

林：剛剛毅昇有提到說，如果原住民使用族語的羅馬拼音來書寫，沒有接觸過的讀者就難以理解，在部落裡的族人也很難去了解這些羅馬拼音代表的意義。就你個人的看法，原住民文學在未來的走向，怎麼發展會比較適合？

嚴：因為現在有「族語文學獎」，也有「原住民漢語文學獎」——這是兩個不同區塊（按：除了前述兩者，還有「臺灣原住民族文學獎」）。「族語文學獎」比起「原住民漢語文學獎」又更少人知道，所以影響力比較低；再加上「財團法人原住民族語言研究發展基金會」，他們在文學的推廣比較弱。像族語字典或辭典，一本就要兩千多塊，而且不是公部門編訂，是私人出版。導致語言資本有一個斷層，連帶地影響到「學習族語」甚至於「拿族語創作」。

教育部第七屆原住民族語文學獎文宣

文化部 2022 臺灣文學獎文宣

林：我比較好奇的是，當「現代詩」這個文體在「本來沒有這個藝術形式」的原住民文化裡，要如何傳遞出本身的內涵？

嚴：確實，「現代詩」不是原住民原本有的文類，應該說大部分的文學類別都是如此，因為從考究以來到現在，原住民還是沒有完整的文字，比較多人知道的就是羅馬拼音；中文書寫相對於用族語去傳遞，對於原住民來說可能是一種「觀看的方式」。一般人看不懂族語，這個問題就變成：原住民在華語這一塊，要怎麼去把持自己的話語權。孫大川在 2003 年有編一系列的「台灣原住民文學七書」，黃美娥在 2013 年也編了一套「臺灣原住民族關係文學作品選集」，這二者是完全不同的。孫大川的是「原住民寫的漢語創作」，黃美娥的是非原住民從漢文、日文去紀錄 1603 年到 1945 年這段時間對原住民文化、事件、生活的創作，但這些都不是原住民的觀點。

孫大川主編《台灣原住民文學
七書》(印刻出版,2003)

黃美娥主編《臺灣原住民族關係文學作品選集》
(行政院原住民族委員會,2013)

林:你對「原住民文學」的發展有什麼看法?

嚴:原住民文學一直在變化,比較早期的主要都是在寫部落,近幾年會談
反殖民、文化認同、社會議題,相較年輕一輩我們可能會多談尋根、
宗教和同志等議題的碰撞。要談原住民文學的定義,我覺得可能要看
其中有沒有具備原住民的「精神」,在文化詮釋方面有沒有「正確性」。
如果要區分清楚是不是有原住民血統,我覺得有個滿大的模糊地帶就
是「平埔族」──目前看來,原住民文學獎都沒有看到有平埔族選上
過。因為身分認定上比較困難,沒有法定的保障,但你要說他們不是

原住民嗎？我覺得這個要討論。有些在都市生長的原住民，因為出生就不是在部落，會有不同的認同分歧與斷層。

黃岡詩集
《是誰把部落切成兩半？》
（二魚文化，2014）

林纓著《Happy Halloween 3：萬聖節馬戲團》（布里居出版，2021）

林：舉實際的創作者來討論——林纓（1994-）具有原住民身分，但書寫的作品大多都和原住民文化沒有太多關係；黃岡（1988-）雖然不具有原住民身分，但她的詩集《是誰把部落切成兩半？》乃至於本身的認同可能都是原住民族群，你如何看待這兩位寫作者和「原住民文學」之間的關聯性？

嚴：我會比較在意的一點是，你去寫這些原住民文化的內容時，是否真的有實際經驗。我有看到一些非原住民身分的寫作者書寫原住民文化中的「植物」時，會直接把這個「植物」寫出來。但他們

知道「苧麻」是拿來做絲線、織成棉被的嗎？一般人不太會知道這些比較深層的意義，會直接寫「苧麻」，變成在堆疊名詞。黃岡寫的詩我大部分都滿喜歡，因為她是親身進入偏鄉學校教育小孩、和獵人去山上尋找他們的獵場，她把這些經驗寫成華語的作品，讓大眾比較好理解。

林：沒有實際生活經驗的人在書寫原住民文化的相關作品時，他們會把裡面的符號或物件拿來堆疊，這個部分在文學獎上比較常見。非原住民身分該採取什麼視角來書寫？我自己會有一個滿矛盾的心態：如果用第一人稱來書寫，可能會產生「代言」的問題；如果站在族群融合的框架下，原住民族又可能會變成一個「文化他者」。不知道毅昇有什麼看法？

嚴：就這個方面來說，我覺得非原住民寫原住民議題，必須要有一定的認知，然後要了解原住民文化的禁忌。像是近幾年，有一些原住民的舞蹈比賽，我就聽過一些人質疑「把祭典的東西拿來比賽」是不是妥當；另一個部份是，評審是原住民嗎？有很多他者的凝視，會對一個族群認知又建構出一個新的刻板，沒有辦法真正認識到文化背後的意涵。文學上面也是，所以我會比較喜歡黃岡的相關書寫，因為她是真的去認識這個族群，甚至做足功課，詩集後面還附上詳盡考據資料。她不是從神話的方式去寫，她是從那些資料找出自己的看法。研究方式、書寫方式，跟原住民的價值觀有沒有衝撞？這點非常重要。再談得獎體及地方文學獎的問題，我自己也滿排斥的，我會覺得：這個「地方」的代表是「原住民」，但這個「地方」有尊重「原住民」嗎？另外對應評審的問題去連結我剛才說的，就會變得很弔詭：評審怎麼都愛原

住民文化？這些作品都只是文字上的口味，都是「他者凝視」的文學。原住民文學獎也有一些問題，可能有受到一般文學獎的影響──書寫部落的作品很容易就得獎。就會變成，我們一直在建構一個「想像的部落」，而不是「現在的部落」。現在滿多部落其實也漸漸地現代化了，我們就會去忽略這個影響；另一方面是評審，原住民文學獎評審越來越多不是原住民作家，他們真的有那個評審的能力嗎？如果我寫族語的東西，他們真的能讀懂族語背後的意涵嗎？這是我比較質疑的。非原住民評審在口味的挑選上，有時候也會形成一種障礙，這種東西就會讓原住民寫作者除了在「族語」的寫作障礙以外，又會遇到「觀點」的障礙。

（選摘紀錄：林宇軒）

詩藝的復興：千禧世代詩人對話

嚴毅昇 Podcast 對談摘錄
還原：符碼管理大師的凝視與代言

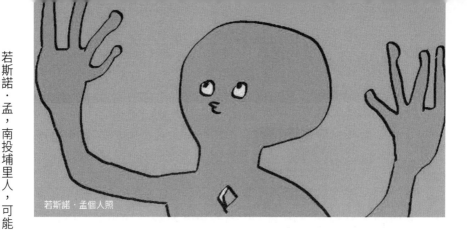
若斯諾・孟個人照

錄音日期：2020 年 10 月 25 日（五）　上架日期：2020 年 11 月 1 日（日）

若斯諾・孟 *Podcast* **對談摘錄**

好燙好燙，你的
狗臉充滿力量

林宇軒（下稱林）：

在這集節目中，我們邀請到《好燙詩刊》和《力量狗臉》的編輯，
同時也是優秀的現代詩寫作者「若斯諾・孟」，來和大家分享文
學刊物的編輯和創作的經驗談。我們應該以筆名稱呼你嗎？

若斯諾・孟（本名謝孟儒，下稱謝）：
大部分的人不會用筆名稱呼我，因為太難唸了。

王柄富（下稱王）：
孟儒姊姊，我們都這樣叫。

若斯諾・孟，南投埔里人，可能是最接近地理中心碑的詩人（距離約三公里）。將一隻賓士貓取名三花之後造成語言上的困擾；出了一些困擾的詩集，什麼《臍間帶》（2011，煮鳥文明）、「拆賣詩集」（2014，自費）、《喜劇收場》（2021，自費）之類的。在《好燙詩刊》擔任編輯，2017 年與李柚子、謝旭昇創辦了座落邊陲的 P.D.F《力量狗臉》電子詩刊。絕招是小畫家。

謝：好啦，都可以。大家好，我是若斯諾‧孟。林宇軒應該是很少數唸對的，大部分的人就排列組合。我會喜歡這個筆名，一方面也是因為我覺得大家唸錯名字，那個窘迫的樣子讓我很高興。我的本名叫謝孟儒——叫我的本名比較方便，所以就叫我的本名吧。目前出版過一、兩本詩集，最近應該會再出一本（按：若斯諾‧孟後於 2021 年獨立出版個人詩集《喜劇收場》）。

若斯諾‧孟詩集《臍間帶》(煮鳥文明，2011)

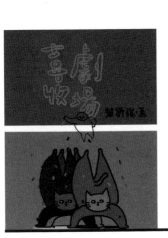

若斯諾‧孟、煮雪的人、鵝鵝 3 冊合售《三本恕不拆售》(煮鳥文明，2015)

若斯諾‧孟詩集《喜劇收場》(獨立出版，2021)

林：身為一個現代詩的寫作者，孟儒是從什麼契機開始寫詩？為什麼不是其他的文類？

謝：一開始，我有寫過小說，大概小六吧。可是我真的很不會寫小說，我沒有辦法寫一個虛構的故事——一方面是小六的人生經驗很少，二方面是我那時候的文字操作能力不足。直到我國三時候，我認識了一群寫現代詩的香港、澳門人，再加上學校有一個公民老師很喜歡陳黎，在課堂上大力推薦《陳黎詩選》，我就去借來看；看了之後就覺得「哇，這東西好酷喔，世界上怎麼有這個東西，跟課本上的現代詩長得不一樣」，就覺得我想要做這件事情。其實還有另外一件事，我比較少提起——那時候有一個滿有名的漫畫叫《死神》，它每一集的刊頭都有一首「可能算是詩的東西」，那時就覺得「這東西太棒了」，我也想要成為那麼帥的人。

陳黎詩集《陳黎詩集II：1993-2006》(書林，2014)

林：我比較好奇的是，那時是因為什麼機緣去認識香港和澳門的寫作者？是網路上面認識的嗎？

謝：澳門有一個詩社叫「別有天詩社」，我有加他們的「ICQ」（網路即時通訊軟體）。

林：從小就接觸文學創作，感覺是一個滿早慧、很有天分的寫作者，你自己怎麼看待這件事？

謝：為什麼那麼早就接觸文學？因為我小時候喜歡看書。談到「天分」這

件事，我從 4 歲開始很認真地學鋼琴，可是在 12 歲的時候就遭受了一個很嚴重的打擊，讓我沒辦法再繼續學鋼琴——我那時候想要去考音樂班，可是老師對我說「你沒有天份」。那時候的「天分」對我而言，就像是一個詛咒，就好像你不能做「自己沒有天份的事情」一樣。直到接觸現代詩，與其說是「天份」，不如說是找到一個「表達自己」的方式。就像我講話其實不是那麼有邏輯，其實是比較跳躍的，接觸現代詩之後，才發現這個表達方式其實很適合我。所以國三之後，我就決定：不管有沒有天份，這件事情我就是要做下去，因為我覺得它很適合我，而且我很喜歡它。

林：所以你會把「寫作」看成是一種「說話方式」而不是單純的「技術」嗎？

謝：早期的時候，在自己的說話方式跟技術當中，比較沒有辦法找到平衡。如果你是用一個沒有邏輯、一個跳躍的方式在講話、或者寫詩，其實那就不是一個技術，那就是一個類似「直覺」的東西。坦白講，我寫詩真的很靠我的「直覺」；可是要怎麼把「直覺」昇華、提煉成為「技術」，這方面當然有作了一番調整。

王：你覺得你的「啟蒙」是讀《陳黎詩選》，那是從裡面認識到現代詩的「範式」嗎？

謝：對，陳黎的詩不好讀，因為它並不是一個「平鋪直敘」的方式，它其實就是我們所謂的「很現代詩」的方式。當時，其實我不能完全理解裡面在說什麼，講白一點就是一種「感覺」——那個「感覺」讓我覺得，這個方式可以激發我的情緒和想法，我就覺得這

好像是一個可行的方式。

林：如果說你的「啟蒙詩人」是陳黎，你認為你的風格有受到他的影響嗎？

謝：其實好像沒有，我覺得滿可惜的。我以前會覺得：我很喜歡陳黎，我寫詩應該要像陳黎呀？結果並沒有。

林：談到「風格」這件事情，我自己認為如果寫的東西是別人可以寫的、可以輕易取代的，那對創作而言可能就沒有那麼大的意義。不知道，孟儒姐姐對「風格」的養成和建立，有什麼樣的看法？

謝：我一直都覺得，「風格」來自於「你是一個怎樣的人」。寫詩的過程，與其說是一個技術或文藝的追求，我覺得不如說是「認識自己是一個怎樣的人」。現代詩對我來講比較大啟發，我覺得可以從中知道一些「本來沒有辦法用語言平鋪直敘去描述」的想法。因為我從小好奇心比別人還要強一點，我對「我自己這個人」也很好奇。

王：我覺得「活著」的感覺很彆扭，而「寫詩」就是一種「避免尷尬」的表達。

謝：可是我寫詩的時候，往往還是會覺得尷尬；而且寫越久，那個界限就會越來越明顯。以前比較不明顯，只會覺得「說了太多不想說的事情」——所以讀以前的詩會覺得很丟臉，好像比較赤裸——現在因為技術越來越好，甚至說人也比較老了，比較沒有羞恥心，比較不會覺得這些事情不能說出來。

林：那個「界線」指的是什麼？

謝：有些事情就是不想說，但是在現代詩裡面，你好像還是會想要把它寫

出來——有些失敗的情緒，或是「無以名狀」的東西，你可以把它變成一個「動力」。

林：「詩」和你的「生活」是聯結得非常緊密，你透過「寫作」了解自己。這和柄富的詩觀有些類似。

謝：應該有一大半的詩人都是這樣，所以以前才會流行一句話：「詩讓我變成更好的人」。有時候也不一定是更好，而是更了解自己、更知道怎麼坦然面對這些事，就會覺得自己好像「好了」。

王：寫詩的時候，好像不會覺得自己那麼「醜」，有一種「詩人的面具」。

謝：我是沒有這樣想啦。

王：我每次都會有「我寫完一首詩，就不用再寫了」的這種感覺。

謝：我出社會的那段撞牆期，是我寫詩十七年以來，最嚴重的一段時間。是真的「了無生趣」——沒有到「想放棄」，但就是一直在那邊掙扎——好像快要不行了、真的快要不能是一個詩人了、快要脫離那個行列當中，後來就把自己拉回來。我知道有很多朋友是失敗的，他們可能就再也沒有寫詩——也不一定那麼悲壯啦，有可能他很高興自己不用寫詩了。

煮雪的人主編之《好燙詩刊：精神／運動》
（煮鳥文明，2017）

 內文字：精神／運動 "ADVOCATING-SHIP"

李柚子、謝旭昇、若斯諾‧孟主編之《力量狗臉》第七期
（獨立出版，2022）

林：滿特別的一點是，《好燙詩刊》和《力量狗臉》是臺灣現存的詩刊，
唯二有稿費的。這些經費都是自己要籌措嗎？因為兩個刊物都沒有政
府或企業的補助，一期刊物加上稿費的開銷似乎很驚人。

謝：《力量狗臉》是我們自己的自備款沒錯；雖然有在募款，但募到的錢
也不是很多。《好燙詩刊》是最近開始做 Podcast 後才有稿費，目前
的話是以「社費」支出。

林：聊一下這兩個文學社群的創立過程。成員是怎麼認識的？怎麼會想要
創立這樣的團體？

謝：「好燙詩社」不是我創立的，是當時還是大學生的鶇鶇和煮雪的人，
加上他們的同學 Tabasco，他們三個一起創立的。我有投稿他們的第
一期刊物，那期還登了我的本名──我有附筆名，但他們可能覺得太
像開玩笑了，所以就把我的本名登上去。後來我忘記是煮雪的人還是
鶇鶇，在我臉書上的動態下留言問「你要不要加入好燙？」，我們就
這樣一路走到現在了。

林：好像很多當代的文學社群成員，都是從網路開始認識的？

王：你們就很有緣份的感覺──若斯諾‧孟、不離蕉、喵球、李柚子……
你們連名字都有一種「意象群」的感覺。

李柚子詩集《親愛的眯》（松濤文社，2007）

謝：很多人以為不離蕉跟我有什麼關係——孟不離蕉，蕉不離孟之類的——但我們兩個沒有關係。我其實沒有意識到這件事，是後來才意識到。《力量狗臉》比較單純，謝旭昇和李柚子都是我本來就認識的人——約略記得在端午節前後好像是李柚子說「我們來辦一本詩刊吧」，我就說好呀。我們在朋友圈問「有沒有人要跟我們一起？」就只有謝旭昇說好，後來就我們三個一起來辦。

謝旭昇詩集《長河》（後話文字工作室，2019）

王：端午節三結義。端午節也好適合你們。

謝：詩人節，一個爛哏。

林：在這些過程之中，你們有吵架過嗎？

謝：《好燙》沒有，但《力量狗臉》有。《力量狗臉》成立大概一個禮拜就吵架了。也不能說是真的吵，就是唇槍舌戰——我和旭昇在議題上意見不合，好像是因為審稿還是什麼原因，反正後來是

靠李柚子用圓滑的手段，讓我們兩個覺得沒問題。

王：當初為什麼會想要取名為「力量狗臉」。

謝：因為「PDF」。一開始就決定要以 PDF 當成是一個載具——PDF 就是 Power Dog Face。

林：《好燙詩刊》是臺灣唯二有給稿費的詩刊之一，主題上相較其他詩刊也比較能容納更多的聲音，提供了更寬廣的閱讀與寫作空間。

謝：可是我覺得，《好燙》辦到後來，我越覺得有點「小缺憾」——好燙選的詩其實都有點雷同，有一個「好燙感」。我個人比較排斥「被定型」，所以在《力量狗臉》創辦時——《力量狗臉》和《好燙詩刊》還是分開，裡面重疊的編輯只有我——我就堅持要有一個「外審」。意思就是，除了我們三個編輯，還要有一個是外面找來的人，和我們一起審稿；可是還是很難避免，因為《力量狗臉》每期只選十首——就像喵球一直被選上，我們還有接到抱怨信。雖然選稿是匿名，但有時候還是看得出來是誰，不過有時候還真的會「當機」，不太確定到底是不是你想的那個人。

王：所以會不想要「被定型」？

謝：那是我個人，可能有些人會覺得這樣比較好，容易有個定位。

林：所以你比較不偏好《衛生紙詩刊》那種「詩人群」的感覺？

謝：可能我這個人比較不喜歡和別人站在一起吧，也不能說特立獨行，因為我從小就是這樣習慣了，沒辦法被歸類。

林：是什麼契機，讓《好燙詩刊》從紙本出版轉向網路 Podcast 的運作？

謝：我覺得分成兩部分。一個部分是我們的主編大人煮雪的人，他去日本之後就迷上了「詩擂臺」之類的活動。煮雪那時候就一直提及「喜歡讀詩」這件事，我就把這件事記著。《好燙》那時候已經停刊兩年了，大家差不多都畢業了，大家沒有在臺灣，其實營運上也是滿麻煩的。轉成 Podcast 之後，不用在臺灣也可以繼續營運。其實我在之前有問過煮雪一些其他的可能性，但是煮雪會覺得說好像有點「為出而出」，他不是那麼喜歡。我就開始不斷跟他提案，三五個月就問他「不然我們來做什麼好不好呀？」他就說「嗯」——他說「嗯」的時候就是「不要」。講一講，講到後來我問說「不然我們來做 Podcast 好不好？」他立刻就說「好」。

林宇軒主持之「房藝厝詩」
Podcast 節目 LOGO

林：《好燙詩刊》轉為 Podcast 之後，來稿的數量和以往紙本有什麼差異嗎？

謝：我一直都覺得《好燙》的徵稿很神奇，沒有辦法理解大家對《好燙》的愛，數量跟以前其實差不了多少。比起《力量狗臉》，《好燙》的來稿量一直都算滿多的。

（選摘紀錄：林宇軒）

曹馭博個人照（4Samantha 攝）

日期：2020 年 10 月 7 日（三）　時間：19:00-21:00　地點：臺師大校本部正 102　講者：曹馭博、蕭宇翔

講座摘錄

在詩行中尋找故事
是否搞錯了什麼？

蕭宇翔個人照（王信益攝）

曹馭博，1994 年生，出版詩集《我害怕屋瓦》、《夜的大赦》。林榮三文學獎新詩首獎，臺灣文學金典獎蓓蕾獎。文訊《1970 年後台灣作家評選》詩類20之一。

蕭宇翔，1999 年生，桃園人，東華華文系畢業，北藝大文跨所就讀中。出版詩集《人該如何燒錄黑暗》（雙囍出版），曾獲第八屆楊牧詩獎。

　　現代詩中的「故事性」往往是能否吸引讀者繼續閱讀的關鍵，要如何在故事與故事之間取得平衡，則是每位寫作者必須了解的課題。本場講座邀請詩人曹馭博與蕭宇翔，以各自的詩觀交流、碰撞，透過對談深入地探討現代詩中的音樂與敘事。

從文類觀的建構到詩的更多可能

　　講座一開始，曹馭博首先對「詩的本質」提出看法：公元前的詩歌似乎都是用一種敘事的方式進行開展，但到了二十世紀以後，詩歌似乎變成一種語言或是修辭的「遊戲」。他說，自己在 Instagram 看到朋友的限時動態，有位評論家說某首詩在講故事但太散文化——「但我們怎麼可能講故事而不散文化？散文化究竟是什麼？我們會不會誤以為寫出一般人看不懂的句子就不是散文化？我們會不會誤以為寫出明朗的東西就是散文化？」曹馭博拋出成串的問題，提供在場的聽眾思考。

　　詩歌作為一種載體，早在「文類觀」出現之前就已經存在——在公元前兩千多年，當時的詩歌形式是頌詞、禱詞，是對生命的祭祀。曹馭博說，詩歌對當時的人們是和一般用語不一樣的，因為他們認為「說話即是一種創造」、「說話即是尋求奧秘的一種方式」。詩歌是超越說話、超越文字的一種載體，甚至在他們的世界裡沒有所謂定義上的「文字」，到後來詩歌才發展出多元樣貌。

　　有時候我們會問「詩是什麼」，但曹馭博認為更重要的是「詩有什麼面貌」。他以自己國中時的經驗為例，當時看到班上有很多人都

在自殘，他猜想這種現象可能源自於疾病，也可能是心裡有一些苦痛無法用固定的詞彙好好地說出來，於是只能製造傷口去替代「說不出來的東西」——也許有些「抒情詩」或是一些「更厲害的詩」就是從這裡來的，曹馭博說。

詩讓人找到生活的「實感」

被問到為什麼寫詩時，蕭宇翔自言「寫詩就像是不斷製造傷口和癒合的過程」——比起談為什麼「想寫詩」，他認為不如談為什麼「不想寫詩」。曾有人對他說：「你知道變好，不是寫寫詩就可以做到的。」這句話讓他思考了很久，「可怕的不是這個問題，而是為什麼會被這麼提問。」寫詩當然無法讓我們變好，但這就像是某種宿命——詩往往能夠讓他找到某種生活的「實感」。

蕭宇翔以布羅茨基（Joseph Brodsky）為例，法官問布羅茨基說「誰讓你寫詩的？誰說你是詩人的？」布羅茨基回問一句：「那麼是誰定義我為人類？」對詩與自我的關係，蕭宇翔認為這與曹馭博的詩作〈直到泥土拒絕了我〉有相似之處：

> 一陣子沒有出門
> 發現地球選擇了我
> 選擇了脊椎
> 選擇了哺乳類
>
> 我對石頭感到好奇
> 於是我選擇了土地

對隱喻感到好奇

於是選擇了詩

那麼，選擇宇宙的人

又是對什麼感到好奇？

別人問我的時候

我選擇不說──

不去清醒

不去妥協

直到落葉拒絕了我

泥土拒絕了我

回應蕭宇翔的看法，曹馭博說自己在東華大學研究所就讀時，彷彿身處在一個與自然「環環相扣」的一個地方：在戶外會被鳥巴頭、出去騎車會被牛撞，因為牛比路還要大──不是體積，而是牠們在這裡住得比你久。每天看東部的山、看東部的陽光，那種自然的變化跟北部完全不一樣。「在這個環境寫詩看似很幸福，但其實也很痛苦，」曹馭博說：「因為我天生不是一個對生態有興趣、這麼熱衷於大自然的寫作者」，這種感覺有點像古代的詩人，開始認知到自己的渺小。今天坐在這裡，打直腰椎寫作，這何嘗不是地球選擇了我們、脊椎選擇了我們？曹馭博自陳，他唯一能做的事就是「一直寫下去」，直到泥土、直到空氣、直到一切都拒絕了自己。

寫作也許並不那麼重要

寫作這種行當，是一生必須持續打磨的技藝。洛夫老師去世前常

說：「讀者不是被技術打動，就是被內容打動。」曹馭博認為這句話存在著矛盾，意思是「好的技術都是建立在好的內容上」，如果爛的內容配上好的技術，也沒有人會閱讀。曹馭博在這個基礎上，認為「也許寫詩就是邊打磨技術，同時尋找令人動容的內容」。

蕭宇翔以拒絕「浪漫主義自我英雄化」以及「知識份子的艱澀與傲慢」等觀點進行反省、回顧，並且提出疑問：作為一個現代寫作者——或者說一個凡人——當我們一方面想要活下去，一方面對於「寫作」又萌生出許多嚮往與不甘心時，該如何抉擇取捨？

曹馭博回應，自己一直認為寫作這件事並不是這麼重要。這個想法在第一本詩集《我害怕屋瓦》（啟明，2018）出版後才有。當在另一個環境寫作時，會有所認知——「也許我們所做的這些事情，無法去述說因果或脈絡，唯一能做的事情就是認識這片土壤。我有幸開始了寫作，也許我現在的任務就是透過寫作帶給人啟發。」

米勒《晚禱》

曹馭博自陳心目中最好的詩歌樣貌，即是車窗外看見某種瞬間且迷人的光景——也許是人、鳥類或影子，此刻的我們轉頭回望，把它慢慢看成一個點，然後慢慢消逝——曹馭博認為，這或許就是「詩」的意義。他援引米勒的畫作《晚禱》，指出重點是畫面後方的鐘：鐘響之後，拾穗完的夫妻是回家繼續悲慘的生活，或是過著幸福快樂的日子？詩人的存在就是要延續這個故事。

寫詩，是意識世界敗壞的開始

回應曹馭博所援引希尼（Seamus Heaney）的「詩歌無法抵擋坦克」，蕭宇翔提出布羅茨基的說法，即「當一隻蝴蝶斂翅停在坦克炮管上」的畫面。尤其蝴蝶的形象就像是書頁翻動的模樣，這種美學瞬間讓邪惡或暴力的場面變得非常突兀而荒謬，當「蝴蝶的脆弱性」介入了血腥鋼冷的現場，便好像化解、給予充滿苦難的世界一個最好的回答。蕭宇翔指出「靜物」這個詞彙在英文與法文的差異：「still life」與「nature morte」，「仍然存活」與「死掉的自然物」，這種矛盾或可解釋為「詩的成因」──對死亡畫面的直面、凝視、衝突與爆破。我們在意死亡，但死亡何嘗不是生命的一部分？死亡之後，我們能否重新找到復活的意義？這種對質恰好可以解釋詩歌這個文類在書寫或閱讀時，帶給蕭宇翔的「實感」。

托爾斯泰（Leo Tolstoy）說過真正的故事只有兩種：「所有偉大的文學都是兩種故事的其中之一；一個人踏上旅程，或者一個陌生人來到鎮上。」為什麼人類還是想要選擇說故事？在講座中，曹馭博與蕭宇翔兩人各自以數首詩作為例，從詩作中故事收束的筆法、背後的寓意、與電影的辯證，從而更具體地分享自己的觀點。

詩歌能夠抵擋坦克嗎？為什麼人會想寫詩？就是因為無法抵擋、因為這些不可能，把它記錄下來才有無限的可能。曹馭博認為，詩歌可能不是在現場當下就能改變世界的，而他想要做的，就是尋找一個瞬間裡可以持續延續的東西──「寫詩，就是我們意識到世界敗壞的開始。」曹馭博如是說。

陳彥融個人照

日期：2020 年 10 月 17 日（六）　時間：14:30-16:30　地點：詩生活書店　講者：陳彥融、洪萬達

講座摘錄

書店店員
二十年目睹
之怪現狀

陳彥融，師大附中畢業，臺科大機械所碩士，臺師大噴泉詩社第54屆社長，詩生活常駐店員。

洪萬達，國北教研究生，曾任茉莉二手書店店員，一切發言與茉莉立場無關。喜歡讀詩，絕大多數胡說八道。曾獲獎，希望能繼續。

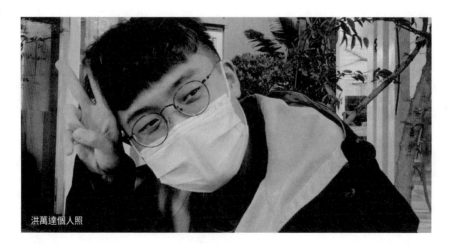

洪萬達個人照

介於書籍與讀者兩個角色之間的「書店店員」究竟是一個什麼樣的存在？這些在書店環境中看似毫無存在感的人到底在想些什麼？本場講座邀請陳彥融、洪萬達兩位身兼書店店員身分的現代詩寫作者，共同前來探討在文學文本以外的活動與觀察。

商業書店與獨立書店經營模式比較

講座一開始，時任茉莉二手書店臺大店店員的洪萬達，首先點出「詩生活」和「茉莉書店」兩家書店在取向上的不同。相較於只賣詩集的獨立書店，作為商業二手書店的茉莉幾乎什麼書都收、什麼書都賣，而且幾乎可以算是臺灣規模最大的連鎖二手書店。就營運方式上來觀察，洪萬達認為書店「採取什麼樣的方式去對待他們的客人」是值得探討的重點；而連鎖書店在萬達眼中是比較「沒有感情」的，在面對客人時必須秉持「溫良恭儉讓」的態度好好服務。

茉莉二手書店
LOGO

詩生活 LOGO

「在一般書店看得到的詩集，基本上在詩生活都看得到。」現任詩生活店員的陳彥融說。他認為，很多書店都會擁有自己的「個性」，

比如詩生活店長陸穎魚是香港人，在書店中就可以看到大量香港出版的詩集，以及反映香港社會運動現況的出版品，這是在其他書店無法看到的情形。除了香港詩集，「自費獨立出版」的櫃位也顯現出了詩生活在詩集出版上的特殊性與重要性。

身為書店店員，在立場或選書的口味一定會和顧客有所差異。但陳彥融認為應該給予「適合」讀者的書籍，而非自己認為「好」的書籍。因為「詩集」的讀者群較小眾、比較可以預測，陳彥融在與顧客交談時，能夠更準確的找出對方可能會有興趣的書籍，進而讓彼此的交集產生。

洪萬達表示，在書店工作可能會因為業績沒有達標，而被主管建議店員們要和客人多聊點書、多推點書；但當自己真的要跟客人交流時，又會和後面需要結帳的客人產生時間上的衝突。多數連鎖書店都要拼「翻桌率」，所以「結帳速度要管控好」是無法改變的，這是書店店員的難處之一。

讀者與作者的商業中介角色

在茉莉買書的客人，包含了一部分的商業人士，這讓洪萬達感覺顧客進書店是想要獲得更多的「錢」而非更多「知識」，這也使得從事文學創作與研究的他感到不勝唏噓。對於曾自費出版過詩集的他來說，「上架銷售」是很重要的一環，因為獨立出版的書籍在流程上會比較麻煩，而連鎖書店通常都不會同意寄售；相較重視效率的連鎖商業書店，獨立書店因為客流量較少，書籍的流動率也沒有非常高，因而有較多的心力去處理寄售行政上的庶務。

回想當初自費出版的情形，洪萬達到臺北的獨立書店一間一間問：「請

問店長在嗎？」積極的尋求書店寄售的機會。「因為那時候對我來說，賺錢不是重點，只是想要打一些知名度。」也因此，洪萬達認為在自費出版上的取捨間，賠錢是非常可能發生的事。

相較於獨立書店的彈性，在連鎖書店的詢問上幾乎都會被回絕。「當下還是會覺得有點沮喪，為什麼不支持一下？」有趣的是，當後來自己真正進入到大書店、成為其中的員工後，才知道書店並不是不願意，而是「真的沒空」，在各種考量上都是不符合效益的——因為自費出版品的獨立上架流程複雜，在上架與交易進行中，很可能會流失客人或讓客人不滿。雖然這樣會顯得很「勢利」，但連鎖書店成立的目的就是以商業為考量，這是一個不得不的結果，所以必須要理解清楚背後的原因，才能更公允的進行批判。

陳彥融對於自費獨立出版的複雜流程表示同意。不只是連鎖書店，獨立書店的每一本書也都要建檔、紀錄甚至手寫記帳，這些過程非常的複雜與麻煩，也是到後來有電腦系統後，才稍微減輕了一些壓力。所以，對於連鎖書店基於時間成本而無法給予獨立出版書籍寄售的空間，他也表示可以理解，因為「獨立書店比較有時間去處理這些事情」。

書店實務的現實與想像

在講座中，兩人談到書店在「面擺」、「平擺」與其他書籍擺設安排的邏輯。詩生活與茉莉臺大店兩家書店，都有著「單做展示」的非賣品，可以視為是各書店的「武力展現」——藉由展覽每家店自己的收藏絕版書籍來吸引顧客。在特價品的處理上，洪萬達透露出現在「幾本多少錢」櫃位上的書籍，都是賣不好的；但這個賣不好有兩個面

向：「書籍本身不好」或是「太好而沒有懂得欣賞的讀者」。洪萬達自陳，自己就曾在特價區找到幾本很有內容的理論書與簡體詩集。

洪萬達發現，有很多二手書「命運多舛」，在流連過這麼多地方、一再降價後，還是沒有受到客人青睞，最後就只能捐給家扶中心或其他單位，真的沒有辦法的就只能給回收業。「雖然是商業書店，可是其實我還滿喜歡我們老闆創立的理念：敬天、愛人、惜物。」洪萬達補充。

詩生活作為一家獨立書店，會定期安排不同主題的書櫃，提供給顧客一個明確的找書方向；而在商業書店中，會因為店員們的專業和興趣差異，每位店員在進行選書推廣時，會盡量符合各領域讀者的需求，有時甚至還會寫小卡附上推薦原因，希望顧客多去接觸這些書籍。

「有很多來應徵工作的人，對書店抱持著錯誤的期待。」因為書店店員的優點是看起來光鮮亮麗，穿上店員的圍裙遊走，感覺「乾乾淨淨」；但洪萬達笑道，大家往往沒有想過店員們也必須整理成堆的書籍，其中包括許多滿布灰塵的二手書。

討論到自己卸下店員身分，成為書店的顧客時，兩位講者進行了一場「當你踏入書店是否會預設店員應該懂一點什麼」的論辯。兩人分別都提出了自己獨特的觀點，並與在場的聽眾提問對話，為講座帶來了精彩的結尾。

（以上言論不代表書店立場）

ㄩㄐ個人照

日期：2020年11月14日（六）　時間：14:30-16:30　地點：薄霧書店　講者：迷因文學（ㄩㄐ）、方斐

ㄩㄐ，本名黃昱嘉，1993年生。真實投射與流動者。有詩集《偽神的密林》（雙囍出版）。曾獲台北文學獎、飲冰室詩獎、鍾肇政文學獎、菊島文學獎、國藝會出版補助等。

講座摘錄

人設崩壞の危機？
樸實無華的文學
社群經營

方斐，1999年生，恰好搭上旭世代末班車。遊走在錯稱與錯認之中，不擁有絕對正確的姓名與住址。曾獨立出版詩集《末日宣言》、文集《偽證》。只要你想，就能用任何方式找到我。

方斐個人照

文學寫作者到底需不需要經營社群？本場講座邀請青年詩人方斐與經營臉書粉絲專頁「迷因文學 Meme Literature」的青年詩人ㄩㄐ和大家分享。在講座的開場，ㄩㄐ與方斐各自簡述了自己對社群的看法。

社群經營作為一種「興趣」

「發迷因很多人按讚」而「發詩沒有人按讚」對經營社群的ㄩㄐ來說，已經成為了每日的家常便飯。游走在寫作與社群之間的種種經驗，也讓他開始思索「把精力投在做社群」是不是有意義的事。

對於這點，方斐認為「沒有辦法營利的社群，其實都是做興趣的」。即使她的 IG 有一千多個追蹤，但想靠著這樣的追蹤數從中獲得金錢的利益，是遠遠「不夠的」，所以她的做法會比較隨性，將社群當成存放日記、心得，甚至是自己「追星」的地方。

「因為我的帳號是公開的，然後我很喜歡法蘭黛樂團，去聽演唱會後就可以用這個版面來告白。」方斐認為，自己在社群上發表的比較像隨手文字，不會特別花很多心力去經營——Instagram 上的發文必須配圖，而這個圖片常常就是她隨手寫的東西或隨手拍的照片。方斐定義社群平臺為一種「存放靈感的地方」，所以上面的內容不會是一個完整的文學創作，而是需要「反芻」後才能用在文章裡面的草稿。另一個方斐重視的點，是她「可以透過社群，來讓別人看到我想讓他們看到的樣子」。

「除非有愛，否則就不要做社群。」ㄩㄐ意味深長地說。「如果只是開個粉專或 IG 帳號發自己的創作，其實這樣子是有點危險的。」ㄩ

ㄐ認為，雖然有許多靠網路而成名的創作者，但是更多的人實際上都帶不來流量；如果心裡面還會在意按讚數、觸及率的話，其實會對情緒造成影響：按讚分享比較多時就比較快樂；很少的時候就會開始檢討「這篇文是哪裡做不夠好」。

不過，ㄩㄐ也提到另外一種類型的經營方式：單純發表創作。他認為，如果把社群經營看成「單純發表創作」雖然很容易，但這是無法引來流量的。儘管可能會有一群非常喜歡你的人，但數量絕對不會很多，「因為文學在社會上，確實不是一個大眾會喜歡的東西。」ㄩㄐ補充：「如果想要靠單純發表作品就紅起來，可以再多想一想，因為那個機率真的並沒有那麼高。」

「文學」社群還是文學「社群」？

「會不會為了做社群，反而就傷害到自己創作的初衷呢？」ㄩㄐ以寫詩為例：當你發了一首詩，而讀者的反應不錯，你下一首就開始模仿這首詩，最後你的風格就慢慢往那邊走；但其實在剛開始經營社群、流量很低的時候，「這些數據反而都是一種雜訊。」ㄩㄐ如是說。

ㄩㄐ提出一個特殊的觀點：「每個人每天可以寫的字數是固定的」。因為人的精力跟時間有限，可能在社群上面發了一篇長文，你就把今天字數全部用掉了。「所以，真的要為了社群短期的流量，去傷害了你文學的寫作嗎？」ㄩㄐ說，如果自己還不確定要不要做社群，他會先把時間跟精力投資在比較長期的創作閱讀上。

相較於有系統性的發文，方斐把社群視為一種「日記」，記錄自己的心情、故事、影評等。對於 Instagram 的貼文，她認為螢幕可以一次看完、

字數大約在四五百左右的小品，不需要一直往下滑，會是較適合的選擇。「我覺得觸及比較高的，通常是我自己在記錄心情寫的那些很短的句子，或是很短的文章。」方斐說，大家不會想看很困難、看不懂的東西，所以寫得簡單一點，對經營社群來說會是比較好的。

　　ㄩㄐ認為，方斐對社群的經營屬於「休閒取向」，也是一種經營的方式，但他也提出自己的疑問：如果不是休閒取向，要怎麼樣才能讓經營社群不那麼累？如果是有意識地經營的話，除了「讓自己喜歡這件事」，ㄩㄐ也主張「一定要排程，不能只是想到才發」，如此才能養成規律的習慣。

「迷因文學」Instagram 網頁版

每個平臺都有自己的特性，比如 Facebook 上可以放連結與長文、受眾年紀較大（約二十五歲、二十六歲以上）；而 Instagram 上的十八到二十四歲使用者較多，也比較喜歡多圖的懶人包。如果要同時發表相同素材在 Facebook 與 Instagram，凵丩「不建議直接複製貼上，針對平臺的特性進行微調會比較好」。

就發文頻率而言，凵丩以「迷因文學」作為解說的範例。在最開始的一、二個月是「日更」，這是因為他想要在短期內讓觸及人數擴大；到現在大約每週才會發布一篇文。一方面是因為自己對迷因的標準提高，另一方面也是因為很多「哏」在前期就已經使用掉了，所以現在產出內容也會比較辛苦。相較於有社團支持的迷因文學，方斐笑說自己的 Facebook 粉專已經很久沒有更新了，上一次發文就發現觸及變得很低，她認為這是一種平臺對太久沒發文粉專的「懲罰」。

數據與後臺，社群即是一種表演

對於「懲罰」一說，凵丩立刻一針見血地回應：「社群上最重要的核心概念是互動」，所以如果觀察後臺的數據，必須優先鎖定與互動有關的資訊，因為「貼文互動越高，平臺就越喜歡這篇貼文，會把這篇貼文給更多的人接收到」，所以貼文本身是否「觸發某個情緒」，就是能不能擴散的關鍵。不過，凵丩也感嘆「被數據綁架」並非好事，在經營社群的過程中，要隨時去提醒自己：「不要讓數據影響自己的心情」。

有沒有保證觸及的方法？凵丩說當然有。他以一位不知名的年輕詩人粉專為例，雖然只有個位數的粉絲，但每天貼文都有數百個按讚數。「這

很明顯就是有下廣告，」ㄩㄐ說：「這是有錢就可以做到的事情，花錢直接硬推給你設定的那群人。」但我們都不是有錢人，所以ㄩㄐ認為最關鍵的方法，還是「把內容做好」。

針對後臺的數據，ㄩㄐ也對擁有社會學系背景的方斐提出疑問。雖然方斐對統計學有些了解，但她自言自己並不喜歡量化、數字可以證明一切的那種方式，所以並沒有特別關注粉絲專頁後臺的數字。

「對我來說，我不會去管會不會賺錢。」雖然從高中就開始經營社群，但方斐自言「現在回去看真的是非常糟糕」。可能因為以前寫的文字比較「厭世」，而這種風格她現在反而不太喜歡，這也讓她開始思考：「因為喜歡我以前那些文字而追蹤我的人，對我的期待是不是跟以前一樣？當我進行一些新的嘗試或改變，會不會辜負以前的讀者？」

談到這部分，ㄩㄐ也有類似的感觸。他說，現在想要發自己的文字創作時，都會多想一下。因為之前在「ㄩㄐ」的粉專發了兩篇社會議題相關的貼文而增加了很多分享與讚。但尷尬的事情來了，「我知道因為那些社會議題進來的人，他們不是會想看到那些詩的。」

對ㄩㄐ來說，「社群即是一種表演」，甚至在回留言的時候也是在表演。社群經營者與創作者最大的差別，是小編必須盡可能地去親近、跟大家互動、回覆留言；而當小編經營出自己的個性時，大家就會越來越喜歡這裡的互動。ㄩㄐ提出自己的觀察：「但以臺灣來說，文學創作者反而是保持一點距離比較好。」如果跟粉絲太近，可能會讓讀者幻想破滅，會覺得為什麼你好像不是在文章中所表現出的那個樣子。

社群經營的範本：怪奇事務所

　　提到貼文的基本原則，ㄩㄐ認為開頭最好是比較聳動的句子，而貼文的結尾要埋一個「會讓人想分享的東西」。以迷因為例，所有要表達的笑點要直接呈現在整張圖裡，所以圖本身就要能吸引人並產生反應；除了圖本身比較激烈、有笑點之外，ㄩㄐ也提出「有貓狗的圖」大家反應會比較好。

　　ㄩㄐ認為「怪奇事物所 Incrediville」是很值得參考的社群經營典範──怪奇事務所除了貼文的每個段落都很簡短，在一開始也會用「提問」來引起閱聽人的興趣。除了提問，如果在一大段的文字段落後，用簡短的文字段落「補血」，可以讓閱聽人的注意力補回來──「像是玩遊戲的血條，你不能讓它降到一個會讓人想要中途離開的程度，所以中間必須要一直補新的情節與刺激。像蕭詒徽貼文中，這種很強、帶有情緒的簡短文字，就是其中一種方式。」借用李奕樵的概念，ㄩㄐ表示無論是在社群貼文或是小說寫作上，都可以採取類似的概念，不斷爭取讀者的注意力。

　　講座的尾聲，ㄩㄐ以「自己」和「公司」的臉書粉絲專頁貼文相比較，提到文字段落的編排順序對社群推廣層面，會產生很大的影響；最後延伸到公關危機的處理方式、文學獎與社群的關係、「迷因文學獎」、Google 的 SEO 等議題，整場講座在聽眾的提問與鼓掌中完整結束。

附錄

試論當代詩與千禧世代詩人

　　這本書除了收錄我在 2021 年主持的「《文學小屋》臺灣詩人轉譯計畫」內容，又額外增補了 2 位青年詩人的訪談，期待以 28 位千禧世代詩人的「專訪」共譜當代詩的新曲。在專訪之外，更選入了 2020 年「《房藝厝詩》Podcast 節目與系列藝文活動」的部分內容，包含 3 篇 Podcast 節目訪談摘錄與 3 篇講座摘錄，試圖透過不同議題的討論，來觀察臺灣文學場域的現況。回頭觀照詩史的撰寫，詩家與史家為求嚴謹性，對年輕一輩的詩人多不會留有篇幅，也因此較難用群體的角度探查新生代寫作者的樣貌；而在相關的詩學研究上，也少有著筆於新生代詩人「群體」的論文。在史論與研究都難以觸及的情況下，「訪談」和「講座」便成為了作品以外，認識新生代詩人／詩學的另一種途徑──也許在完整性和文學性上不如「報導文學」，但將焦點著重於受訪者自身的創作經驗和觀念分享，我想對於詩學研究會有更直接的助益。

　　從書名「詩藝的復興」談起，便不能不提及 2018 年蕭歆諺的報導〈臺灣現代詩迎來「文藝復興」時代〉──這篇也許能和陳宛茜發表於 2009 年、同樣產生諸多論爭的〈新世代面目模糊？〉對讀，會對當代文學場域產生更多思辨。報導中雖稱「現代詩迎來文藝復興」，但若除去在網路風行的「厭世詩」，會發現近年詩集整體的銷售狀況其實和過往並沒有太大差異，這種「詩的復興」被廖偉棠批評為「詩的馴化」。另外，在「臺灣文學基地」擴大營運前的「齊東詩舍」數年前也辦理了一系列「詩的復興」活動，在名稱上也可以窺見其中的有趣之處。近年被不斷提及的「復興」，所指的究竟是我們對「詩意」解釋的拓寬，或者是對「詩

藝」（或稱「詩學」）追求的提高？關於兩者的辯證，廖啟余曾在臉書上戲稱「沒詩藝的詩意叫『裸奔』」解釋了尷尬的現況。

不同詩人的詩觀，也有著不同之處——任明信在 2022 年水煙紗漣文學獎中，提到自己對新詩評價的三個標準：簡約、深刻、神秘；而潘柏霖則認為「現代詩的形式跟結構上面，其實沒有太多餘裕可以給大家好幾段去陳述某件事物，所以比例調配會是一個重要的地方」——儘管某些觀念有待商榷，但可以觀察到這些在網路上受到歡迎的青年詩人們正逐步建構、調整自己的詩學體系。如同白萩《現代詩散論》中所說：「藝術所以能偉大的呈顯在我們眼裡，正是由於技巧的偉大。」就我個人的主張，只有理解、尊重當代文學場域中「詩意」的多元性，同時觀照其中的「藝術層次」，才能顯現當代詩在文學史上超越時間的價值；而在這個詩意氾濫、所有文字加上「像極了愛情」就能成詩的時代，「詩藝」便更顯重要，這也是我將這本書取名為「『詩藝』的復興」的原因。

在名稱的使用與界義上，我選擇延續詹閔旭、邱貴芬對「千禧世代作家」的用法，以「千禧世代詩人」稱這些出生於 1980 年後、正值青年的詩人，我想會比標舉「新生代／新世代」適合的多。後者因為屬於概括性的詞語，會受到不同因素影響而產生意義上的歧異（林燿德、簡政珍、游喚、陳義芝等各家對「新生代」的定義便不盡相同）與時序上的移轉，這種「相對而非絕對」的指稱無法將詩人們確切地定位於文學史中——斷代固然重要，但當有五十幾歲、乃至六十幾歲的詩人還被稱為「新生代」時，便說明了這種浮動名稱的不嚴謹。另一種解法是，如同《台灣七年級新詩金典》等書以「年級」十年一代

地劃分，這對「世代」與「文學史」的分界有著重要意義；然而，這種「暴力」的斷代方式，無論對身處「世代交界」的創作者，或者對整個時代的文學風景而言，在銜接上都略顯尷尬。也因此，回頭以「千禧世代」來命名這群詩人，藉機打破「年級」過於短促的斷代方式，也許會是世代研究上更寬廣的路徑。

「當代」一詞的使用也是一個待解決的問題。在文學研究中，中國文學場域的「當代」多指 1949 年以後，「中國當代詩」也就理所當然地指涉該年代以後的詩作；然而，臺灣的研究者是否要如鄭慧如《台灣現代詩史》在這個分期觀念上被中國「同化」？從實際的詞彙使用上來看，大多學者都模糊帶過、未言明「現代／現代詩」與「當代／當代詩」的差異，這點在 2002 年陳思嫻〈「台灣現／當代詩史書寫研討會」觀察報告〉中便早已指出。「當代詩」這個詞彙在過去臺灣的詩學研究中，並沒有被詳盡、深入地探討過，也因此在各家之言對「當代詩」指涉有所差異的情況下，成為了「一個當代，各自表述」的尷尬情況。就我個人的觀點而言，進入二十一世紀的臺灣在實質的生活情境上，已然和過去產生了巨大差異，包含科技媒介的革新、政治氛圍的轉變、社會思想的開放，種種的不可抗力原因都使得活躍於這個時代的詩人，生產出不同於前行代詩人的詩作／詩學／社群模式，其中網際網路的影響尤其深刻。在如此的劇變之下，「當代」的意義便顯現於其中，這也是我將世代意義的「千禧世代」放入時代意義的「當代」來談論的原因：除了期待藉此引發更多關於「當代詩」內涵的討論，同時為這群詩人在文學史定位／訂位。

埃斯卡皮（Robert Escarpit）在二十世紀出版的《文學社會學》調查了當時的法國作家，其中的統計結果指出「作家的關鍵年齡平均在 40 歲左右」——作為一個參考，這群千禧世代詩人也即將逐步進入這個關口。

在這本書所訪談的數十位詩人當中，最年長的是生於 1981 年的沙力浪 Salizan Takisvilainan，最年輕的是生於 1999 年的王柄富，創作者的年齡層具備近二十年的跨度，可以藉各詩人的專訪來探測千禧世代詩學的不同切面。敏於觀察的讀者可能會發現，有少數收錄於這本書中的詩人並沒有出版詩集，也許會產生「代表性」的問題——儘管尚未推出第一本個人作品集，但他們仍舊透過單篇作品發表、獲得文學獎項、參與社群經營等不同層面的活動，這些對當代詩場域的運作產生的重要影響，是在出版詩集以外不可忽略的部分。整理並觀察 30 位訪談詩人 (如下表格)，在訪談時除了針對生命經驗與詩觀進行探問，同時還包含「自選一首詩朗讀」以及「就當下的情境推薦一本詩集」的環節——有些詩人推薦超過一本，有些詩人未推薦，有些詩人推薦的並非詩集，以下表格均如實收入，詳細之推薦原因可參閱「文學小屋」vocus 網頁。

詩人	出生年	朗讀詩作	推薦詩集
沙力浪 Salizan Takisvilainan	1981	笛娜的話	Walis Nokan 瓦歷斯·諾幹《當世界留下二行詩》
馬翊航	1982	花架	陳柏煜《mini me》與柴柏松《許多無名無姓的角落》
林思彤	1982	後來沒有了。	龍青《風陵渡》
李桂媚	1982	純園故事	吳晟《他還年輕》、向陽《鏡內底的囡仔》
喵球	1982	圓滿了	Autumn Enfant《街道、豆子、月亮》
林餘佐	1983	夜盲症	楊牧《時光命題》
蘇家立	1983	仇視一旦黏上了牆壁	丁威仁《編年臺北》

詩人	出生年	朗讀詩作	推薦詩集
陳昌遠	1983	工作記事(七)	羅智成《黑色鑲金》
廖啟余	1983	At University	方思《方思詩集》
陸穎魚	1984	射手的夢	阮文略《菀彼桑柔》
崔舜華	1985	學習課	曹疏影《她的小舌尖時時救我》
楊智傑	1985	突圍	廖啟余《解蔽》
陳少	1986	看得到海的地方	張繼琳《瓦片》、《雜草》、《野花》、《泥巴》
蔣闊宇	1986	真實	許悔之《家族》
郭哲佑	1987	陽明	李柚子《孕婦》、跛豪《跛豪》、洪春峰的《霧之虎》
栩栩	1988	忐忑	孫得欽《白童夜歌》
黃璽 Temu Suyan	1990	水泥之歌	卜袞 Bukun《太陽迴旋的地方》
煮雪的人	1991	爆米花容器工廠	沈嘉悅詩集《這一切都是幻覺》
陳延禎	1991	南迴	廖人《浪花兇惡》
小令	1991	聽說錢帶不夠會被送進花轎	栩栩《忐忑》
李蘋芬	1991	懷想	鄭琬融《我與我的幽靈共處一室》、小令《日子持續裸體》
凵凵	1993	亞熱帶濱海的小鎮	楊智傑《小寧》
曹馭博	1994	夜的大赦	郭品潔《我相信許美靜》
林佑霖	1995	—	伊夫·博納富瓦《詞語的誘惑與真實》
鄭琬融	1996	正在發生的美麗	未推薦
洪萬達	1997	—	夏宇，以及楊智傑《小寧》

詩人	出生年	朗讀詩作	推薦詩集
蕭宇翔	1999	奏鳴曲式	布羅茨基《小於一》
王柄富	1999	西北雨	張執浩《動物之心》
林于玄	2000	惡女	露伊絲·葛綠珂《直到世界反映了靈魂最深層的需要》

「文學小屋」詩人朗讀影片播放清單

「文學小屋」vocus 網頁

　　本書所蒐羅的詩人，多是先前在人際網絡上就和我較為靠近的對象，所以無法全面地「代表」千禧世代的詩觀全貌。在這些詩人之外，有獲得兩次林榮三文學獎首獎的蕭詒徽，有建立起南方文學品牌的林達陽；有兼擅散文與詩的羅毓嘉，有投身劇本創作的游善鈞；有從第一本詩集開始便受到矚目的周天派、謝旭昇、黃岡、波戈拉、鄭聿、王天寬、許玄妮、潘家欣、王志元、吳俞萱、胡家榮、蔡琳森、鄭哲涵、孫德欽、沈嘉悅、阿米、阿布、詹佳鑫、林季鋼、皓瑋、陳柏煜，有目前在詩創作上似乎暫時沉潛的陳允元、曾琮琇、鶇鶇、謝三進、利文祺、林禹瑄、湖南蟲、賀婕、廖宏霖、林焜勛、李柚子、李雲顥、宇路、旋轉木馬（連展毅）；有持續耕耘的詩人如廖人、鄒佑昇、印卡、李承恩、莊東橋、吳緯婷、張詩勤、王姿雯、黃柏軒、曾貴麟、崎雲、謝予騰、陳依文、王離、陳牧宏、林蔚昀、楚狂、魏安邑、何亭慧、楊書軒、林夢媧、顏嘉琪、莊子軒、林益彰、趙文豪、廖亮羽、葉覓覓、

游書珣、柴柏松、許嘉瑋、洪嘉勵、周盈秀、陳怡安、羽弦、蔡知臻、尚玉婷、黃湑皓、季至柔、余小光（柯彥瑩），有跨界創作的夏夏、陳昭淵、黃千芮、王小苗、連俞涵、許含光、郭霖、張心柔，也有在網路上深受歡迎的任明信、潘柏霖、宋尚緯、徐珮芬、蔡仁偉、追奇、楚影、陳繁齊、洪丹、吳芬、李豪；在世紀末左右出生且已出版詩集的青年詩人還有段戎、陳顯仁、柏森、周予寧、王信益、旋木、林澄、何貞儀、默歇等，未出版詩集的還有洪聖翔、孫于軒（spaceman）、吳浩瑋、邱學甫、謝銘、柯宇涵、曾映泰、鄒政翰、洪崇德、蔡凱文、鄭芥、詹瑋、譚洋、簡妤安、呂珮綾、陳這與其他《吹鼓吹詩論壇》第 51 號「臺灣新世代詩人大展」專輯的青年詩人。這些列出與不及列出詩人們，共同呈現出了千禧世代的各種面貌，代表著我們還有非常多的詩人尚未深入探尋研究。

在千禧世代之前，以楊佳嫻、鯨向海、孫梓評、林婉瑜、李長青、騷夏等生於 1970 年代末的當代詩人們，因為生活情境和千禧世代詩人群有著高度的相似性，所以能夠透過生命經驗的共鳴相互交流，在文學場域中碰撞出精彩的火花。陳義芝在 2006 年出版的《聲納——現代主義詩學流變》餘論中指出，2000 年代「內涵移轉的抒情主義」是可待開掘的詩學；距離該書出版已近二十年，對於臺灣詩學整體的流變似乎尚未有整體性的觀照，這是往後研究者需要努力之處。另一點值得注意的是，書中訪談的詩人除了「臺灣認同」，更涵蓋了現居於臺灣的香港詩人；在華語的創作外，同時也觀照原住民族語和臺語的詩創作。只可惜，非華語的詩創作在年輕一輩的寫作者之間，幾乎是完全的消失了，在《新世紀新世代詩選》中，向陽便感嘆臺語、客語、原住民族語書寫的青年詩人都僅有一家。號稱包容各種族群和語言的臺灣社會，往後該如何去維持、推展當代詩的多元性？這是創作者與研究者不得不面對的課題。

2022 年是臺灣的新詩「百年」，對我而言則是實質被「詩」充滿的一年——學期每週依序修習唐捐、陳義芝、須文蔚；廖偉棠、楊小濱五位詩人在學院所開設的課程，這該是多麼幸福的事。感謝所有合作的詩人答應受訪，感謝柄富、品嫻、宇翔等人在疫情期間的參與，感謝國藝會、臺北市文化局與臺灣文學基地在執行期間的補助／協助，感謝臺大臺文所以及北藝大文跨所，感謝匿名審查人與臺師大出版中心（特別是編輯靜怡），感謝熟悉新生代詩人群的須文蔚老師允諾撰寫序文。完成這些文字和後續的校對、聯絡工作，真的不是一件簡單的事。作為這本書的「後記」，期待看到當代的臺灣詩學在未來也能成為詩史的「後繼」，讓各自的詩藝有機會被時代檢驗、傳承。

詩藝的復興 千禧世代詩人對話

作　　者｜林宇軒

出　　版｜國立臺灣師範大學出版中心

發 行 人｜吳正己

總 編 輯｜廖學誠

執行編輯｜陳靜怡

美術設計｜扣乙図設 吳珮瑜

地　　址｜106 臺北市大安區和平東路一段 162 號

電　　話｜(02)7749-5229

傳　　真｜(02)2393-7135

服務信箱｜libpress@ntnu.edu.tw

初　　版｜2023 年 6 月

售　　價｜新臺幣 420 元 (缺頁、破損或裝訂錯誤，請寄回更換)

ISBN｜978-986-5624-91-0

GPN｜1011200600

國家圖書館出版品預行編目 (CIP) 資料

詩藝的復興：千禧世代詩人對話 / 林宇軒著 .
-- 初版 . -- 臺北市 : 國立臺灣師範大學出版中心 , 2023.06
17*23 公分
ISBN 978-986-5624-91-0 (平裝)
1.CST: 臺灣詩 2.CST: 新詩 3.CST: 詩評 4.CST: 文集

863.5107　　　　　　　　　　　112007940